KB100231

깨지기
쉬운
미래

우라가 카즈히로 지음 ― 최재호 옮김

깨지기 쉬운 미래

FRAGILE FUTURE

BOOK PLAZA

프롤로그

눈을 뜨면 아침은 언제나 한여름 해변처럼 밝다. 최근에는 특히 더 그렇다. 침대 위에 깔린 흰 시트는 백사장 같고, 아침에 눈을 떴을 때 처음 들리는 초침 소리는 파도 소리처럼 느껴진다. 창문으로 쏟아지는 한결같은 햇살은 마치 해변을 내리쬐는 강렬한 태양빛 같다.

사토미는 옆에서 자고 있는 진나이가 깨지 않도록 조용히 침대에서 나왔다. 탁, 탁, 탁, 탁, 파도 소리를 내는 시계를 보니, 아직 출근 시간까지 여유가 있다. 아침을 먹고 출근해도 충분한 시간이다.

계단을 통해 1층으로 내려간 사토미는 본격적인 출근 준비를 시작했다. 일단 파란색 재킷에 타이트한 흰색 미니스커트를 입기로 결정했다. 그리고 앞치마를 한 다음 요리를 시작했다. 계란 두 개를 깨 에그 후라이를 만든 다음 잘 구운 베이컨과 살짝 태운 토스트도 만들었다. 유기농 브로콜리와 토마토를 넣어 만든 샐러드에 참깨 드레싱도 곁들였다.

사토미는 월요일이면 늘 피곤했지만 오늘은 그렇지 않았다. 진나이와 만난 후부터는 줄곧 그랬던 것 같다. 그리고 지금은 기분이 최고조였다.

사실 지금까지의 인생이 행복했다고 말하기는 힘들었다. 괴로운 일이 더 많았다. 자살을 생각했을 정도였으니까. 하지만 지금은 살아있어서 다행이라고 생각한다.

사토미는 지난주 토요일부터 약혼자인 진나이 류지 집에 머물고 있다. 게다가 전셋집이 아니라 자가 주택이다. 다음 주에는 원래 살던 아파트에서 여기로 완전히 이사할 예정이다.

아직 서로 20대 중반인데 전세나 월세 신세를 벗어나 자기 집을 가질 수 있다니, 사토미는 행복해서 현기증이 날 정도였다. 가끔은 문득 두려웠다. 이런 행복이 언제까지 이어질까.

약혼자 진나이는 프리랜서 만화가이다. 재능으로 먹고 살고 있다. 트렌드가 워낙 빨리 변하기 때문에 조금만 적응이 늦어도 업계 내에서의 위상이 순식간에 추락할 것이다.

사토미는 애써 웃음 지으며 그런 생각을 떨쳐버리려고 했다. 그런 생각은 필요 없다. 행복해져서 안 된다는 법도 없다.

진나이는 아직 내려오지 않았다. 그렇다고 억지로 깨울 필요는 없다. 항상 일로 피곤하니까 원하는 대로 자게 내버려 두는 편이 낫다. 사토미는 빠르게 만든 2인분의 아침 식사를 식기에 나누어 담았다. 하지만 같이 식사할 시간은 없을 것 같았다.

포크로 샐러드를 찍어 입에 넣는다. 앞으로의 생활을 생각하니 자연스레 웃음이 나왔다. 혼자서 하는 식사도 외롭지 않았다. 오늘뿐만 아니라 내일도 진나이와 만날 수 있다. 내일뿐이 아니라 모레, 글피도, 그글피도. 진나이와 죽을 때까지 함께 있을 수 있다는 것이 이제 꿈이 아니었다.

식사를 마치고 설거지하고 있을 때 미래의 남편이 주방에 나타났다.

"좋은 아침."

사토미는 그에게 인사를 했다.

진나이도 약간 부스스한 머리를 한 채 웃으며 인사했다. 진나이는 대중적으로 큰 인기를 얻은 만화가이지만, 사토미 앞에서는 있는 그대로의 모습을 보여주었다. 사토미는 진나이의 멍한 표정이나 느릿느릿한 발걸음 등 사소한 하나하나가 모두 소중하게 느껴졌다.

"맛있어 보이네."

진나이는 하품을 하면서 식탁 위를 보고 말했다.

"근데 1인분밖에 없네. 배고픈 채로 운전하면 집중력이 떨어져서 사고가 날지도 몰라."

"아니야. 난 벌써 먹었으니까 괜찮아."

사토미는 장난치듯 웃으며 말했다.

진나이 류지.

그는 데뷔 후 고작 몇 년 만에 자기 명의의 부동산을 소유하고 약혼자의 생일에 차를 선물할 수 있는 남자가 되었다. 흔히 성공했다고 말할 수 있는 부류에 속한다.

"그럼 나 출근할게."

"아, 잠깐 기다려."

부엌을 나서려는 사토미를 진나이가 불러 세웠다.

"왜? 앗."

피할 틈도 없었다. 진나이의 입술이 사토미의 입술을 덮었다. 사토미는 천천히 눈을 감았다. 수백 번이나 반복했던 행위였다. 하지만 아무리 반복한다 해도 처음 하는 키스처럼 짜릿했다. 지금도 마찬가지였다.

몇 초간 이어진 입맞춤 후에 진나이는 입술을 뗐다. 그리고 웃으며 말했다.

"잘 갔다 와."

사토미도 진나이의 귓가에 속삭였다.

"갔다 올게."

그리고 뒤로 돌아 현관으로 향했다.

올해 생일 축하 선물로 받은 페라가모 구두. 앉아서 그것을 신는 도중에도 조금 전 키스의 여흥이 남아있었다. 빨리 마음을 진정시키지 않으면 진나이 말대로 정말로 자동차 사고가 날지 모른다.

그때 뒤에서 진나이가 말했다.

"사토미, 이걸 잊었네."

"뭔데?"

'뭘까? 키스는 방금 했는데….'

사토미는 그런 생각을 하며 뒤를 돌아보았다.

저는 '인터널'을 매주 빠짐없이 삽니다. 진나이 류지 선생님의 '스니빌라이제이션'을 읽기 위해서입니다. 개성 넘치는 매력적인 캐릭터와 한 치 앞을 예측할 수 없는 숨 막히는 전개가 마음에 듭니다. 하지만 이번 주 스토리만큼은 도저히 납득이 가지 않습니다. 어째서 하르시온을 죽여버린 건가요? 백 번 양보해서 하르시온을 죽이는 것은 어쩔 수 없었다고 치더라도 여자 주인공을 죽이려면 그에 걸맞는 더 극적인 최후가 있지 않았을까요? 틀림없이 모든 팬들이 실망했을 겁니다. 그리고 진나이 선생님, 당신에게도 실망했을 겁니다.

카나가와현 14세 남자 중학생 이토 오사무

　원고가 완성될 때까지 편집부는 관여할 수 없나요? 물론 관여하기 힘들겠죠. 진나이 씨 같이 출판사를 먹여 살리는 만화가는 절대적인 힘이 있을 테니까요. 제가 투고했던 원고에 대해서는 '만화 그리는 법을 모른다'고 일축했던 편집부 분들도 진나이 씨에게는 함부로 할 수 없겠죠. 네. 진나이 씨, 작품은 물론 당신 것입니다. 따라서 당신이 그리고 싶은 대로 그리면 됩니다. 하지만 잊지 마세요. 당신이 그런 식으로 팬들의 마음을 멋대로 짓밟을 수 있는 것은 그동안 우리 팬들이 당신을 지지해왔기 때문입니다. 팬들은 모두 저와 같은 생각일 것입니다.

아이치현 20세 남자 대학생 곤도 타다히사

지금까지 한 번도 잡지사에 의견을 투고해본 적이 없었습니다 만 이번만큼은 해야겠습니다. 저는 귀사에 항의합니다. 진나이 류지의 '스니빌라이제이션' 142화, 그것을 게재한 것이 옳은 선택 이었나요? 그런 황당한 스토리가 독자에 대한 성실한 태도라고 할 수 있나요? 작가가 그냥 아무 생각 없이 하르시온을 죽였다고 밖에 생각되지 않습니다. 휴재하는 한이 있더라도 제대로 된 스 토리를 짰어야지, 어쩌다가 이런 전개가 된 겁니까?

홋카이도 28세 남자 회사원 오카지로 히토시

항의문을 쓰기 전에 많이 생각해 봤습니다만, 막상 컴퓨터 앞 에 앉으니 뭐라고 써야 할지 모르겠습니다. 그만큼 저는 깊이 분 노하고 있습니다. 저는 진나이 류지의 '스니빌라이제이션' 142화 에 대해 말씀드리고자 합니다. 작가의 독선과 나태함이 빚어낸 허술한 원고라고밖에 생각할 수 없습니다.

도쿄도 23세 남자 회사원 나카이 도쿠로

'스니빌라이제이션'이 읽고 싶어서 '인터널'을 매주 사고 있습니 다. 지금까지 나온 단행본도 전부 샀습니다. 하지만 그것도 이번 주로 끝입니다. 하르시온이 없어져 버린 진나이 류지의 작품 따 윈 아무런 가치가 없습니다.

치바현 20세 남자 대학생 키쿠치 카즈요시

독자를 무시하지 마. 저번 주에는 필력이 떨어지고, 이번 주에는 독자가 가장 좋아하는 캐릭터를 그렇게 허무하게 죽이다니.

교토부 19세 남자 프리랜서 마츠모토 요시

이번 주의 '스니빌라이제이션'은 최악이었습니다.

치바현 14세 남자 중학생 스즈키 후유키

이제 진나이 류지의 팬을 그만둘까 생각합니다.

도쿄도 25세 남자 공무원 안도 미치루

진나이, 죽어.

익명

　진나이 류지는 힘없이 고개를 떨구었다. 테이블 위로 양손에서 떨어진 엽서와 편지 다발이 흩어졌다. 몇 장은 바닥에도 떨어졌다. 진나이와 함께 있던 편집자 타치바나 카즈야는 무덤덤한 표정으로 허리를 굽혀 그것들을 주웠다.
　시간은 새벽 2시를 지나고 있었다. 장소는 타카나와에 있는 진나이의 작업실에서 가까운 패밀리 레스토랑이었다. 가게 안에는 빈자리가 많았다. 두 사람은 가게 가장 안쪽 자리에 있었다.

고작 커피 한 잔 시켜놓고 몇 시간째 자리를 차지하고 있는 진나이와 타치바나를 종업원들이 눈치 주며 쳐다보았다. 하지만 지금 진나이는 그런 것을 신경 쓸 여유가 없었다. 생각해야 할 문제가 산더미 같았고 무엇부터 해야 할지 감이 오지 않았기 때문이었다. 마음의 정리가 되지 않은 채 시간만 흘렀다.

오늘도 마찬가지였다.

얼마 전에 있었던 그 끔찍한 사건과 요즘 꼬여버린 작품 때문에 마음이 무거워 이 패밀리 레스토랑으로 도망친 것이다.

"내가 여기에 있는 건 용케 알았네."

진나이가 말했다. 타치바나는 진나이의 어시스턴트인 호소노에게 들었다고 덤덤하게 말했다. 그리고 불평하듯 말하기 시작했다.

"편집부가 패닉 상태입니다. 진나이 씨 앞으로 오는 편지가 매일 백 통이 넘어요. 제가 지금 가져온 것도 일부분에 지나지 않습니다. 도저히 다 가져올 수가 없으니 나머지는 나중에 집으로 배달해드리죠. 그리고 일은 좀 어떻습니까?"

곧장 진나이의 집으로 보내오는 팬레터 더미도 있었다. 아니, 팬레터라는 것은 명목뿐이고, 실제로는 그에 대한 비난과 욕설뿐이었다. 상상만 해도 소름끼치는 상황이었다.

"그런 거 전달해주지 않아도 돼. 보고 싶지도 않아. 그냥 버려줘."

"아뇨. 한 번은 보신 다음에 직접 판단하시고 버려주세요. 만에 하나 편지 중에 중요한 내용이 있을지도 모르잖아요. 제가 그 책임을 질 수는 없죠."

진나이는 고개를 숙인 채 우울한 마음으로 한숨을 쉬었다.

타치바나는 바닥에서 주운 팬레터를 다시 내밀면서 말했다.

"이것들이 독자들의 의견입니다."

항의나 비판, 아예 협박까지 담은 팬레터의 어조는 다양했지만, 결국 논지는 한결같았다.

"그러니까 하르시온을 죽이지 않는 편이 좋았다는 거지?"

"그렇게 단언할 수는 없다고 생각해요. 진나이 씨가 하르시온을 대신할 수 있는 새로운 캐릭터를 만들어 낼 수 있다면 독자들은 하르시온이라는 캐릭터를 쉽게 잊어버리겠지요."

새로운 캐릭터, 그런 것이 그렇게 쉽게 만들어진다면 뭐가 문제겠는가. 연재를 시작하면서 1화부터 등장시킨 주연급 히로인(여자 주인공 – 옮긴이 주)을 대신할 캐릭터가 하루아침에 만들어질 리 없다.

"꼭 새로운 캐릭터를 만들어야만 하는 것도 아닙니다. 하르시온이 죽은 이상 앞으로 스토리에 극적인 변화가 일어나는 것은 틀림없지요. 그러니까 이왕 이렇게 된 이상 독자들이 절대 예상할 수 없는 전개를 부탁드려요."

편집자인 타치바나도 독자들만큼이나 제멋대로였다. 그도 진나이의 한계를 훨씬 뛰어넘는 요구를 아무렇지도 않게 들이댄다.

진나이는 크게 한숨을 쉬었다.

"쉽게 말하지 마. 요즘 독자들은 눈이 높아. 어릴 때부터 만화나 영화, 소설을 산더미처럼 보면서 자랐어. 새로운 전개가 어디 있어? 있는 거라고는 다 원래 있던 것을 변형한 것뿐이야. 독자가 절대 예상할 수 없는 스토리라는 게 그렇게 쉽게 나올 수 있는 것이 아니야."

하지만 타치바나는 그런 진나이의 불평을 못 들은 듯 그리운 이름을 거론했다.

"그러고 보니 벨파스트는 더 이상 등장하지 않는 건가요?"

"벨파스트라면 벌써 2년 전에 죽었잖아."

"사탄의 정체가 사실은 벨파스트였다는 전개는 어떨까요?"

"말도 안 돼. 억지스러워."

"억지든 뭐든 상관없습니다. 숙적 사탄은 사실 주인공 차임의 스승이었다…라든가…."

"그렇게 되면 벨파스트가 스피드 프리크에게 살해당하는 장면은 어쩔 건데? 벌써 2년 전 에피소드야. 이제 와서 없던 일로 만들 수 없어."

"그 벨파스트가 살해당하는 장면은 차임의 시점으로 표현되어 있잖아요. 그러니까 차임의 상상으로 처리하면 되죠."

"하르시온의 죽음을 계기로 사탄과 벨파스트가 동일인물이라고 하라는 건가?"

"그렇죠. 아예 하르시온이 사실은 적이었다는 설정을 추가하면 어떨까요? 그러면 새로운 이야기가 만들어지죠. 그녀가 왜 스파이로서 차임에게 접근했는지, 그 에피소드를 '스니빌라이제이션'의 2부로 하면 어때요? 그것도 하르시온이 주인공이면 더 좋죠."

'결국 하르시온인가.'

진나이는 잠시 타치바나를 쳐다보고 말했다.

"타치바나 씨도 이 팬레터와 같은 의견이야? 하르시온이 등장하지 않는 '스니빌라이제이션'은 아무 가치도 없다고? 아니, 하르시온을 그리지 않는 진나이 류지 따위 만화가로서 가치가 없다고?"

"아무도 그렇게까지는 말하지 않았어요."

"내가 그 만화를 그리는 한 계속 하르시온을 그려야 하는 걸까?"

"하르시온을 그리는 게 그렇게 싫으세요? 그럼 그녀의 그림자가 될 새로운 여성캐릭터를 등장시키면 어떨까요? 실은 하르시온에게는 여동생이 있었다든가."

진나이는 몇 번째인지도 모르는 한숨을 쉬며 컵에 든 물을 마셨다. 입가에 묻은 물을 닦으며 말했다.

"그럼 왜 반대하지 않았지?"

"네?"

"하르시온을 죽이는 그 원고를 제출했을 때 왜 반대하지 않았냐고?"

"잊으셨어요? 그럴 여유가 없었어요. 진나이 씨는 141화 때 원고를 제출하지 않으셨죠. 예고도 없었고요. 진나이 씨 만화가 인생에서 처음 있었던 일이었어요. 그때는 어쩔 수 없이 세이브save해둔 화로 간신히 사태를 수습했죠. 하지만 그런 일이 연속되면 신용에 문제가 생깁니다. 진나이 씨 개인적인 문제라면 상관없지만 '인터널'이라는 잡지마저 독자에게 신뢰를 잃을 수 있었어요. 그래서 그 원고를 안 된다고까지 말하지 못했던 거죠."

진나이는 타치바나가 하는 말을 심드렁하게 들었다. 편집자는 여러 작가와 교류하는 업무가 많다보니 대개 말을 잘한다. 추궁해도 어떻게든 논리를 펼쳐서 둘러대는 것이 그들의 특기다. 그때도 눈앞의 이익에 눈이 멀어 장기적인 계획이 전혀 없었을 것이다. 진나이 혼자만 욕을 먹을 일이 아니다. 타치바나도 하르시온이 없는 '스니빌라이제이션', 아니 만화잡지 '인터널'의 앞날이 어떨지 이제야 눈치 챈 것이다. 하지만 늦었다.

"원고 마감 시한을 제 때 맞추지 못한 건 미안하다고 생각해."

"그건 이미 끝난 일이에요. 그것보다 하르시온에게 질린 건가요?"

"질렸다든가 그런 단순한 문제가 아니야."

"그럼 어째서 하르시온을 죽인 거죠?"

"하르시온이 독자에게 가장 인기가 있었지. 그래서 죽인거야.

팬의 기대를 배신하는 거야말로 최고의 팬서비스거든."

진나이는 자신의 목소리가 약간 떨리는 것이 느껴졌다. 일부러 강한 척하고 있는 것이다. 스스로도 알고 있다.

"팬을 분노하게 만들고 실망시키는 것이 팬서비스라고요?"

이번에는 타치바나가 한숨을 쉬었다.

"그래. '스니빌라이제이션' 독자의 눈을 뜨게 만든 거야. 2차원 소녀를 사랑하는 것은 쓸데없다는 것을."

"쓸데없어도 뭐 어때요? 그걸로 먹고 사시잖아요. 설마 진나이 씨, 만화가를 그만둘 생각이신 건 아니죠?"

갑자기 타치바나가 인상을 쓴다.

진나이는 훗 하고 코웃음 쳤다. 대체 무슨 소리를 하는 건가. 그 정도 일로 만화가라는 직업을 놓고 고민할 정도는 아니다.

"재능이 고갈되고 만화가 팔리지 않게 되면 몰라도 지금은 그만둘 생각이 없어."

그 말을 들은 타치바나는 심각한 표정으로 진나이를 보았다.

"뭐야? 왜 그런 눈으로 보는 거야?"

"진나이 씨, 제가 솔직하게 말씀드려도 될까요?"

"일일이 허락 안 받아도 되니까 마음껏 말해."

"저는 후회하고 있습니다."

"뭘?"

"당신의 전속 편집자로서 억지로라도 하르시온을 죽이는 걸

막았어야 했습니다."

이제야 본심을 말하는 건가.

"역시 타치바나 씨에겐 내 작품이 상품일 뿐이군. 하르시온 을 죽이면 그녀의 팬이 떠나가겠지. 잡지의 매출이나 단행본 매출도 떨어질 거고."

"솔직히 그것도 있습니다만 단지 그것 때문만은 아니에요."

"그럼 뭔데?"

"하르시온을 죽여야 한다면 어쩔 수 없죠. 하지만 그녀는 지 금까지 계속 이야기를 이끌어온 캐릭터입니다. 죽인다면 더 극 적인 죽음을 연출했어야 했습니다."

"극적인 죽음?"

"그렇습니다."

타치바나가 고개를 끄덕이며 말을 이었다.

"어째서 준주연급의 히로인 하르시온이 그렇게 허무하게 죽 어야만 했나요? 귀환하는 중에 제어불능에 빠져 아군의 전투 기와 충돌하다니요."

"허무한 죽음?"

"그것도 갑작스러운 죽음이죠. 황당해요. 142화에서는 한 번 도 전투씬이 없었어요. 전투기가 제어불능에 빠지는 것도 납득 이 안 됩니다. 평범한 이야기 마지막에 갑자기 하르시온이 죽 는 장면이 삽입된 것 같았어요. 앞부분에 평화로운 부대원들 의 일상을 그려서 후반부에 나오는 극적인 비극을 더욱 심화

시키려던 의도였는지도 모르지만 당신 작품을 전부 읽어온 저로서는 그런 의도를 느낄 수 없었어요. 마치 다른 두 에피소드의 처음과 끝을 잘못 붙인 것 같았죠. 아무 복선도 없이 극적인 전개를 사용하시다니…. 결국 앞으로 쓸 내용이 없어서 하르시온을 죽였다고밖에 생각할 수 없었어요."

말없이 듣고 있었지만 더 이상 참을 수 없었다.

진나이는 양손으로 테이블을 힘껏 내리치고 일어났다. 또 다시 목소리가 떨렸다. 강한 척을 하고 있어서가 아니라 분노 때문이었다.

"갑작스럽다고? 복선도 없다고? 말도 안 돼. 그럼 대체 현실에는 '갑작스럽지 않은 죽음'이 있다는 거야? '복선이 있는 죽음'이 있다고? '갑작스러운' 게 당연한 거야. '복선'이 없는 게 당연해! 현실은 원래 그래. 만화와 다르다고."

진나이의 고함은 심야의 패밀리 레스토랑 안에 울려 퍼졌다. 몇몇 손님들은 깜짝 놀라 진나이를 쳐다보았고, 종업원들은 민폐라는 듯이 그를 노려보았다.

숨을 헐떡거리는 진나이에게 타치바나는 다독이듯 말했다.

"현실이 아니라 만화 이야기를 하는 거예요."

진나이는 타치바나로부터 시선을 돌리고 고개를 숙였다. 그러더니 힘없이 의자에 앉아 멍하니 중얼거렸다.

"사토미도 그렇게 죽었어…."

스스로에게 하는 말이었다. 타치바나의 시선에서 동정심이 느껴져 더 고통스러웠다.

하르시온이 죽는 장면은 사토미가 죽은 지 얼마 지나지 않아 그런 것이었다. 진나이는 하르시온을 사토미에 투영하고 있었다. 캐릭터의 외모뿐만 아니라 '갑작스럽고' '복선'이 없는 그 죽음조차도.

진나이는 자신이 천벌을 받았다고 생각했다.

그날 출근하기 직전 사토미가 말했었다.

'류지 씨, 당신은 만화에 재능이 있는 거지?'

왜 갑자기 그런 말을 하는지 이해할 수 없었다. 진나이는 당황하면서도 대답했다.

'그래, 나에게는 재능이 있어. 그건 사토미가 가장 잘 알고 있잖아?'

그렇게 웃으며 대답했다.

하지만 분명 사토미는 이미 알고 있었던 것이다, 여자의 감으로. 진나이에게 만화가로서의 재능이 없다는 것을, 지금까지 해왔던 것도 기적에 가까웠다는 것을.

그리고 그것이 진나이가 본 사토미의 마지막 모습이었다.

'사토미.'

당장이라도 눈물을 흘리라고 한다면 몇 리터라도 흘릴 수 있다.

타치바나는 조용히 일어났다. 그 소리에 진나이는 회상에서 현실로 돌아왔다.

"그럼 전 돌아가겠습니다. 앞으로 '스니빌라이제이션'의 전개를 잘 생각해주세요."

그 말만 남기고 타치바나는 진나이에게서 뒤돌아 섰다.

자기가 할 말만 남기고 불리해지면 도망간다. 편집자라는 족속은 그런 인간이다.

"타치바나 씨."

그 목소리에 타치바나가 놀라 다시 뒤를 돌아보았다.

"저는 더 이상 하르시온을 그리지 않을 겁니다. 그러니까 하르시온의 과거를 '스니빌라이제이션' 2부로 삼는다는 제안은 받아들이지 않을 생각입니다. 아시겠습니까?"

"마음대로 하시죠. 결국 진나이 씨의 작품이니까요. 내용이 어떻게 되더라도 인기만 끌 수 있다면 상관없어요."

"하르시온과 영원히 인연을 끊고 싶다고 떼를 쓰는 건 아닙니다. 2부의 주인공이 하르시온이라고 해도 그 하르시온이 1부 끝에서 죽는다는 걸 이미 다 알게 되잖습니까? 그럼 매력적인 작품이 될 리가 없죠."

"그것도 그렇군요."

타치바나가 동의했다. 지금이라면 무슨 말을 해도 반론하지 않을 것이다.

진나이는 말을 이었다. 그것은 타치바나가 아니라 자신에게 다짐하기 위해 하는 말이었다.

"주인공의 죽음이라는 운명이 결정된 이야기는 누가 읽어도 재미없을 겁니다."

바닥에 서 있는 차임.

창밖으로 흐르는 별들이 반짝이고 있다.

전투 중 조용해진 순간.

차임은 하르시온을 생각하고 있었다.

그녀가 돌아오면 고백하자고 생각했다.

발소리가 들려와 차임은 뒤를 돌아보았다.

하르시온이 왔다고 생각했다.

하지만 아니었다.

거기에는 포에버가 서 있었다.

포에버는 창백한 표정으로 말했다.

"하르시온이…, 죽었어."

처음에 차임은 포에버가 농담이라도 하는 줄 알았다.

하지만 그 진지한 표정으로부터 진실을 말하고 있음을 알 수

있었다.

경악으로 일그러지는 차임의 표정.

"귀환하는 도중에 제어불능에 빠진 전투기와 충돌했…"

그 말이 끝나기도 전에 차임은 달려 나갔다.

뭔가가 잘못된 거다. 그럴 리가 없다.

갑판에는 많은 부대원들이 모여 있었다.

"회수할 수 있던 것은…. 저것뿐이라네."

닥터 후가 차임에게 말했다.

차임은 닥터 후가 가리킨 방향을 보았다.

거기에는 우주왕국군의 전투기 잔해가 있었다.

차임은 휘청거리며 그 앞으로 다가갔다.

잔해에는 차임의 사인이 있었다.

무사히 돌아오라고 그녀의 기체에 써놓은 자신의 이름이다.

차임은 통곡했다.

하르시온은 죽었다.

◆

새하얀 편지 봉투를 앞에 두고 미츠하시 코이치는 생각에 잠겼다.

벌써 2시간이나 이러고 있다. 하지만 한 줄도 쓰지 못했다. 생각해보면 초등학교 때부터 작문이 쉽지 않았다.

창밖에서 시끄러운 힙합 음악이 들려온다. 외국 가수의 곡이다. 미츠하시는 그 가수가 무슨 가수인지 전혀 감이 오지 않았다. 옆집에 사는 고시생이 듣고 있는 곡이지만, 미츠하시에게는 그냥 소음일 뿐이었다.

'큰 소리로 듣고 싶으면 헤드폰을 끼거나 무인도에서나 들을 것이지.'

대체 몇 번이나 항의하려고 했을까. 하지만 머리카락을 금색으로 물들인 채 매일 밤 다른 여자를 집에 끌어들이고, 휴일에는 오토바이를 탄 폭주족으로 변신하는 2살 연하 고시생은 자신보다 키도 크고 체격도 좋았다. 괜한 짓을 했다가는 오히려 두들겨 맞을 수도 있었다. 그로 인해 돈까지 뜯기면 안 그래도 빈곤한 지갑사정이 더 나빠질 것이다. 불필요한 리스크는 피하는 것이 상책이다.

미츠하시는 가능한 한 옆집 음악이 들리지 않도록 최대한 집중해서 눈앞에 놓인 편지지를 바라보았다. 펜을 들고 언제라도 쓸 수 있도록 준비했다.

미츠하시가 쓰려고 하는 편지는 어느 만화가에게 보내는 편지다. 팬레터라고 해도 좋을지 모르겠다.

사실 그런 편지를 쓰는 것은 난생 처음이었다. 그래서 대체 뭘 써야 할지 감이 잡히지 않았다. 고민하던 사이에 시간만 속절없이 흘렀다. 이러고 있는 것은 시간낭비일 뿐이다. 생각이 너무 많아서 쓰지 못하는 것이다. 편지지 한두 장은 낭비한다고 생각하고 뭐라도 쓰는 편이 오히려 잘 써질 것이다.

쓰고 싶은 내용은 산더미 같았다. 하지만 그것을 글로 표현할 자신이 없었다. 생각을 그대로 편지지에 적으면 지리멸렬한 글이 될 것이 뻔했다.

고민하다가 간단히 이렇게만 적었다.

진나이, 죽어.

그 간결하고 명확한 문장을 몇 번이고 다시 읽어본 다음, 결국 그냥 이렇게만 보내자고 결심했다. 쓸데없는 내용을 주저리주저리 적는 것보다 이렇게 간단히 쓰는 편이 자신의 분노를 상대에게 더 직접적으로 전하는 것처럼 느껴졌다.

'인터널'의 독자 엽서에는 주소, 이름, 나이, 직업, 성별을 쓰는 항목이 있어서 처음에는 그걸 따라서 적을 생각이었지만 이렇게 한 줄뿐인 팬레터는 결과적으로 그냥 욕을 하는 거나 다를 바 없어서 익명으로 하는 편이 나을 것이다.

편집부 주소를 쓰고 밀봉하여 우표를 붙인 후에 어제 발매한 '인터널'을 다시 쳐다보았다.

잡지에서 읽을 부분은 단 한 군데. 다름 아닌 '스니빌라이제이션' 제142화다.

대체 그것을 몇 번이나 읽었을까. 셀 수도 없었다. 이미 열 번, 스무 번 수준이 아니다.

충격.

미츠하시가 어제 처음으로 142화를 읽었던 심경은 그 한마디로밖에 표현할 수 없었다.

그것이 작가 진나이 류지에 대한 분노로 바뀌는 데는 그리 오래 걸리지 않았다. 하르시온의 죽음을 들은 차임의 통곡은 다름 아닌 미츠하시의 통곡이었다.

진나이 류지의 '스니빌라이제이션'. 미츠하시는 옛날부터 만화나 애니메이션에 빠져있었지만 이렇게까지 그의 마음을 사로잡은 작품은 없었다.

우주전쟁이라는 배경 속에서 마음과 얼굴에 상처를 입은 소년 차임의 성장 이야기. 그의 친구 포에버. 군의관 닥터 후. 그리고 압도적인 카리스마를 지닌 악의 제왕 사탄. 그 거점인 우주스테이션 더 박스. 옛날에는 벨파스트라는 캐릭터도 있었다. 엄격하게 차임을 지도하는 한편 가끔 보이는 상냥함이 호감을 가지게 했다. 미츠하시는 마치 의지할 수 있는 아버지와 같은 이 캐릭터를 좋아했지만 2년 전 어느 화에서 사탄의 부하 스피드 프리크에게 살해당했다.

물론 그때도 미츠하시는 슬픔에 잠겼다. 하지만 명예로운 죽음이었고 벨파스트의 죽음을 예측하게 하는 불길한 묘사가 이전부터 있어 쉽게 그 사실을 받아들일 수 있었다. 아니, 오히려 이야기의 전개상 반드시 필요했다고도 생각했다.

존경하는 상관의 죽음은 차임에게 있어 하나의 전환점이었다. 차임이 소년에서 한 명의 남자로 성장하는 계기가 되었으니까.

하지만 이번 하르시온의 죽음은 도저히 어떤 의미가 있다고 보기 힘들었다. 마치 개죽음이나 다를 바 없다. 하르시온이 탄 전투기가 아군의 기체와 충돌하였고, 그것이 그녀의 사인(死因)이다. 게다가 전투 중도 아니었다.

작가가 독자를 우롱하고 있다는 생각이 들었다. 작가인 진나이는 진지하게 이 만화를 그리고 있는 걸까. 복선도, 징조도 없었다. 완전히 갑작스런 사고사였다.

하르시온은 여자 주인공이다. 하르시온 역시 주인공 차임 이상으로 '스니빌라이제이션'을 대표하는 캐릭터였다. 이 만화의 존재를 몰라도 서점의 포스터 등에서 하르시온 캐릭터를 본 사람은 많을 것이다. '스니빌라이제이션'의 인기는 항상 하르시온의 인기와 비슷했다. 그런데 왜 그녀가 이렇게 허무하게 죽어야 한단 말인가!

눈을 감았다. 눈꺼풀 뒤에서 그녀가 자신에게 보여준 여러 모습이 떠올랐다. 무표정한 하르시온, 우는 하르시온, 웃는 하르시온. 그녀의 감정의 변화가 미츠하시의 마음을 한층 더 조여 왔다. 하르시온은 자신의 연인이었다. 적어도 미츠하시는 그렇게 생각했다.

미츠하시가 '스니빌라이제이션'에서 가장 좋아하는 장면은 이 장면이다.

'당신은 추하지 않아.'

어릴 때 살던 마을이 쿠데타군에게 폭격을 당해 차임은 얼굴에 큰 화상을 입었다. 켈로이드 흉터로 뒤덮인 왼쪽 얼굴을 긴 앞머리로 가리고 있던 차임은 자신의 얼굴에 콤플렉스가 있었다. 연재 초기의 차임은 계속 어두웠고 미소를 보인 적이 없었다. 그리고 얼굴에 화상을 입힌 전쟁이 트라우마가 되어 싸우는 것을 두려워했다. 전투기 조종도, 사격도 성적이 최하위였다.

하지만 그런 차임의 마음을 연 것이 바로 하르시온이었다.

하르시온은 상냥하게 웃으며 차임의 앞머리를 옆으로 밀었다. 차임의 화상이 모든 독자에게 드러난 것은 그때가 처음이었다. 두 번째는 없었다. 앞으로도 없을 수 있다.

'당신은 추하지 않아. 약하지도 않아.'

하르시온은 그렇게 말했다.

'강한 사람은 아름다우니까.'

그것이 계기가 되어 차임은 자신이 가지고 있던 미지의 힘에 눈을 뜬다. 벨파스트의 죽음으로 인해 차임의 힘은 한층 더 폭발했다. 더 박스에서 탈출한 차임은 쿠데타군 부대의 공격을 미리 알아차리고 혼자서 그에 맞서 싸워 초인적인 힘으로 그들을 궤멸시켰다.

미츠하시는 차임을 자신에게 투영했다. 외모에 콤플렉스가 있고, 전투 능력이나 연습 성적도 낮았다. 뭘 해도 안 되는 그저 그런 소년이 한 명의 아름다운 소녀에 의해 각성하고 미지의 능력을 손에 넣는다.

언젠가 자신에게도 하르시온과 같은 존재가 나타나지 않을까? '스니빌라이제이션'을 보며 그런 상상을 하는 시간이 미츠하시에게 가장 소중한 시간이었다.

그리고 자신은 하르시온과 운명적으로 연결되어 있다고 확신할 만한 에피소드가 있었다.

그녀를 사랑하는 독자는 전국에 수십만 명은 될 것이다. 하지만 몇 십만, 설령 몇 백만이라고 해도 자신은 그중에서 으뜸인 독자다.

손을 뻗었다. 손끝으로 만져지는 베개를 잡아당겼다. 길이가 160센티나 되는 베개이다. 표면에는 거의 1:1비율로 하르시온의 일러스트가 인쇄되어 있다.

◆

한 장, 두 장, 세 장….

집에 온 진나이는 조금 전 패밀리 레스토랑에서 타치바나에게 받은 팬레터를 정리하고 있었다.

팬레터는 사실 하르시온을 죽인 것에 대한 항의 편지였다. 정리라는 것은 남녀로 나누는 것이었다.

팬레터의 대부분은 남성이 보낸 것이었다. 원래 팬레터를 보내는 것은 여성이 많지만 이번에는 역전되었다. 평소 팬레터라는 것을 보내지 않는 남자들이 하르시온이 죽은 것 때문에 미쳐 날뛰고 있었다.

남성 독자들에게 압도적으로 인기가 많던 하르시온. 그들에 대한 팬서비스는 주인공 차임과 하르시온의 관계를 친구와 연인 사이에서 밀고 당기며 결코 맺어지게 하지 않고 흔드는 것이었다. 독자는 차임에게 자신을 투영하고 하르시온과의 사랑을 꿈꾸었다.

하지만 이제 그것도 불가능하게 되었다. 진나이가 하르시온을 죽였기 때문이다.

여성 독자의 팬레터에는 하르시온을 죽인 것에 대한 막무가
내식 항의는 별로 없었다. 그래서 최근 진나이는 여성 독자의
팬레터만 읽었다. 반면 남성 독자의 팬레터는 보지도 않고 다
버렸다.

패밀리 레스토랑에서 타치바나가 억지로 보여준 팬레터 때
문에 진나이는 몹시 침울해졌다. 작품에 대한 이런 부정적인
팬레터를 산더미처럼 받은 것은 진나이의 만화가 인생 중 처음
이었다.

팬레터를 정리하고 그중 버릴 것은 검은 비닐 봉투에 넣었
다. 내일 아침에 버릴 생각이었다.

버리지 않은 여성 독자의 팬레터는 아무렇게나 테이블 위에
두었다. 거실의 테이블 위에는 각종 편지가 널브러져 있었다.
핸드폰이나 각종 공공요금 영수증. 전부 개봉하지 않고 그대로
두었다. 개봉할 기력도 없었다.

진나이는 소파에 기대고 있던 몸을 일으켜 집 안을 둘러보
았다. '스니빌라이제이션'의 인세로 산 집이다. 사토미와 살기 위
해 지은 집이다.

그날 아침 그 순간을 어제처럼 기억했다. 눈을 뜨고 계단을
내려가자 사토미는 주방에서 식기를 설거지하고 있었다. 그녀
는 이미 출근 준비를 마친 상태였다. 이제 출근하려고 한다고
그녀는 말했다.

'배고픈 채로 운전하면 집중력이 떨어져서 사고 날지도 몰라.'

설마 그 말이 현실이 될 줄 누가 상상했겠는가. 진나이가 꿈꾸었던 사토미와의 행복한 미래는 깨지기 쉬운 유리 조각처럼 산산조각 나버렸다.

사토미가 죽지 않았다면 자신은 하르시온을 죽이지 않았을 것이다. 그랬다면 이렇게 팬들의 공격도 받지 않고 원고 마감 시한에 쫓기지도 않고 사토미와 함께 행복하게 지냈을 것이다. 그리고 만화가 랭킹에서도 계속 상위권을 차지했을 것이다.

한순간의 격한 감정으로 하르시온을 죽인 자신에게서 팬들이 떠나가는 것은 어쩔 수 없다. 타치바나 말대로 다시 한번 하르시온을 등장시키든가, 아니면 그녀를 대신할 새로운 캐릭터를 등장시키기 전까지는.

진나이는 이번에 올 새로운 어시스턴트를 떠올렸다. 지금 진나이의 만화 제작을 돕는 어시스턴트는 호소노라는 남자 한 명뿐이었다. 하르시온을 죽인 일로 다른 어시스턴트는 전부 그를 떠났다. 어시스턴트가 한 명인 것은 아무래도 너무 힘들었다.

새로운 어시스턴트는 어느 동인지(일반적으로 출판되는 서적과 달리 동인(아마추어)이 사비를 들여 출간한 책 - 옮긴이 주) 서클의 메인작가라고 했다. 그리고 여성이며 진나이의 열성적인 팬이라고 했다. 여성이기에 괜찮겠다 싶었지만 그래도 하르시온을 죽인 것에 미쳐 날뛰지 않을 거란 보장은 없었다.

진나이는 화풀이 삼아 테이블을 힘껏 걷어찼다. 테이블이 흔들리며 그 위에 있던 편지들이 바닥에 떨어졌다. 어디선가 본 광경이었다. 조금 전 패밀리 레스토랑의 광경과 똑같았다. 다만 그것을 주워줄 타치바나는 없었다.

진나이는 몸을 일으켜 소파에서 일어났다. 바닥에 떨어진 편지들을 주웠다.

남성 독자의 팬레터는 모두 버렸다. 공공요금의 영수증은 나중에 필요할 수 있으니 버리지 않기로 했다.

여성 독자의 팬레터는 남성독자의 팬레터처럼 신랄한 것이 아니라면 버리기 뭣하다. 하지만 아무리 '독자는 왕이다'라고 생각해도 작가에게 무책임한 요구를 하는 것은 납득할 수 없다. 물론 남성 독자의 팬레터에 비하면 좀 낫지만.

'이건 뭐지?'

고급스런 흰색 봉투였다. 실링 왁스sealing wax로 제대로 밀봉까지 되어 있었다. 그리고 받는 사람 주소란에는 라벨 프린터로 작업한 듯한 스티커가 붙어있었다.

'슈카샤 '인터널' 편집부 진나이 류지 담당자님 귀하.'

생각났다. 몇 주 전에 편집부에 보내온 것이다. 팬레터일 테지만 그 무렵 발생한 사토미의 사고 때문에 정신이 없어 아직 이 펜레터를 뜯어보지 않았다.

진나이는 편지 봉투를 북북 뜯었다. 분명 만화가 진나이 류지를 응원하는 편지일 거라고 믿어 의심치 않았다. 왜냐면 이 편지는 하르시온이 죽기 전에 보내온 팬레터이기 때문이었다.

진나이는 안에 든 편지지를 꺼냈다. 두 번 접어져 있는 편지지를 아무 생각 없이 펼쳤다. 워드프로세서로 작성된 편지였다. 건조한 느낌의 명조체였다. 진나이는 내용을 읽어나갔다.

처음으로 편지를 씁니다.

저는 진나이 선생님의 만화를 좋아해서 계속 읽어왔습니다. 좋아하는 선생님께 편지를 쓰는 것이라 쓰고 싶은 말이 너무 많지만 이번에는 용건만 간단히 적겠습니다.

4월 27일 쿠와하라 사토미 씨가 교통사고를 당할 것입니다. 부탁드리니, 제발 그날만큼은 쿠와하라 사토미 씨가 평소보다 몇 배 주의해주시길 당부해주세요.

진나이는 몇 분간 머리가 멍해졌다.

4월 27일은 사토미가 죽은 날이다. 그녀는 교통사고로 사망했다. 운전하던 승용차가 가드레일을 들이박고 그대로 불길에 휩싸였다.

진나이는 그 편지를 힘껏 움켜쥐었다. 그리고 분노에 차서 벽에 집어던졌다. 둥글게 말아진 종이는 벽에 맞고 튕겨 나와 바닥에 떨어졌다.

'대체 누구야! 이런 빌어먹을 장난질을 하는 게!'

하지만 그런 것은 깊이 생각해 보지 않아도 뻔했다.

'스니빌라이제이션'의 독자다. 진나이의, 아니 광신적인 하르시온 팬이다. 어디선가 진나이의 약혼자가 죽었다는 이야기를 듣고 장난질을 치기 위해 이런 편지를 보낸 것이다.

'교통사고를 당할 것입니다'라고? 그게 무슨 뜻일까? '것입니다'라는 표현은 추측이다. 하지만 실제로 사토미는 벌써 죽었다. 그리고 4월 27일은 이미 과거다.

진나이는 편지가 들어있던 봉투를 집어들었다. 그리고 편지와 마찬가지로 쓰레기통에 넣으려다가 멈칫했다.

봉투의 어느 한 부분이 눈에 들어왔기 때문이었다.

봉투에는 평범한 우표가 붙어 있었다.

진나이가 봉투를 다시 쳐다본 이유는 우표 때문이 아니라 거기 찍힌 소인 때문이었다.

봉투 뒷면 왼쪽 끝에는 역시 라벨 프린터로 출력한 '보낸 사람 이름'과 '주소'가 적힌 작은 스티커가 붙어 있었다.

보낸 사람의 이름은 칸자키 미사.

쓰레기통을 뒤져 아까 전에 버린 편지를 다시 꺼냈다. 다시 펴서 주름을 폈다.

이 상황을 놓고 누구에게 전화를 해서 의논해야 할까.

휴대폰을 들고 잠시 망설였다.

만화가 동료는 친하긴 하지만 진지하게 이야기할 수 있는 상대가 아니다.

사토미의 부모님은 말도 안 된다. 두 사람은 아직도 딸의 죽음을 받아들이지 못했다. 이런 괴상한 편지를 이야기했다간 오히려 혼란스러울 것이다.

소꿉친구나 학생시절 친구는 최근에 만난 적이 없었다. 어디서 들었는지 사토미의 장례식에 온 사람도 있었지만 평소에 친하지 않았던 사람에게 이런 개인적인 상담을 할 수는 없다.

진나이는 고민하다가 타치바나에게 전화를 걸었다.

만화가가 되어 처음으로 같이 일을 했던 사람이 바로 그였다. '스니빌라이제이션'이 히트작이 된 것도 그의 편집자로서의 능력이 뛰어났기 때문인 측면도 있다. 자신의 노력은 사실 별 것 아닐지도 모른다.

몇 번의 신호음이 울린 이후 타치바나의 의아해하는 목소리가 들렸다.

"무슨 일이시죠?"

"시간 괜찮아? 좀 상담하고 싶은 것이 있어서…."

진나이는 '칸자키 미사'로부터 온 편지를 보며 말했다.

"이상한 팬레터가 있었어. 지금처럼 편지가 많이 오기 전에, 그러니까 내가 142화를 쓰기 전에 도착한 편지야."

"어떤 편지인데요?"

진나이는 편지에 적힌 문장을 읽어 주었다. 타치바나는 말없이 듣고 있었다.

"이거 무슨 의미라고 생각해?"

"무슨 의미고 뭐고 그냥 악질적인 장난이군요. 진나이 씨, 거슬리시면 경찰에 신고하시는 편이 좋을 겁니다."

"아니, 그런 말이 아니야. 그냥 장난이라고 생각했다면 내가 이 시간에 일부러 타치바나 씨에게 연락할 리 없잖아."

"장난이 아니라고 생각하신다고요?"

"장난이 아니라 진짜일 수 있어."

"왜 그렇게 생각하시는데요?"

"교통사고를 당할 거라고 쓰여 있어. 즉, 앞으로 사고를 당할 거라고 쓰여 있는 거라고."

"앞으로라니, 4월 27일은 이제 과거예요."

그런 타치바나의 말에 진나이는 스스로에게 말하듯 중얼거렸다.

"나는 그동안 이 편지가 있는지도 몰랐어. 다른 우편물이랑 같이 그냥 쌓아놓고 있었지."

"무슨 말씀이시죠?"

"그러니까 이 편지를 보냈을 때는 적어도 4월 27일보다 이전이라는 거야."

"그걸 어떻게 확신할 수 있죠?"

"편지에 찍힌 소인이 4월 25일로 되어 있어."

타치바나는 잠시 침묵한 다음 입을 열었다.

"어디 보자, 잠깐만요. 대체 어떤 편지죠?"

"서양풍의 고급스러운 봉투야. 편지지도 마찬가지. 뭔가 조작한 흔적은 없어. 깨끗해. 편집부 주소를 라벨기로 인쇄한 스티커가 붙어 있어. 봉투는 실링 왁스로 밀봉까지 되어 있었고. 80엔짜리 평범한 우표였지만 찍힌 소인은 조작되지 않았어."

"으음, 최근엔 편지 양이 엄청났으니까요. 어떤 편지였는지 저는 기억이 안 나네요."

"어때, 타치바나 씨?"

"뭐가요? 제가 보기에는…, 역시 악질적인 장난일 거예요. 그게 가장 상식적인 답변이죠. 소인에도 무언가 트릭이 있을 겁니다."

"트릭이라니, 예를 들어 어떤?"

"그야 당장 방법이 떠오르지는 않지만 그래도 그런 소인의 날짜는 어떻게든 조작할 수 있어요."

"그걸 대답이라고 할 수는 없지. 어떻게든 된다고 한다면 구체적으로 어떻게 하면 되는지 그 방법을 말해봐."

"그러니까 당장은 생각이 안 난다니까요. 시간을 주세요. 생각해 볼 테니."

진나이는 한숨을 쉬고 말했다.

"타치바나 씨."

"왜요?"

진나이는 자신이 지금 하고 있는 생각을 타치바나에게 말하는 것이 선뜻 내키지 않았다. 그래도 말하기로 했다.

"이 칸자키 미사라는 여자에게 연락을 해보려고 해."

"네? 누구요?"

"이 편지를 보낸 사람이야. 연락처가 적혀 있더군."

진나이는 지푸라기라도 잡는 심정으로 하루하루를 살고 있다. 처음 사귄 여성도 이미 이 세상에 없다. 그리고 약혼자였던 사토미도 죽었다. 자신이 사귀던 여자가 차례차례 죽어갔다. 누구라도 좋으니까 그 이유를 알려주었으면 싶었다.

어쩌면 이 편지를 보낸 사람을 만나면 알 수 있을지도 모른다. 그런 생각을 했다.

"위험하지 않을까요? 예를 들어서 진나이 씨를 만나고 싶어서 안달난 열성 팬이 진나이 씨를 불러들이기 위해 함정을 파놓은 걸 수도 있잖아요."

콧방귀를 뀌었다.

"그래도 상관없어."

"그러세요? 그럼 마음대로 하시죠. 하지만 부디 원고만은 늦지 말아주세요."

"괜찮아. 이미 콘티는 다 짰어. 캐릭터만 파바박 그리면 배경이나 기타 사항은 어시스턴트에게 시키면 되니까. 지금은 호소노뿐이지만 곧 새로운 어시스턴트도 올 거니까 걱정 마."

"파바박 말이죠."

"그래, 문제없어."

"그렇군요…."

타치바나는 요즘 어딘지 모르게 진나이게 서먹서먹한 태도를 취하고 있었다. 하지만 전과 달라진 건 타치바나가 아니라 자신임을 진나이는 그 누구보다 잘 알고 있었다.

사토미의 사고 이후 진나이의 일처리가 좋지 않다는 것을 타치바나는 잘 알고 있었다. 하르시온을 죽인 것도 그렇다. 솔직히 진나이 자신도 그 선택이 옳았는지 어떤지 판단할 수 없었다.

'알 게 뭐야.'

진나이는 이제 시간이라면 얼마든지 낼 수 있다. 지금까지는 아무리 바빠도 캐릭터만은 자신이 직접 그렸다. 하지만 이제는 얼굴만 그리고 몸이나 손발은 어시스턴트에게 맡기려고 한다. 아니, 호소노라면 진나이가 콘티만 그려도 완벽하게 진나이를 흉내낼 수 있기 때문에 전부 맡겨도 문제는 없을 것이다.

그러면 그만큼 시간이 남는다. 그리고 2부는 '우주 방랑 편'이라고 해서 하르시온의 죽음에 절망하여 우주 공간을 방랑하는 차임의 이야기로 써 나가면 된다. 그럼 배경은 그냥 검은색으로 처리해도 문제없다. 배경에 시간을 들이지 않으면 어시스턴트들도 캐릭터에 집중할 수 있다. 그림체가 바뀌었다고 비판하는 녀석이 나타날지도 모르지만.

'알 게 뭐야.'

진나이는 머릿속에 엉겨 붙는 여러 생각을 떨쳐내듯 '칸자키 미사'의 전화번호를 눌렀다.

◆

하르시온 베개. 그것을 처음 본 것은 아키야바라에 있는 어느 서점이었다.

미츠하시가 일주일에 한 번은 꼭 방문하는 회색 빌딩. 1층은 미로 같은 통로로 되어 있어 많은 가게가 들어서 있다. 가전제품을 파는 가게도 있고, 차량용품 전문점이나, 트랜지스터 같은 전자 부품을 파는 가게, 모델건이나 RC카를 파는 가게도 있다. 열거하자면 끝이 없다.

미츠하시는 곧장 2층으로 향했다. 1층의 영세한 가게와는 비교가 되지 않을 정도로 넓은 면적을 차지하고 있는 미츠하시의 단골 서점이 있다.

서점에 있는 손님은 전부 10대, 20대 젊은 남자들이다. 팔고 있는 서적은 애니메이션 관련 책이나 잡지도 있었지만 대부분은 만화책이었다. 기본적으로는 헌책방이지만, 수십 년 전에 발행되어 절판된 수백만 엔 이상의 구하기 힘든 헌책을 취급하는 곳도 아니다. 물론 미츠하시도 그런 책엔 관심이 없다. 베스트셀러인 '스니빌라이제이션'은 어느 서점에서든 다 살 수 있기 때문이다.

미츠하시가 이곳을 찾게 된 이유는 만화책 그 자체보다 만화와 관련된 상품인 포스터나 동인지가 많기 때문이다. 물론 오리지널 작품의 동인지는 관심이 없다. 미츠하시가 찾는 것은 기존 상품의 패러디물이다. 인기 있는 동인지는 전부 19금 표시가 있었다. 원작에서는 즐길 수 없는 유희의 세계가 여기에 있었다.

미츠하시는 바로 동인지 코너로 향했다. 그때 문득 눈에 들어온 것이 있었다. 하르시온이었다.

애니메이션 관련 상품 코너였다. '스니빌라이제이션'은 현재 가장 인기 있는 만화라서 그런지, 관련 상품 코너도 '스니빌라이제이션'으로 도배되어 있다고 해도 과언이 아니었다.

쇼케이스에 들어 있는 '스니빌라이제이션'의 각종 상품들. 여러 가지 피규어나 전화카드 사이에 있던 그 베개는 마치 빛나는 보석 같았다.

부드러운 베개에 인쇄된 실물 크기의 하르시온. 그녀의 미소에 얼굴을 비비고 싶었다. 그 부드러운 가슴에 얼굴을 파묻고 싶었다. 계속 안고 싶었다. 하지만 미츠하시는 그 베개에 붙은 가격표를 보고 절망감을 느꼈다.

완성품 피규어는 아무리 작은 것이라도 만 엔 이하는 없었고, 프리미엄이 붙은 전화카드도 2만, 3만 엔 정도였다. 하지만 그런 현실 따윈 미츠하시에게 있어 사사로운 문제였다. 10만 엔이건 20만 엔이건 대출을 받으면 그만이었다. 그것이 돈으로 해결되는 문제였다면.

베개의 가격표에는 가격 대신 이런 문장이 있었다.

'비매품입니다. 판매하지 않습니다.'

순간 직원과 협상을 시도해볼까 하는 생각도 들었다. 하지만 분명 자기처럼 팔아달라고 하는 손님이 많았을 것이다. 일부러 가격표에 이렇게 적어두었을 정도니까. 게다가 미츠하시는 평소 잘 아는 단골 서점의 직원이라고 해도 그와 협상을 할 정도로 정도로 사교적이지 않았다.

미츠하시가 할 수 있는 일이라고는 그저 쇼케이스에 있는 하르시온을 안타깝게 쳐다보는 것뿐이었다.

다음으로 하르시온 베개를 본 것은 인터넷 옥션 사이트였다.

인터넷 옥션은 방대한 양의 상품으로 구성되어 있다. 가격도 천차만별이다. 누구나 물건을 팔 수 있고 누구나 입찰할 수 있다.

수없이 많은 상품이 화면에 표시되지만 찾고자하는 상품을 검색하면 그에 해당하는 상품을 바로 찾을 수 있다. 미츠하시는 다음 두 단어를 입력하는 경우가 많았다. '스니빌라이제이션' 혹은 '하르시온'.

인기 만화의 인기 캐릭터이기에 검색 결과는 수백 건에 이른다. 그중에서 마음에 드는 상품을 찾는 것도 즐거운 작업이다.

최고 입찰가로 입찰을 해도 인기 상품이라면 바로 '다른 사람이 당신보다 높은 가격으로 입찰했습니다.'라는 입찰 갱신 메일이 온다. 그래서 옥션은 끝나는 순간까지 긴장을 늦출 수 없다. 그러한 옥션의 긴장감도 비매품이나 이제 생산되지 않는 귀한 상품을 손에 넣을 수 있는 기쁨과 마찬가지로 옥션이 주는 즐거움 중 하나다.

그리고 어느 날 눈에 들어온 상품에 미츠하시는 눈을 뗄 수 없었다.

'스니빌라이제이션' 하르시온 특제 베개.

프로모션용으로 서점이나 애니메이션 샵에 전시되는 상품. 물론 비매품이다. 물건을 올린 사람은 서점에서 근무하고 있어 손에 넣을 수 있었다고 했다.

현재 가격은 4만 엔.

미츠하시는 떨리는 손으로 키보드를 조작했다. 입찰가격 4만 5천 엔을 입력했다. 그러자 옥션 이용에 관한 안내문이 화면에 표시되었다. 이제는 익숙해진 주의사항 같은 것이다. 미츠하시는 페이지 맨 아래에 있는 '이상의 조건에 동의하여 입찰' 버튼을 눌렀다.

다음 순간 화면에 표시된 것은,

'다른 사람이 당신보다 높은 가격으로 입찰했습니다.'

라는 메시지였다.

다음 입찰자가 4만 5천 엔보다 높은 가격으로 입찰한 것이다. 그 녀석이 대체 얼마로 입찰했는지 알 방법은 없지만 그 이상의 가격을 입찰하지 않으면 하르시온 베개를 손에 넣을 수 없다.

미츠하시는 '금액을 올려 다시 입찰하기' 버튼을 누른 다음 4만 6천 엔으로 입찰하였다. 하지만 곧이어 다시 '다른 사람이 당신보다 높은 가격으로 입찰했습니다.'라는 메시지가 표시되었다.

미츠하시는 다시 '금액을 올려 다시 입찰하기' 버튼을 눌렀다.

하지만 역시 '다른 사람이 당신보다 높은 가격으로 입찰했습니다.'라는 메시지가 떴다.

다시 버튼을 눌렀다.

'다른 사람이 당신보다 높은 가격으로 입찰했습니다.'

다시 눌렀다.

'다른 사람이 당신보다 높은 가격으로 입찰했습니다.'

눌렀다.

'다른 사람이 당신보다 높은 가격으로 입찰했습니다.'

눌렀다.

'다른 사람이 당신보다 높은 가격으로 입찰했습니다.'

눌렀다.

'다른 사람이 당신보다 높은 가격으로 입찰했습니다.'

눌렀다.

'다른 사람이 당신보다 높은 가격으로 입찰했습니다.'

눌렀다….

대체 얼마나 이 행위를 반복했을까.

현재 금액은 6만 9천 엔이 되었다.

미츠하시는 답답해져서 한 번에 큰 금액을 입찰하기로 했다.

고민하다가 입찰금액을 10만 엔으로 했다. 옥션을 끝내기에 좋은 금액이라고 생각했다. 아무리 열성적인 팬이라도 이런 금액을 한 번에 입찰할 사람은 자신밖에 없을 것이다. 그리고 10만 엔을 입찰해도 그 금액이 공개되는 것이 아니니, 다른 사람은 입찰가를 천 엔씩만 올릴 것이다.

그리하여 미츠하시는 '최고액 입찰자'가 될 것이다.

미츠하시는 10만 엔을 입력하고 입찰 버튼에 마우스 커서를 갖다 댄 다음 마우스를 클릭했다. 이제 이것으로 하르시온은 자신의 것이 될 것이라 확신했다. 아무 의심 없이 그렇게 생각했다.

하지만,

'다른 사람이 당신보다 높은 가격으로 입찰했습니다.'

현재의 가격은 10만 천 엔.

미츠하시는 너무 놀라 멍한 표정으로 모니터 화면만 바라보았다.

'대체 뭐 하는 녀석이야?'

미츠하시는 '현재 입찰자의 아이디'를 클릭했다.

그 인물은 z_fan이라는 아이디였다. '진나이의 팬'이라는 뜻인가. 인터넷 옥션은 그동안 그 사람이 낙찰 받은 상품 리스트를 볼 수 있는 구조로 되어 있었다. 그래서 그 사람이 어떤 상품을 좋아하는지 대체적으로 알 수 있다.

z_fan이 과거에 낙찰 받은 것들은 정말로 '진나이의 팬'이라

는 닉네임에 어울렸다. 사인이 들어간 초판본, 3만 엔. 한정판 전화카드 3장 세트, 5만 엔. '스니빌라이제이션' 해외판 발매기 념 포스터, 2만 엔. 비매품 족자 2만 5천 엔. 독자선물용 티셔 츠, 7천 엔 등등.

더 이상 대적하기 힘들었다.

그리고 얼마 후, 미츠하시는 다시 그 베개를 발견했다.

'인터널'이라는 잡지의 독자 선물 페이지에서 베개에 인쇄된 하르시온이 자신을 향해 미소 짓고 있었다.

미츠하시는 그것을 보자마자 하루 종일 흥분 상태였다. 그 페이지를 상세히 보니, 독자들 중 한 명에게 그 베개를 선물해 드린다고 적혀 있었다. 단 한 명이다.

응모 안내문을 몇십 번이고 읽었다.

'이 페이지에 있는 응모권을 오려 엽서에 붙인 다음 응모해주 세요.'

응모권은 페이지 끄트머리에 있는 가로 세로 2.5센티 정도 되는 작은 인쇄물이었다.

'인터널' 한 권 당 응모권은 한 장이었다. 응모권 하나로는 아 쉬우니 여러 개를 응모하고 싶었지만 응모권은 단 한 장뿐이다.

처음에는 응모권을 복사해서 여러 장 응모해 볼까도 생각해 봤다. 하지만 재질 등을 고려할 때 완벽한 복제는 불가능할 것 이다. 편집부에서 얼마나 엄격히 체크할지는 모르겠지만 괜히

허튼 짓을 하다가 하르시온을 입수할 기회를 영원히 잃는 것만큼은 피해야 했다.

그 대신 미츠하시는 근처 서점과 편의점 등을 돌며 '인터널' 잡지를 최대한 많이 구입했다. 그리고 엽서 한 장 한 장에 하르시온에 대한 사랑을 담아 응모권을 붙였다.

미츠하시는 그날 저녁부터 다음 날 아침까지 작업을 했다. 그렇게 작성한 100장 이상의 엽서를 가방에 넣고 근처 우체국으로 향했다. 한 장 한 장 기원을 담아 우편함에 넣었다.

'당선자 발표는 상품 발송으로 대체하겠습니다.'

발표는 2개월 후였다.

집에 자신의 키만 한 소포가 도착했을 때 미츠하시의 심장은 터질 것처럼 뛰었다. 소포를 들여와 떨리는 마음으로 포장을 풀었다.

이윽고 하르시온의 조용한 미소가 나타났을 때 미츠하시는 환희에 휩싸였다.

하르시온을 안고 그녀에게 얼굴을 비비고 그 부드러운 감촉을 맛보았다. 키스도 했다. 그녀는 상냥한 미소를 지을 뿐이었다.

"사랑해. 사랑해. 사랑해…."

미츠하시는 하르시온의 귓가에 속삭였다.

몇십만 명 중의 한 명에 자신이 선택되었다. 누구보다 '스니빌라이제이션'을 사랑하는 넘버원 독자인 것이다. 역시 자신은 특별한 존재였다. 그렇게 확신을 가졌다. 행운이라는 말로 치부할 수 없는 엄연한 현실이었다.

하지만 그 행복도 오늘로 끝이다.

하르시온은 죽었다.

하르시온 베개를 안고 있던 팔에 힘이 들어갔다. 하르시온은 평소와 다를 바 없는 미소를 짓고 있었다.

처음 이 베개를 안고 잤을 때 미츠하시는 7년 만에 몽정을 했다. 꿈속에서 알몸의 하르시온이 다리를 벌리고 있었던 것은 기억이 났다. 그 위에 자신이 올라탔던 것도. 눈을 떴을 때 베개가 더러워지지 않은 것을 확인하고 가슴을 쓸어내렸다.

그 달콤한 하룻밤을 떠올리자 하반신이 베개에 밀착되는 감각이 느껴졌다. 발기된 것이다. 미츠하시는 참지 못하고 바지와 팬티를 벗고 드러난 성기를 베개에 비볐다. 성기를 베개에 밀착하면서 가장 아래쪽 서랍을 열었다. 거기에는 19금 동인지가 산더미처럼 쌓여있었다. 당연히 '스니빌라이제이션' 동인지였다.

미츠하시는 좋아하는 동인지를 꺼냈다. 닥터 후가 개발한 최음제로 전신이 성감대로 변한 하르시온이 차임과 포에버에게 범해지는 내용이었다. 이 순간 가장 실용성이 높은 동인지라 맨 위에 놓았다.

펼치자마자 한눈에 들어온 하르시온의 알몸. 대량의 땀, 정액, 신음소리. '인터널'이나 '스니빌라이제이션' 정식 단행본에서는 결코 볼 수 없는 행위가 여기서는 펼쳐졌다.

이 동인지의 작가는 타카하시 류이치라는 인물이다. 평범한 이름이지만 물론 가명일 것이다. '스니빌라이제이션'의 동인지 업계에서는 넘버원 자리를 사수하고 있는 남자다. 미츠하시는 '스니빌라이제이션' 동인지라면 전부 소장하고 있다. 신작이 나오면 이른 아침부터 줄을 서서 사고, 초기 작품은 인터넷 옥션을 통해 정가의 몇 배 가격으로 낙찰 받았다.

타카하시 류이치는 진나이 류지의 그림체를 정확히 따라할 수 있는 몇 안 되는 인물이다. 팬들 사이에서는 너무 퀄리티가 좋다보니 진나이 류지 본인이 가명으로 그리고 있는 것이 아닐까 하는 소문이 나돌 정도이다. 진나이 류지가 그리는 하르시온과 거의 똑같다고 해도 과언이 아니다. 마니아들 사이에서는 타카하시 류이치의 정체에 대해 여러 이야기가 오갔지만 미츠하시는 그런 것에 전혀 관심이 없었다. 그는 오로지 하르시온에게만 관심 있었다.

미츠하시는 동인지를 한 장 한 장 넘겨가며 하르시온 베개를 끌어 안고 자위를 했다. 그때 휴대폰의 진동 소리가 울려 하늘하늘한 달콤함이 깨졌다. 혀를 차고 가방에서 휴대폰을 꺼냈다.

디스플레이에 표시된 이름은 치나츠였다.

하르시온과 닮았다고는 할 수 없는 여자.

전화를 무시했다. 그리고 열심히 오른손을 움직였다. 하르시온 베개와 동인지를 더럽히는 것만은 절대로 피해야 하기 때문에 몸을 비틀어 어제 '인터널'을 담아 왔던 편의점 비닐봉투에 사정했다.

온몸으로 무력감을 느끼며 베개에 다시 몸을 기댔다. 미츠하시는 눈물이 흘렀다. 이제 차임과 하르시온의 관계는 두 번 다시 발전할 수 없는 것이다. 진나이 류지, 너 따윈 죽어, 죽어버려!

핸드폰 진동 소리는 더 이상 울리지 않았다.

아르바이트를 가기 위해 집을 나섰다. 미츠하시가 아르바이트를 하는 슈퍼마켓은 걸어서 5분 거리에 있다. 운동 부족을 해소하기 위해 10분 이내의 거리는 걸어가기로 결심했다.

집 앞 도로는 포장되어 있지 않은 50미터 정도의 흙길이다. 마을에서 포장이 안 된 도로는 여기뿐이다. 왜 아직도 포장이 되지 않는지 자세히는 모르지만 아마도 토지 소유권에 문제가 있을 것이다. 공공 도로인지 개인 도로인지 문제로 분쟁이 있었다는 이야기를 들은 적이 있다. 어찌되었든 이 도로를 지나는 사람들에게는 민폐였다.

슈퍼마켓으로 가는 길에 있는 전자업체의 기숙사 근처를 지났다. 가볍게 혀를 찼다. 기숙사 주차장에서 아줌마들이 잡담을 나누는 것이 보였기 때문이다. 그 옆에 아줌마들의 아이들이 놀고 있었다. 정확히 말하자면 아이들은 고무줄 놀이용 고무줄을 채찍 대신 사용하며 SM쇼를 하고 있다. 아이들이 뭘 보고 배운 걸까.

그 옆을 지나가려는데 등 뒤에서 어린애 목소리가 들렸다.

"쏜다."

보아하니 장난감 총을 가지고 있는 모양이었다. 미츠하시는 그딴 소리에 신경 쓰지 않고 앞으로 걸어갔다. 어차피 애들 장난감이니 설마 총알이 나오지는 않을 것이다. 하지만 잘못된 생각이었다.

등에 고통이 가해졌다. 플라스틱 BB탄이 명중한 것이다. 한 번도 아니고 세 번씩이나.

초등학교 때 괴롭힘을 당했던 미츠하시는 당시 반 아이들의 고무줄총 표적이었다. 오른손 엄지와 검지로 총 모양을 만들고 거기에 고무줄을 걸친 다음 엄지를 움직이면 고무줄이 발사되었다. 미츠하시는 그 고무줄을 수십 번 맞았다. 머리, 얼굴, 배, 가슴, 손발 등에 명중했다. 그것이 미츠하시의 트라우마였다.

어릴 때의 악몽이 아이들의 철없는 공격에 되살아났다. 그리고 생각했다.

'빌어먹을 애새끼들, 내가 화나면 어떻게 되는지 보여주지.'

"어머, 타카히로, 그러면 안 돼."

그곳에 있던 아줌마 한 명의 말이 미츠하시를 단념시켰다.

"사람을 향해 쏘면 안 된다고 했잖니? 저기 봐, 저 형이 화내고 있잖니?"

미츠하시는 분노와 함께 한심함을 느끼고 한숨을 쉰 다음 다시 뒤를 돌아 걷기 시작했다. 총을 쏜 아이에 대한 분노 그리고 연상의 상대에게 대들지 못하는 자신의 나약함. 그것이 정말 싫었다. 스스로를 바꾸고 싶었다. 이런 녀석들도 진나이 류지처럼 다 죽어버리면 좋으련만.

◆

칸자키 미사는 요코하마의 츠루미에 살고 있었다. 진나이가 이제껏 가 본 적이 없는 곳이었다.

역 앞 광장에 들어섰다. 이곳 상점가는 사람들로 북적거렸다. 카페나 할인점, 작은 영화관도 있었다. 콘크리트 외벽은 낡아서 금이 가 있어서 옛 정취가 물씬 풍겼다. 영화관은 지하에 있는 듯 입구에서부터 가늘고 긴 계단이 이어지고 있었다.

입구 근처에 세워둔 입간판에는 현재 상영 중인 작품의 상영표가 적혀 있었다. 진나이는 자신도 모르게 멈춰 섰다.

마침 어느 인도계 영국 감독의 데뷔작과 두 번째 작품을 동시 상영하고 있었다. 진나이는 그 감독의 팬이었다. 그 감독의 작품은 대체로 등장인물의 평범한 일상을 담담히 그려내는 편으로, 할리우드 특유의 자극적인 엔터테인먼트 영화와는 거리가 멀었다. 하지만 등장인물의 정신세계와 신비로운 분위기 때문에 컬트적인 팬덤을 확보하고 있었다. 물론 진나이도 그 중 한 명이었다.

사실 지금 상영하고 있는 두 작품도 DVD로 몇 번이나 보았기 때문에 내용은 대충 알고 있었다. 하지만 극장의 스크린으로 보는 것과 집에서 보는 것은 비교할 수 없었다.

그리고 아무리 DVD라고 해도 그에 어울리는 영상 장비가 없으면 영상미의 반도 느낄 수 없다. 진나이가 집에 갖추어놓은 장비는 전부 합쳐 백만 엔이 넘는 고급 장비지만 그래도 영화관에 비하면 모자란 수준이다.

진나이는 아쉬운 표정으로 입간판을 보았다. 영화 두 편을 보려면 4시간은 걸릴 것이다. 겨우겨우 짬을 내서 츠루미까지 온 것이다. 예정 외의 시간을 쓰는 것은 피해야 한다.

진나이는 주머니에서 수첩을 꺼냈다. 이 수첩은 볼펜과 세트라서 밖을 돌아다닐 때는 항상 휴대하고 있다. 언제 어디서 만화 아이디어가 떠오를지 모르기 때문이다. 진나이는 수첩에 영화관 이름과 상영 시간을 메모했다.

진나이는 처음 와보는 거리를 걸으며 어제 전화상으로 나눴던 칸자키와의 대화를 회상했다.

'4월 27일 쿠와하라 사토미 씨가 교통사고를 당할 것입니다. 부탁드리니, 제발 그날만큼은 쿠와하라 사토미 씨가 평소보다 몇 배 주의해주시길 당부해주세요.'

그런 상식을 벗어난 편지를 보내온 인간은 이제까지의 진나이 인생에 한 번도 없었다. 대체 어떤 대화를 해야 할까 싶었지만, 전화상으로 들은 칸자키의 목소리는 매우 평범하고 교양 있는 어른의 목소리였다.

칸자키가 말했다.

"중요한 이야기인지라 전화상으로는 말씀드리기 힘듭니다."

진나이는 칸자키와 약속을 잡았다. 그녀는 자신이 무직이나 다름없으니 언제든지 시간을 낼 수 있다고 했다. 하지만 진나이는 '인기 만화가'여서 쉽게 시간이 나지 않았다. '스니빌라이제이션' 142화 콘티를 완성한 오늘이 칸자키와 만날 수 있는 거의 유일한 기회였다.

143화는 하르시온의 사고를 그린 142화의 후일담이라는 형식으로 그렸다. 하르시온이 죽은 것으로 다시 감정을 잃게 된 차임과 슬픔에 젖은 동료들, 소소한 하르시온의 장례식, 우주 공간을 떠도는 꽃다발. 너무나도 진부하고 감상적인 장면들이다. 등장인물들이 그녀의 죽음을 진심으로 애도하면 하르시온의 열광적인 팬들도 어느 정도는 잠잠해질 것이라는 생각으로 그렸다.

그리고 어쩌면 하르시온의 죽음이 사고가 아니었을지도 모른다고 추측하게 만들 수 있는 장면도 일부러 삽입했다. 하르시온이 타고 있던 전투기 파편을 검사한 결과 파츠 일부가 누군가에 의해 고의로 파손되어 있었다는 것이다. 그런 장면은 대충 지어내 쓴 것이지만 없는 편보다는 나을 것이다. 언젠가 다시 거기서부터 이야기를 펼치면 되기 때문이다. 하르시온을 죽인 범인을 차임이 추적하는 미스터리 요소를 넣으면 원고

화수도 벌 수 있고 인기도 끌 수 있을 것이다.

하르시온의 죽음이 예정된 이야기의 전개에서 중요한 요소였다는 것을 제멋대로인 독자놈들에게 빨리 알려야 한다.

주머니 안을 확인했다. 수첩과 펜의 감촉이 느껴졌다. 이런 것이라도 유사시에는 호신용 무기가 될 수 있었다.

역에서 20분 정도 걸어간 곳에 칸자키가 살고 있는 아파트가 있었다. 그녀의 집은 2층 가장 안쪽 집이라고 했다.

칸자키의 집으로 향하던 중 계단에서 내려오는 남자와 몸이 부딪쳤다. 더벅머리에 수염이 덥수룩하여 몹시 불결해 보였다. 흰 운동복 상의에 청색 운동복 바지를 입고 있었다. 약간 살찐 그 남자는 다리를 살짝 끌며 걸어 내려오고 있었다.

진나이는 당황한 나머지 사과를 건넸다. 하지만 남자는 진나이 따위는 신경도 쓰지 않고 계단을 내려갔다.

그는 불편한 오른다리를 보호하듯 난간을 잡고 내려갔다. 도와줄까도 했지만 이런 무뚝뚝한 남자에게 그런 도움을 줘도 참견 말라고 욕먹을 것 같아 그만두었다.

크게 헤매지 않고 바로 칸자키의 집을 찾을 수 있었다.

그녀의 집 문 앞에 섰다. 초인종을 누르려다가 잠시 주저했다. 사토미 때문이기는 하지만 이런 정체를 알 수 없는 독자를 만나러 온 것에 약간 후회가 들기도 했다.

물론 여기서 돌아갈 수도 있다. 하지만 그런 고민과 달리 진나쪼의 손가락은 초인종을 눌러버렸다. 안쪽에서 초인종이 울리는 소리가 들리더니 곧바로 문이 열렸다.

나온 사람은 고개를 숙이며 인사하는 중년의 아주머니였다. 간소하지만 깨끗한 옷차림의 여자로, 전화상으로 받은 인상과 마찬가지로 그런 상식에서 벗어난 편지를 보낼 사람 같지는 않았다.

그리고 옛날에 그녀를 어디선가 본 적이 있는 것 같았다.

진나이는 안쪽 방으로 안내를 받았다. 옷장과 불단, 테이블 밖에 없는 심플한 방이었다. 청소가 잘되어 있어 먼지 한 톨 없었다. 창문을 통해 햇살이 들어와 방 안을 비추었다. 불단이 있어도 음침한 분위기는 아니었다. 칸자키는 곧바로 녹차와 간식거리를 가지고 나왔다. 진나이는 괜찮다고 의례적인 사양을 한 다음 칸자키가 들고 있는 파일철을 눈여겨 보았다.

칸자키는 그 파일철을 내려놓고 진나이의 맞은편에 앉았다.

"혼자 사시는 건가요?"

"네."

칸자키가 고개를 끄덕였다.

"전에는 남편과 딸 셋이서 살았는데 남편과는 이런저런 일이 있어 이혼했습니다."

"따님은 결혼하신 건가요?"

그 질문에 그녀는 고개를 가로저었다.

"죽었습니다."

진나이는 자신도 모르게 불단을 쳐다보았다.

"죄송합니다…."

"괜찮습니다. 다 지난일이죠."

"그런데 저기…, 그 편지 말인데요."

진나이는 주머니에서 조심스레 칸자키가 보냈던 편지를 꺼냈다. 구겨진 주름은 미리 다 펴놨다.

"죄송해요. 다른 방법이 안 떠올라서…." 칸자키가 말했다.

"어떻게 된 거죠? 어째서 4월 25일 소인이 찍혀 있는 거죠? 어째서…?"

진나이는 그녀에게 할 말이 너무나 많아 무엇부터 물어봐야 할지 헷갈렸다.

"진나이 씨."

칸자키는 진나이를 쳐다보았다. 다소 상기된 표정이었다. 그 시선에 진나이는 압도되었다.

"이런 말씀을 드려도 믿지 못하시겠지만 사실 저는 알 수 있습니다."

"무엇을 말이죠?"

칸자키는 살짝 몸을 앞으로 내밀며 말했다.

"인간의 죽음이요."

분위기가 바뀌었다. 그녀의 표정을 보고 그녀가 동요하고 있다고 진나이는 생각했다.

"그럼 이 편지는 당신이 제 약혼자의 죽음을 예지해서 쓴 것이라는 뜻인가요?"

"그렇습니다."

"말도 안 돼."

진나이는 자신도 모르게 중얼거렸다. 하지만 칸자키는 진나이의 당황스러움을 개의치 않으며 말했다.

"다들 그렇게 말씀하시죠. 그래서 저는 이 능력을 계속 숨겨왔고 조용히 살아왔습니다. 아주 오래 전에는 그렇지 않았지만요."

그렇게 말하며 그녀는 파일철을 진나이에게 내밀었다.

진나이는 파일철을 열었다. 그 안에 스크랩북이 있었다. 여러 기사의 스크랩이 붙어 있었다. 신문 이름이나 날짜는 알 수 없었다. 기사 본문만 잘라내어 붙여놓았기 때문이다. 전체적으로 색이 바래 아주 오래전 기사라는 것 정도만 알아볼 수 있었다.

주택가에 강도 침입? 일가족 사망

오늘 아침 도쿄도 미나토구의 오오누마 켄지 씨(42) 집에서 켄지 씨와 그의 아내인 요시코 씨(39), 딸 요코 씨(13)가 쓰러져 있는 것을 이웃집 주민이 발견했다. 세 명 모두 칼에 찔린 상처가 있었으며 이미 사망한 상태였다. 사인은 과다출혈이었으며, 집 안이 어질러져 있었다는 점을 토대로 경찰은 강도 살인 사건일 가능성이 높다고 판단하고 수사를 진행 중이다.

또 바다에서 해양 사고.

카나가와현 치가사키시의 해안에서 고등학생 타카쿠보 유키 씨 (17)가 물에 빠져 사망했다. 타카쿠보 씨는 고등학교 친구들과 함께 해수욕을 즐기러 왔다고 한다. 올해 여름 바다에서 사망한 사람은 이번 사건을 포함하여 23명에 달한다.

예지 능력자는 존재한다?

지금 세간에는 이상한 소문이 돌고 있다. 젊은 여성 예지 능력자가 살인사건이나 사고사를 맞추었다고 한다.

몇 개월 전 도쿄도 미나토구에 침입한 강도가 일가족 3명을 살해한 비극적인 사건이 있었다. 그런데 본지는 그 사건을 예고한 인물이 있었다는 정보를 입수하였다.

사건 당일 한 젊은 여성이 인근 경찰서에 신고를 해 오늘 밤 어딘가의 주택가에 강도가 들어 일가족이 살해당한다고 말한 사실이 밝혀진 것이다. 경찰은 그 신고를 무시하였고 단순한 장난전화로 처리했다. 자신이 미래를 볼 수 있다는 것이 그녀의 주장이었는데 당연히 그것을 믿는 사람은 아무도 없었다.

'스스로 예지 능력자라고 밝히며 본인에게 예지력이 있다는 신고 내용도 그렇지만, 전화를 건 여성의 말투가 너무나 어렸기에 장난전화로 처리했다'고 관계자는 말했다.

하지만 결과적으로 사건이 발생했고, 그 전화는 어쩌면 진범의 범행 예고였을 수도 있다. 범행을 미리 알 수 있었음에도 아무 조치를 취하지 않은 경찰관계자는 징계를 받았다.

하지만 그 '예지 능력자'가 관련된 사건은 그것뿐이 아니었다. 얼마 전 치가사키시의 해안에서 여고생이 물에 빠져 사망한 사고가 일어났다. 그 사고는 범죄성이 없는 명백한 사고였다. 매년 여름이 되면 반드시 일어나는 사고 중 하나였다.

하지만 역시 그 사고를 예언한 신고가 있었다. 치가사키 경찰서에도 여성의 목소리로 물에 빠져 죽는 사람이 나올 테니 주의하라는 전화가 걸려왔다. 말투로 보아 얼마 전 강도 살인 사건의 신고자와 동일 인물로 추정되었다.

그녀는 물에 빠져 죽는 여성의 이름까지 언급했다. 그리고 그날 저녁 동명의 여성이 정말로 물에 빠져 사망했다. '소름이 끼쳤다'고 관계자는 회상했다.

본지는 물에 빠져 죽은 여성의 신변을 조사했다. 그리고 그 전화를 했던 '예지 능력자'는 쉽게 찾을 수 있었다. 그녀는 익사한 고등학교 학생과 같은 학교 학생으로, 그녀도 원래는 해수욕에 동행할 예정이었다. 친구의 죽음을 '예지'한 그녀는 해수욕을 중지하자고 강하게 주장했지만 친구들은 듣지 않았다. 그리고 그것이 계기가 되어 친구들과의 사이도 멀어졌다고 한다. 그래서 그녀만 빼고 다른 친구들만 해수욕을 즐기러 갔다. 그리고 그녀의 예언대로 한 명이 물에 빠져 죽었다.

본지는 그녀와 연락을 취하는 데 성공했다. 그녀는 절대로 이름을 거론하지 않는다는 조건으로 취재에 응했다.

Q 지금의 심경을 들려주세요.

A '괴롭습니다. 다들 저 때문에 그녀가 빠져 죽었다고 수군거립니다.'

Q 주위 사람들은 당신이 예지력이 있다는 것을 알고 있나요?

A '제 입으로 말한 건 이번이 처음입니다. 그로 인해 다들 제가 어딘지 이상하다는 걸 알게 되었습니다. 그녀는 제 소중한 친구였습니다. 그래서 죽음을 예지했을 때 혼란스러웠습니다. 어떻게든 사고를 막아야겠다고 모든 수단을 동원했지만 실패했습니다. 저는 그동안 주위 사람들에게 쌓아놓았던 신뢰만 무너뜨렸을 뿐 그녀를 지키지도 못했지요.'

Q 당신이 예지한 대로 된 거군요?

A '네. 저는 더 이상 여기서 살 수 없게 되었습니다.'

Q 당신은 그 능력을 언제 알게 된 건가요?

A '철이 막 들었을 때였습니다. 그래서 누군가의 죽음을 예지하는 것은 다들 가지고 있는 능력이라고 생각했습니다. 하지만 아니었죠. 예지 내용을 말할 때마다 부모님은 그런 불길한 소리를 하면 안 된다고 저를 혼냈습니다. 그래서 알게 되었습니다. 이 능력을 가진 사람은 저뿐이라는 것을요.'

Q 타인의 죽음을 어떻게 예지할 수 있죠?

A '영상으로 머릿속에 떠오릅니다. 주위 사람들에게는 한순간이 겠지만 저에게는 긴 시간처럼 느껴집니다. 마치 영화처럼 그 사람 이 죽음에 이르는 경위가 머릿속에 떠오릅니다. 그 사람의 죽음에 관련된 사람들의 이름이나 행동, 배경 등과 함께요.'

Q 그 사람의 죽음에 관련된 사람들이라면 누구죠?

A '그 죽음에 관계가 있는 사람들입니다. 예를 들면, 범인이나 범 인이 아니더라도 강한 살의를 가진 사람들이죠. 하지만 살해당하 는 사람이 그 살의를 눈치채지 못하면 예지할 수 없습니다. 만약 살해당하는 사람이 범인을 이전부터 알고 있었고, 그 살의를 알고 있었을 경우에는 범인이 살의를 가지게 된 경위도 알 수 있게 됩니 다. 하지만 묻지마 살인사건 같은 경우에는 살해당하는 사람이 자 신에게 살의를 지닌 사람이 누군지 모르기 때문에 저도 범인을 알 수 없죠.'

Q 당신은 몇 개월 전에 미나토구 일가족 살해 사건 때에도 경 찰에 신고했죠?

A '네, 그 가족은 강도에게 살해당했습니다. 범인은 일가족과 일 면식도 없는 남자였습니다. 그래서 저는 그 강도가 범행에 이르기 까지의 경위를 알 수 없었습니다. 하지만 경찰에 전화를 한 건 그 때가 처음이었습니다. 믿어주지 않을 거란 걸 알고 있었지만 그 아 이는 제 중학교 후배였습니다. 어떻게든 구하고 싶어서 신고를 했 지만 역시나 안 되더군요.'

Q 당신은 왜 그런 능력이 있는 걸까요?

A '모르겠습니다. 저는 이런 능력을 원하지 않았습니다.'

마지막으로 그녀는 본지에게 어떤 죽음을 또다시 예언해주었다.

지난번에 고등학교를 졸업한 선배들과 우연히 마주쳤습니다. 취직한 사람도 있고 대학생이 된 사람도 있었습니다. 그 중 남자 한 명의 죽음을 예지했습니다. 그날은 휴일인데 그는 스쿠터를 타고 있었습니다. 고등학교 때 아르바이트를 해서 모은 돈으로 산 스쿠터입니다. 벌써 몇 년이나 탔기 때문에 새로운 오토바이를 살까 생각하면서 교차로를 직진하려고 했습니다. 그때 오른편에서 트럭이 진입해왔습니다. 운전자는 중년 남성이었습니다. 트럭은 좌회전을 했습니다. 마침 스쿠터가 진입하려던 순간이었습니다. 서로가 주의 깊게 살폈다면 사고는 나지 않았을 겁니다. 순간적인 부주의가 사고로 이어진 것입니다. 스쿠터는 트럭과 충돌했고 그 충격으로 스쿠터가 트럭의 앞바퀴에 말려들어갔습니다. 죽는 순간은 대체로 그렇습니다. 좀 더 듣고 싶다고요? 제가 예지한 광경을 전부 이야기하기에는 인터뷰 시간이 부족할 것입니다.

그녀의 '예지'가 사실인지 이 원고를 집필하는 시점에서는 명확히 알 수 없었다.

트럭에 치여 대학생 사망

카나가와현 에비나시의 교차로에서 스쿠터와 트럭이 추돌하여 스쿠터를 운전하던 대학생 사토 마사키 씨(21)가 사망했다. 경찰은 업무상 과실치사 혐의로 트럭 운전기사 나가시마 아키토 씨(39)를 체포하고 자세한 경위를 묻고 있다.

거기까지 읽은 진나이는 스크랩북에서 고개를 들었다. 그리고 칸자키를 쳐다보았다. 눈이 마주치자 그녀는 살짝 고개를 돌렸다.

진나이는 스크랩북을 넘겨보았다. 흔한 사건이나 사고 기사가 계속 이어지고 있었다. 그냥 보면 아무 맥락이 없는 사건 사고일 뿐이었지만, 기사마다 사망자가 발생했다는 내용을 언급하고 있었다.

진나이가 읽은 4개의 기사 중 첫 번째와 두 번째, 그리고 네 번째는 신문기사에서 스크랩한 것이었다. 하지만 세 번째는 약간 달랐다.

"이 세 번째 기사는 신문기사가 아니군요."

"네."

칸자키가 고개를 끄덕였다.

"그쪽 방면으로 좀 수상했던 오컬트 잡지였습니다. 하긴 제 인터뷰기사 바로 뒤에 UFO기사를 게재할 정도였으니까요. 어떤 잡지인지 대충 상상이 가시겠죠? 잡지사의 취재에 응한 건 그때가 처음이자 마지막이었습니다. 왜 그런 취재를 수락했는지 지금도 잘 모르겠습니다. 아마 혼란스러워서 자포자기했던 것 같습니다. 그 잡지가 발매되었을 때는 이미 저희 가족은 살던 마을을 떠난 후였습니다. 부모님은 저를 상냥하게 대해주셨지만 마음속으로는 괴물 취급하지 않았을까 하는 의심이 마음속을 떠나지 않았습니다. 저는 사회인이 되자마자 독립해서 부모님 곁을 떠났습니다."

"그 후 계속 이렇게 예지한 사건이나 사고를 스크랩하게 된 건가요?"

"네. 어차피 아무것도 할 수 없으니까 그 대신 기억이라도 하려고요. 하지만 전부 다 스크랩해둔 건 아닙니다. 기사를 놓친 것도 있고 비행기 사고나 버스 교통사고 등 너무나 많은 사람이 죽었을 때는 도저히 그럴 생각이 들지 않았습니다. 너무 무서웠습니다. 저는 그저 이불 속에서 울고만 있었습니다."

"그럼 사토미에 대해서는…"

진나이는 자신도 모르게 말을 꺼냈다.

칸자키는 다시 고개를 끄덕였다.

"당신의 약혼자가 사망하게 된 사고도 스크랩했습니다."

진나이는 조용히 스크랩북을 덮었다.

하지만 칸자키가 예지한 사건 사고 기사를 전부 봐도 그녀의 '예지 능력'이 사실인지에 대한 의혹은 바뀌지 않았다.

"당신이 말이 진짜라고 가정하죠. 그렇다면 왜 계속 숨기지 않은 겁니까? 그렇게 숨겨오던 당신의 '능력'을 왜 갑자기 드러내신 건가요?"

"참을 수 없었습니다. 충동적인 선택이었습니다. 쿠와하라 사토미 씨의 사고를 뉴스로 보았습니다. 역시 막을 수 없었던 것이었습니다."

"역시요?"

칸자키가 고개를 끄덕이며 말했다.

"저는 지금까지 제가 죽음을 예지한 사람들을 구하려고 노력했습니다. 그 고속도로에 가지 말라든지, 그 비행기를 타지 말라든지, 그냥 계속 집에 있으라든지 등등 경고도 했죠. 하지만 다들 제 말을 듣지 않았습니다. 그리고 전부 죽었죠. 해수욕장에서 죽은 제 친구도 마찬가지였습니다. 오히려 남의 죽음을 예지할 수 있는 저에 대한 이상한 소문을 마을에 퍼뜨렸습니다. 다들 저를 미쳤다고 욕했죠. 그러다 결국 제가 그 친구를 죽였다는 말까지 들었습니다. 그래서 저는 이 능력을 사용하지 않으려고 노력했습니다. 하지만 제 의지로는 어떻게 할 수 없습니다. 매일매일 누군가의 죽음이 제 머릿속에 들어옵니다. 많은 사람들의 고통, 괴로움, 비명소리가…."

'사토미.'

검게 타버린 사토미의 시체. 그 향기, 그 열기, 그리고 자신의 통곡을 지금도 잊을 수 없다. 하르시온의 죽음 앞에서 차임이

했던 통곡은 다름 아닌 진나이의 통곡이었다.

만화에서는 하르시온의 시체는 회수불가능이라고 해두었다. 도저히 그런 비참한 시체를 그릴 수 없었다.

무시하려고 해도 결코 머릿속을 떠나지 않는 그 광경. 앞으로의 삶 속에서 그 광경을 잊을 수 있을까. 진나이는 불가능할 거라고 생각했다.

"하지만 저는 그것을 누군가에게 알릴 수 없었습니다. 그런 짓을 해도 소용없다는 것을 과거의 경험으로 알고 있으니까요. 저는 예지 내용을 저 혼자 간직하기로 했습니다. 그리고 그 후에 뉴스나 신문기사로 예지가 적중했는지 확인할 뿐이죠."

"지금도 칸자키 씨는 누군가의 죽음을 느끼고 있나요?"

진나이는 동요를 숨기면서 물었다.

"아니요."

칸자키는 고개를 저었다.

"지금은 괜찮은 듯합니다. 여기에 저와 진나이 씨밖에 없어서겠지요."

"무슨 뜻이죠?"

"만약 진나이 씨가 죽을 운명이라면 저는 바로 알아차릴 수 있습니다. 지금은 느껴지지 않습니다. 즉, 진나이 씨는 당분간 죽지 않는다는 것입니다."

"하지만 사람은 누구나 죽습니다. 사고나 지병이 아니라도 수명이 다할 수 있죠. 제 약혼자의 죽음은 예지할 수 있었는데, 왜 제가 몇 살에 죽는지는 모르신다는 겁니까?"

그녀에 대한 경계심을 드러내며 진나이가 물었다. 칸자키의 말에 대해 계속 트집을 잡아 추궁하면 거짓말을 하는지 알아낼 수 있을 것이다. 아무리 칸자키의 첫인상이 좋았다고 해도 그녀가 '예지 능력자'를 자칭하는 수상한 인물임에는 변함없었다.

"제 능력은 그렇게까지 먼 미래는 볼 수 없습니다. 고작해야 5일이 한계입니다."

"그럼 가령 제가 내일 죽을 운명이라고 한다면 칸자키 씨는 그것을 바로 아신다는 거군요?"

농담처럼 말했다. 하지만 그 말에도 칸자키는 진지하게 끄덕였다.

"당신은 쿠와하라 사토미의 죽음을 예지했습니다. 게다가 날짜나 교통사고로 죽는다는 것도요."

"네."

죄송하다는 듯이 칸자키가 고개를 숙였다. 마치 자기 때문에 사토미가 죽기라도 한 듯한 태도였다.

"어째서죠? 당신은 사토미와 만난 적이 없잖아요?"

"알게 되었습니다. 당신을 통해서요."

"저를요?"

칸자키는 진나이를 보며 말했다.

"저를 기억하지 못하시나요?"

그 말로 인해….

기억이 가물가물했다. 머릿속에서 칸자키의 모습이 흔들거렸다.

역시….

아까 현관에서 처음 그녀를 보았을 때 진나이는 생각했다. 그녀와 옛날에 어디선가 만난 적이 있다고. 하지만 그것이 언제 어디서인지 전혀 기억이 나지….

"사인회였습니다."

"네?"

"당신의 사인회를 갔었습니다. 지난달에 신주쿠에서요."

'아, 그런가.'

진나이는 갑자기 탁 하고 맥이 빠졌다.

칸자키의 태도나 분위기로 볼 때, 어쩌면 그녀가 자신의 옛 지인일지도 모른다고 생각했다. 하지만 착각이었나 보다.

지난달 진나이는 '스니빌라이제이션'의 신간 단행본 발매를 기념하여 신주쿠에 있는 한 서점에서 사인회를 했다. 그때는 아직 사토미나 하르시온도 살아 있어서 팬들도 열광했다. 겨우 한 달 전의 기억이 마치 수십 년 전 기억처럼 느껴졌다.

"그런가요? 죄송합니다. 사인회에 온 사람들을 전부 기억하지는 못해서요. 그러면 칸자키 씨는 제 책을 읽으신 거군요."

"저 같은 아줌마가 팬이라서 당황하셨나요?"

"아닙니다. 그렇지 않습니다. 감사할 따름이죠."

"이쪽으로 와주시겠어요?"

그렇게 말하며 그녀는 일어나서 방문을 열었다.

칸자키의 안내를 받아 진나이는 옆방으로 이동했다.

거기에는….

진나이는 눈을 의심했다.

벽을 가득 메운 철제 책장. 그 1단에는 '스니빌라이제이션' 전 권이 채워져 있었다. 그 외의 단에는 데뷔 당시에 그린 작품을 모은 단편집이나 '스니빌라이제이션' 관련 서적들이 있었다. 나머지는 전부 '인터널' 잡지로 채워져 있었다. '스니빌라이제이션'이 게재된 '인터널' 권호들만으로 되어 있다는 것을 직감할 수 있었다.

책장은 겹겹이 이어져 있어 맨 앞에 있는 책장을 밀면, 그 안쪽으로 삼중의 책장이 있었다. 가장 앞에 있는 책장에는 진나이의 만화책이 있었기에 그 뒤에 있는 책장에는 어떤 책이 있는지 알 수 없었다.

집 벽 여기저기에 '스니빌라이제이션' 포스터가 액자에 든 상태로 걸려 있다. 그리고 프로모션용으로 제작했던 하르시온 베개도 책장에 비스듬히 세워져 있었다. 비매품일 텐데 대체 어디서 구한 걸까?

"저는 당신 팬입니다." 칸자키가 말했다. "그래서 사인회에도 갔었죠. 당신이 나온 잡지나 신문도 전부 스크랩했습니다."

그녀가 그렇게 말하는 걸 보니 분명 사실일 것이다. 그리고 갑자기 불안해졌다. 어쩌면 칸자키가 진나이를 자신의 집으로 끌어들이기 위해 그런 편지를 쓴 것은 아닐까. 그리고 자신을 여기 방에 감금하고 이렇게 말하는 것은 아닐까.

--나를 위해 '스니빌라이제이션'을 그리세요. 죽은 하르시온을 나를 위해 되살리세요.

마치 스티븐 킹의 어느 유명 장편 소설 같은 망상이었다.

책장 옆 책상에는 컴퓨터가 있었다.

"이 컴퓨터는 무슨 용도인가요?"

"아, 이거요? 저 같은 사람에게는 쓸모없다고 생각했는데 써 보니 편리하더군요. 진나이 씨의 작품을 모으기 위해서는요."

감이 왔다.

"인터넷 옥션을 할 때 이용하시는 건가요?"

"그렇습니다. 바로 아시는군요."

"요즘 유행하고 있으니까요. 제 친구들 중에도 즐겨하는 녀석들이 많답니다."

"네, 재미있죠. 처음에는 너무 어려웠는데 익숙해지니 편합니다."

"하지만 제 만화에 관한 상품이 옥션에 많이 올라오나요?"

"물론이죠, 엄청나게 많답니다. 역시 진나이 씨는 인기 만화가니까요. 옥션 종료 시간이 다가오면 점점 가격이 오른답니다. 저도 몰입해서 낙찰을 받았는데 가격이 첫 입찰가보다 몇만 엔이나 올라간 경우가 있어서 꽤 많은 돈을 썼습니다. 옥션에서의 제 닉네임은 'z_fan'입니다. 진나이 작품의 애독자라는 의미죠."

웃으며 말하는 칸자키의 목소리를 들으며 진나이는 어딘지 모르게 오한이 느껴졌다. 자신보다 조금, 아니 꽤 나이가 많은 사람이 이런 말을 하는 것도 이상했지만, 만화에 빠져 인터넷으로 관련 상품을 모으고, 게다가 닉네임까지 '진나이 작품의 애독자'로 정하다니 어떤 점에서는 섬뜩했다.

진나이를 집으로 오게 만들기 위해 그 편지를 조작했을 가능성이 더 커졌다. 아무리 팬이라도 설마 자신을 잡아먹으려고 하지는 않겠지.

"사실 처음입니다. 칸자키 씨 연령대 분이 제 만화를 읽어주시는 건."

그 말에 칸자키는 고개를 숙이며 작게 웃었다.

"진나이 씨 같은 젊은 사람 입장에서는 48세인 저 따위는 주책맞아 보이겠군요."

"48세시라고요? 동안이셔서 30대인 줄 알았습니다."

칸자키는 웃으면서 농담하지 말라고 말했다.

이상한 여성이었다. 마치 소녀가 그대로 나이를 먹은 것 같은 그런 분위기를 내고 있다.

이 작은 방에서 진나이의 만화를 읽으며 사는 소녀스러운 부인. 마치 이 세상이 아닌 것 같은 이질적인 풍경이었다.

"일은 안 하시나요?"

그녀는 만화라는 취미에 돈을 쏟아 부을 여유가 있어 보였다. 48세여서 아직 국민연금으로 생활을 하는 것은 아닐 텐데, 평일 오후에도 이렇게 진나이와 만날 수 있다면 상당히 자유롭게 시간을 쓸 수 있다는 뜻이다.

"지금은 쉬고 있습니다. 원래 다니던 직장을 그만두었거든요. 이리저리 따지지 않는다면 일거리야 얼마든지 있지만 예전에 심장 수술을 해서 지금도 한 달에 한 번은 대학병원에 검사를 받으러 다니고 있습니다. 일상생활에는 아무 지장이 없지만 역시 심장인지라 1급 장애인증을 가지고 있습니다. 그래서 나라에서 어느 정도 돈이 나오고 있고, 계속 혼자 살고 있어서 생활비와 만화를 살 돈 정도는 감당하고 있죠. 또 예전에 직장 다닐 때 번 돈을 대부분 저축해 두었습니다. 그건 그렇고…, 그 사인회에 쿠와하라 사토미 씨도 있었죠?"

"네."

"쿠와하라 사토미 씨. 만약 하르시온이 현실에 존재한다면 분명 그 사람 같았겠지요?"

그녀가 진나이의 심장을 움켜쥔 것 같았다.

"우연입니다."

사실 하르시온은 사토미가 모델이었다. 물론 사토미의 이미지는 처음 설정한 하르시온과 조금 달랐지만, 진나이가 '스니빌라이제이션'을 만들면서 사토미의 이미지를 하르시온 캐릭터에 주입했다. 물론 이것은 자신만의 비밀이다. 타치바나에게도,

어시스턴트들에게도 알려주지 않았다. 타치바나나 어시스턴트, 그 외 지인들이 하르시온이 사토미를 닮았다는 이야기를 한 적은 한 번도 없었다. 사토미 본인조차도 마찬가지였다.

당연하다. 현실과 만화는 완전히 다르다. 극화체처럼 리얼한 터치라면 몰라도 진나이가 그린 캐릭터의 그림체는 굳이 표현하자면 애니메이션 스타일이다. 현실 인물을 모델로 했다고 해도 본 모델을 알아차리기란 쉽지 않다. 먼저 말하지 않는다면.

하지만 칸자키는 그것을 지적했다. 그것도 그녀가 가진 능력의 일부일까? 아니면 그냥 해본 소리일까.

"저는 진나이 씨와 악수를 했었습니다."

"그랬나요?"

"기억 못 하시나요?"

"네, 죄송합니다."

칸자키는 마치 소녀처럼 해맑게 웃었다.

"어쩔 수 없죠. 진나이 씨는 인기 만화가시니까요. 그 사인회에는 많은 팬들이 오셨죠. 한 명 한 명의 얼굴을 일일이 기억하실 수는 없겠죠."

솔직히 그 말대로였다.

"하지만 저는 느꼈습니다."

칸자키의 표정이 사뭇 진지해졌다.

"당신의 옆에 서서 웃으며 사인회를 지켜보던 여성에게 닥칠 미래의 모습이 파도처럼 제 머릿속으로 흘러들어왔죠."

칸자키는 마치 어딘가에 홀린 듯이 멍한 표정으로 말을 이어나갔다.

"진나이 씨의 슬픈 통곡, 불타는 차량, 그 사고를 전하는 뉴스 영상. 모든 것이 한순간에 저에게 전해졌습니다. 그것은 미래의 광경이었지만 저에게 있어서는 반드시 일어날 상황이었습니다."

새까맣게 타버린 사토미의 시체.

칸자키는 그것도 보았던 걸까?

"그때 아신 겁니까? 교통사고로 그녀가 죽을 거란 것을?"

칸자키는 고개를 끄덕였다.

"교통사고로 죽는다는 것과 이름, 성격도 알게 되었지요. 그리고 당신과의 관계도요."

"그랬다면…." 진나이는 쏘아붙이듯 말했다. "어째서 저에게 바로 알려주지 않은 것입니까! 사토미가 사고로 죽는다고…."

억지라는 것은 진나이 스스로도 잘 알고 있다. 하지만 말하지 않을 수 없었다. 내면의 원통함이 시킨 말이었다.

"만약 제가 그때 사토미 씨가 교통사고로 죽을 거라고 진나이 씨에게 알렸다면 믿었을까요?"

진나이는 작게 대답했다.

"…믿지 못했을 겁니다."

믿기는커녕 그녀를 수상한 사람이라고 신고했을지도 모른다.

"그리고 제 예지는 절대적입니다. 한번 그 사람의 죽음을 예지하면 어떤 짓을 해도 그것을 막을 수 없습니다. 저도 예전에는 그냥 가만히 있었던 게 아닙니다. 운명에 저항해 보기도 했습니다. 지금까지 한 번도 성공한 적은 없었지만요."

그야 그럴 법도 하다. 진나이는 그제야 칸자키의 이야기를 절반쯤 믿을 수 있었다. 왜냐면 실제로 사토미가 죽었기 때문이다. 만약 사토미가 죽기 전에 이런 이야기를 들었다면 도저히 믿을 수 없었을 것이다.

물론 지금도 반신반의하는 수준에 머물러 있지만.

"그럼 왜 그 편지를 저에게 보내신 거죠?"

'4월 27일, 쿠와하라 사토미 씨가 교통사고를 당할 것입니다.'

"그건…." 칸자키가 공허한 눈빛으로 말했다. "그 사인회에서 당신과 쿠와하라 사토미 씨가 매우 행복해 보였기 때문입니다."

"말도 안 돼."

그렇게 내뱉을 수밖에 없었다.

"정말입니다. 하지만 저는 그때 못 본 척하고 집으로 돌아왔습니다. 믿어 주지 않을 거란 걸 알고 있었으니까요."

"하지만 당신은 결국 그 편지를 저에게 보냈죠?"

"참을 수 없었습니다. 설령 무의미하다고 해도 뭐라도 해보고 싶었습니다. 저는 당신의 팬이니까요. 그래서 사토미 씨의 죽음을 어떻게든 당신에게 전하려고 했습니다. 당신의 주소나 전화번호는 알 수 없었습니다. 유명인이라 공개하지 않으신 거겠죠. 당신에게 메시지를 전달하기 위해서는 출판사의 편집부를 통할 수밖에 없었습니다."

"그래서 그 편지를 보내신 거군요."

칸자키는 고개를 끄덕이며 말했다. "하지만 쿠와하라 사토미 씨는 돌아가셨죠."

"네, 저는 아무것도 할 수 없었습니다."

"제 편지를 장난이라고 일축하시고 쿠와하라 사토미 씨에게 별다른 말씀을 하지 않으신 건가요?"

"네, 장난이라고 생각하기는 했습니다. 하지만 제가 당신의 편지를 발견한 건 사토미가 죽은 이후였습니다."

'만약 사토미가 죽기 전에 그 편지를 읽었다면 나는 과연 그 편지를 믿고 사토미가 죽지 않도록 어떤 수단을 동원했을까? 솔직히 모르겠다. 장난이라고 일축하고 그냥 쓰레기통에 버렸을 수도 있다.'

칸자키가 슬픈 표정으로 말했다.

"그렇군요. 진나이 씨는 바쁘니까요. 분명 팬레터도 매일 수 없이 받으실 테니 제 편지를 읽을 여유가 없었을 테지요. 진나이 씨, 지금도 장난이라고 생각하시나요?"

진나이는 잠시 생각한 다음 솔직하게 대답했다.

"모르겠습니다. 당신의 이야기를 뒷받침하는 객관적 증거는 소인뿐이니까요."

"믿어달라고 말씀드리는 것이 아닙니다." 칸자키는 혼잣말처럼 말했다.

"담당편집자인 타치바나라는 사람은 분명 칸자키 씨가 어떻게든 조작했을 거라고 생각하고 있습니다."

"그런데 이건 전혀 다른 이야기인데요." 칸자키가 말을 꺼냈다.

"네."

"하르시온이 죽었더군요?"

예지 능력자라고 해도 역시 만화 팬임은 틀림없다. 다시금 진나이는 그렇게 생각했다.

"아쉬우신가요?"

"그야 좀 쓸쓸하긴 합니다만 이야기를 진행하기 위해 필요한 설정이라고 진나이 씨가 판단하셨다면 어쩔 수 없지요."

'칸자키처럼 이해력이 좋은 팬만 있으면 편하련만.' 진나이는 진심으로 그렇게 생각했다.

"칸자키 씨는 어떻게 제 만화를 알게 되었나요?"

"저 같은 아줌마가 독자라서 신기하신가요?"

"아뇨, 그런 뜻은 아닙니다. 하지만 제 만화 독자 중 최고령이 아마도 칸자키 씨가 아닐까 합니다. 젊은 연령대를 타깃으로 하는 만화 잡지를 칸자키 씨 같은 여성이 읽는다니 좀 의외라서요."

칸자키는 웃으면서 이렇게 말했다.

"죽은 딸이 팬이었습니다."

저녁을 먹고 가지 않겠냐는 그녀의 제안을 정중히 거절하고 칸자키의 집에서 나왔다. 진나이는 그녀가 내민 종이에 사인해 주는 것도 잊지 않았다. 3장이나 해주었다. 거절할 수도 있었지만 이제 와서 그럴 수는 없었다. 3장의 종이에 각각 사인과 함께 하르시온과 차임, 포에버의 간단한 스케치를 그려주었다.

다음에 누군가의 죽음을 알게 되면 바로 알려달라고 말을 남겼다. 만에 하나 칸자키의 능력이 진짜라면 그것을 확인하기 위해서는 샘플이 최대한 많아야 한다.

칸자키는 거의 50대다. 하지만 검은 머리카락이나 주름이 없는 피부는 '진나이의 친누나'라고 소개해도 이상하지 않을 정도였다.

솔직히 진나이는 조금 실망했다. 그런 편지를 보낼 정도의 인물이니 분명 상상을 초월하는 비상식적인 인물이라고 생각했다. 타치바나의 말대로 그 편지가 조작되었고 진나이를 유인하기 위한 미끼였을 가능성도 배제할 수 없었다.

하지만 그런 생각과는 정반대로 칸자키는 매우 평범한 여성으로 같이 있는 내내 딱히 아무 일 없이 시간이 흘렀다.

칸자키.

예언.

사토미의 죽음을 예지한 여성.

진나이는 이해할 수 없었다, 이 모든 상황을.

◆

미츠하시의 집.

어머니는 아침부터 없었다. 집에 귀가하는 것도 밤이라고 했다. 여자 친구를 데려오기에는 최적의 상황이었다.

"아파, 아프다고."

치나츠가 인상을 쓰며 말했다. 눈가에 눈물이 맺혀 있었다. 하지만 미츠하시는 상관없이 허리를 움직였다.

"아프다니까."

치나츠가 강하게 미츠하시의 어깨를 밀치며 몸을 비틀었다. 그 충격으로 두 사람의 몸이 서로 떨어지고 말았다.

"가만히 있어."

미츠하시는 그렇게 내뱉고 치나츠를 침대에 밀쳤다. 하지만 아파하는 치나츠의 반응에 시들해진 그의 성기는 그녀의 안으로 쉽게 들어가지 못했다. 두세 번 시도하다가 흥분이 급격하게 사라지는 바람에 초조함이 피크에 달했다. 조금 전까지 발기되어 있던 성기는 점차 축 처지고 말았다.

"좀 쉽게 해줘, 부탁이야." 치나츠가 말했다.

미츠하시는 크게 한숨을 쉬고 침대에 누워 천장을 보았다.

그는 회상했다. 치나츠와 미츠하시가 처음으로 섹스를 했을 때 그녀는 처녀였고, 미츠하시도 동정이었다. 사귄지 2개월 만에 모텔에 들어갔고, 첫 경험에 긴장한 미츠하시는 쉽게 발기하지 못했다. 게다가 처녀였던 치나츠의 성기 또한 단단해져 미츠하시의 침입을 막았다. 결국 그날은 알몸으로 서로의 몸을 어루만지며 보냈다. 섹스를 할 수 있었던 것은 그런 유치한 관계를 3, 4회 반복했을 때였다. 그렇게 처음으로 치나츠와 관계를 맺었을 때 그녀는 엄청 울었고 시트는 피투성이였다.

그로부터 2개월 뒤.

출혈은 하지 않게 되었지만 치나츠와의 섹스는 쾌락과는 거리가 멀었다.

손가락을 넣으려고 하면 치나츠는 침대에서 벌떡 뛰어내려 방 안을 도망다니거나, 클리토리스를 만져도 아프다고 엉엉 울었다. 애무가 그러하니 본격적으로 시작해도 비참하기 그지없었다. 미츠하시는 치나츠와의 섹스에서 사정한 적이 없었다. 마지막은 항상 치나츠가 손으로 처리해주었다.

비참했다.

치나츠로부터 데이트 요청을 받았을 때 미츠하시는 '스니빌 라이제이션' 동인지를 보며 자위를 하고 있었다. 두 남자에게 범해져 차례차례 오르가즘을 느끼며 혼절하는 하르시온. 그 꿈과 같은 한순간에 비하면 현실 속 치나츠와의 섹스는 너무나 허무하고 어이없었다. 치나츠도 아주 못생겼다고까지 할 수는 없었지만 하르시온 같은 미인에 비하면 미모도 영 아니었다.

자신도 그렇다. 나름 패션이나 몸에 신경은 쓰지만 돈은 전부 만화나 애니메이션, 게임에 쏟아 붓고 있어 딱히 잘생겼다는 느낌이 없었다.

'너는 색에 비유하자면 황토색이야. 그런 너라도 사귀어줄 여자가 생기면 그 사람에게 감사하며 살아. 넌 누군가를 고를 자격이 없으니까.'

고등학교 때 동급생이 미츠하시에게 했던 말이 떠올랐다.

'빌어먹을.'

내가 황토색이면 치나츠는 쥐색이냐.

빌어먹을, 빌어먹을, 빌어먹을, 빌어먹을….

"무슨 생각해?"

쥐색의 여자가 의미 없이 밝은 웃음으로 물었다.

'잘 어울리는 커플이다, 나와 이 여자는.'

"하르시온이 죽었어." 그렇게 중얼거렸다.

하르시온이 죽은 142화가 게재된 '인터널'을 읽은 날, 미츠하시는 너무 충격을 받아 몇 안 되는 친구들에게 전화나 메일로 그 사실을 전했다. 물론 치나츠에게도 마찬가지다. 며칠 동안 그렇게 했지만, 치나츠를 포함한 그 누구도 하르시온의 죽음이 가져온 충격을 이해해주는 사람은 없었다.

"아직도 그 소리야? 너무해. 여자 친구가 있는데 그런 만화속 여자에게 빠져 있다니."

"뭐라고?"

미츠하시는 치나츠를 노려보았다.

치나츠 같이 못생긴 여자가 그런 말을 할 자격은 없다. 하르시온이 극상의 여자라면, 치하츠는 하(下) 중에서도 하(下)다.

이 슬픔을 이해해주는 것은 인터넷에서 알게 된 동료들뿐이다. '스니빌라이제이션' 팬들이 만든 홈페이지가 있다. 그곳 인기투표에서도 하르시온은 2위인 차임을 큰 차이로 제치고 1위를 차지했다. 그 하르시온이 죽은 것이다.

142화가 세상에 나온 후 그 홈페이지에는 게시글이 쇄도했다. 주로 저자인 진나이 류지를 비난하는 것이 많았다. 물론 미츠하시도 그에 동참했다.

죽어라, 진나이. 죽어버려.

"젠장."

중얼거리듯 내뱉었다.

"뭐야, 왜 그래?"

치나츠가 의아한 표정으로 물었다.

그녀와 섹스할 때 항상 미츠하시는 이렇게 생각했다.

'나는 치나츠와 섹스하는 것이 아니라 하르시온과 섹스하는 거야. 하르시온이야. 나는 지금 하르시온과 섹스하는 거야.'

하지만 울부짖는 치나츠의 목소리가, 그 살짝 뚱뚱한 몸이 미츠하시의 환상을 깨부순다. 그런 색기 없는 여자에게 발기하는 것도 힘드니, 그녀를 느끼게 만드는 것은 더더욱 무리였다.

뒤에서 치나츠의 가슴을 만졌다. 동인지 속 하르시온은 그것만으로도 신음소리를 냈다.

하지만 치나츠는.

"캬하하하, 간지러워."

시끄럽게 소리를 지르며 침대 위를 데굴데굴 구른다.

미츠하시는 상관하지 않고 계속했다.

"간지럽다고 했잖아!"

치나츠의 팔꿈치가 미츠하시의 얼굴을 가격했다. 미츠하시는 뒤로 넘어져 침대 밑으로 떨어졌다.

"아, 미안. 괜찮아?"

엄청나게 아팠다. 코를 만져보니 피가 나고 있다.

"아, 코피 나!"

치나츠는 침대 옆에 놓아둔 티슈를 꺼내 둥글게 말아서 멋대로 미츠하시의 코에 꽂았다.

"아, 안 돼, 안 돼. 가만히 있어."

피하려고 고개를 움직이는 미츠하시를 개의치 않고 치나츠는 계속 티슈를 코에 쑤셔 넣었다.

"자, 이러면 괜찮을 거야. 하지만 섹스 중에 코피라니, 너무 흥분한 거 아냐?"

미츠하시가 코피를 흘린 이유는 치나츠가 체중을 실어 팔꿈치로 얼굴을 가격했기 때문이었다. 그런 사실은 다 잊은 듯 치나츠가 비웃듯이 웃었다.

화가 난 미츠하시는 바닥에 떨어져 있던 치나츠의 스타킹을 주웠다. 그러고는 도망치지 못하게 스타킹으로 그녀의 팔을 붙잡았다.

"어머, 무슨 짓이야?"

"가만히 있어."

미츠하시는 붙잡은 치나츠의 팔에 스타킹을 감았다. 전에 인터넷에서 본 '스니빌라이제이션' 동인소설의 내용을 떠올렸다. 차임이 하르시온의 팔을 그녀가 신고 있던 스타킹으로 묶은 채 그녀를 범하는 내용이었다. 소설 속에서 하르시온은 그 비정상적인 섹스에 흥분하다 못해 마지막에는 실신했다. 그 쾌락을 이 건방진 여자에게도 느끼게 해주마.

치나츠는 미츠하시가 뭘 하려는지 눈치챈 듯 외쳤다.

"어머, 이 변태!"

다시 치나츠의 팔꿈치가 날아왔다. 이번에는 미츠하시가 바로 피했다. 치나츠의 팔꿈치는 코에 넣은 티슈를 스쳤다. 그 바람에 티슈가 코에서 튀어나와 시트에 떨어져 시트에 피가 묻었다.

"아, 뭐 하는 거야. 시트를 더럽히면 어떡해. 넌 정말 곤란한 사람이야."

처음 섹스할 때 치나츠는 이것에는 비할 수 없을 만큼 처녀막에서 피를 흘렸다. 하지만 그런 것은 다 잊은 듯했다.

치나츠를 느끼게 하려면 어떻게 하면 좋을까. 침대 위에서 치나츠를 정복하면 그녀도 자신에 대해 경의를 가지게 될까. 전에 인터넷에서 성인 용품을 취급하는 홈페이지에 접속한 적이 있다. 성인비디오 속에서만 보았던 상품을 싼 가격에 팔고 있었다. 다양한 바이브레이터나 로터를 사용하면 치나츠도 바로 절정에 이를 수 있을 것이다. 하지만 그런 것을 쓰면 또 자신을 변태 취급하지 않을까.

치나츠.

슈퍼마켓인 '마루바야시'의 아르바이트 동료다. 둘 다 '스니빌라이제이션'의 팬이었기에 금세 친해졌다. 이 못생긴 여자는 건방지게도 동인지 제작에 참여하고 있다. 어느 만화 동호회의 간판작가라고 했다. 동인지를 읽은 적은 있어도 제작에 참여한 적은 없는 미츠하시에게 있어 그 사실은 존경할 만했다.

치나츠는 장래에 프로 만화가를 목표로 하고 있어 자신의 작품을 '인터널' 편집부에 투고한 적도 있다고 한다. 물론 그렇게 쉽게 데뷔할 수 있을 정도로 간단한 업계는 아니지만 편집자가 명함과 격려의 메시지를 주었다고 한다. 명함을 받았다는 것은 담당이 붙었다는 것과 마찬가지였다. 아무 재능이 없는 미츠하시에게 있어 그 사실 역시 존경할 만했다.

하지만 그 외에는….

하지만 사치를 부릴 여유는 없었다. 미츠하시는 일 년 내내 만화나 애니메이션을 보고 지냈기 때문에 남들처럼 빨리 동정을 졸업하고 싶은 초조함이 있었다. 그래서 사실 아무라도 좋았다.

하지만 이런 섹스라면 그냥 '스니빌라이제이션'의 동인지나 보며 자위하는 편이 훨씬 나을 것 같았다.

"하르시온이 그렇게 좋아?"

미츠하시는 무슨 그런 당연한 소리를 하냐는 듯이 치나츠를 쳐다보았다.

"내가 하르시온을 되살릴 수도 있어."

"헛소리 하지 마."

"헛소리 아니야. 진짜야. 그렇게 해줄까?"

"그렇게 간단했으면 내가 슬퍼하겠어? 저번 화에 아예 하르시온의 장례식까지 나왔다고."

"어떻게든 될 거야, 그런 건. 시체도 발견되지 않았으니까 사실은 살아있었다고 하면 되잖아."

"살아있었다고 하면 된다니. 작가는 네가 아니라 진나이 류지야."

"내가 진나이 선생님에게 부탁해볼게."

"무슨 소리야. 아는 사이도 아니면서."

"나 이번에 진나이 선생님의 어시스턴트가 되기로 했어."

"뭐라고?"

미츠하시는 깜짝 놀랐다.

그리고 치나츠가 후훗, 하고 웃었다.

◆

"어제 칸자키를 만났어."

"그런가요? 어땠어요?"

"이상한 사람이었어. 자신은 예지 능력이 있어서 누군가의 죽음을 볼 수 있다더군."

"그야 그렇겠죠. 그런 편지를 쓰고 예지 능력자라고 주장하고 있을 정도니까요. 이상한 사람이 틀림없죠."

"아니, 그런 의미가 아니야. 예지 능력자치고는 평범한 주부였어."

"그럼 뭐가 이상한데요?"

"내 만화의 팬이었어. 이상하잖아. 보기에는 젊어 보였는데 나이는 48세래."

"그냥 인사치레였겠죠. 자주 있는 일이에요."

"그냥 하는 말이 아니었어. 그 집에 내 단행본은 물론 온갖 관련 상품에다가 '인터널' 잡지도 있었어. 48세 아줌마가 그렇게까지 내 만화에 빠져 있는 게 이상하잖아."

"아니, 그렇지 않아요. 제 조카는 중학생인데 그 애가 다니는 학원에는 아직도 드래곤볼을 좋아하는 50세 넘은 여성 영어강사분이 있대요."

"그리운 이름이네. 그 만화는 아무리 강한 악을 쓰러뜨려도 계속 그것을 상회하는 강적이 나타나지. 그 패턴으로 계속 이어질 것 같았는데 벌써 옛날 일이네."

"듣자니 당시 초등학생이던 아들과 함께 보다보니 좋아하게 되었다는군요. 그래서 연재도, TV방영도 끝난 지금도 팬이라고 했어요. 그러니까 48세의 칸자키라는 여성이 진나이 씨 만화의 팬이라고 해도 전혀 이상하지 않아요."

"죽은 딸이 내 만화의 팬이었다고 했어. 딸의 죽음도 예지했을까."

"그 칸자키라는 여성의 딸이요?"

"그래, 자세한 이야기는 하지 않았지만 남편과 이혼하고 지금 혼자 살고 있대."

"그럼 그 딸의 유품이었던 '스니빌라이제이션' 단행본을 읽은 칸자키 씨가 진나이 씨의 팬이 되었어도 이상하지 않네요. '스니빌라이제이션'은 드래곤볼에 비하면 좀 나이대가 있는 분들이 좋아할 만화라고 할까…. 어쨌든 청년만화라고 할 수 있죠. 좀 나이가 있는 사람이 읽어도 이상하지 않아요."

"하긴, 세상에는 별의별 사람이 다 있으니까."

"사인 해달라고 했죠?"

"거절하지 못해서 3장이나 써줬어."

"수고하셨어요. 하지만 3장이나 쓰셨다니 좀 과했네요."

"보나마나 소중히 보관하다가 돈이 필요해지면 옥션에 팔 생각이겠지."

"옥션에요?"

"그래, 칸자키는 인터넷 옥션으로 '스니빌라이제이션' 관련 상품을 모으고 있다고 했어. 전화카드나 티셔츠 등을 말이야. 가입한 아이디도 z_fan인데 내 팬이라는 뜻이래."

"그 칸자키라는 여성은 진나이 씨의 상당한 팬인 모양이네요. 어쩌면 진나이 씨를 불러내기 위해서 그런 편지를 보낸 거 아닐까요? 좋아하는 만화가를 만나고 싶다는 마음으로."

"하지만 소인 문제가 있잖아."

"그런 건 어떻게든 위조하면 되죠."

"솔직히 나도 불안했어. 타치바나 씨가 말하지 않아도 알고 있다고. 그래서 계속 마음을 놓지 않았지."

"그래서 괜찮았어요? 뭔가 이상한 짓을 하거나 하지 않았나요?"

"안 했어. 예의바른 사람이었어."

"그래서 그 사람을 또 만날 생각이신가요?"

"누군가의 죽음을 예지하면 알려달라고 부탁했으니 나중에 연락하겠지."

"제가 뭐라 할 입장은 아니지만 독자와 너무 자주 만나는 건 좋지 않아요. 열성적인 팬 중에는 좀 광신도 같은 사람도 있으니까요."

"알고 있어."

"소인을 어떻게 위조했는지 당장은 모르겠지만요. 설마 진나이 씨, 그 칸자키의 예지 능력을 믿는 건 아니시죠?"

"당연하지. 상식적으로 말이 안 되잖아."

"그렇죠. 현명한 판단입니다."

"알고 있다니까."

전화를 마치고 진나이는 수화기를 내려놓았다.

'예지 능력을 믿는 건 아니시죠?'

타치바나의 목소리가 잠시 동안 진나이의 귓가에 울렸다.

"타치바나 씨와 무슨 이야기를 하신 거예요? 콘티 회의는 끝난 거죠?"

어시스턴트인 호소노가 흥미진진한 표정으로 물었다.

"너하고는 관계없는 이야기야."

"흥, 너무하시네요. 저도 진나이 씨의 사업파트너인데. 아, 아무래도 좋은데 너무 배고파요."

호소노는 어딘지 경박한 남자지만 귀중한 어시스턴트다. 진나이의 일처리 방식을 잘 이해해서 하나를 말해주면 열까지 모든 작업을 완벽하게 해준다. 참 쓸 만한 녀석이다. 경험이 적은 어시스턴트와 달리 어느 부분에 어느 톤을 써야 한다든지 그런 귀찮은 지시를 일일이 하지 않아도 된다. 진나이는 그를 완전히 신뢰하기에 여기 작업실 여벌 열쇠도 그에게 맡겼다.

호소노는 진나이의 터치를 거의 완벽하게 재현할 수 있어 여차하면 원고를 전부 그에게 그리게 해도 아무도 눈치 못 챌 것이다. 그만큼 자신은 일을 대충…, 그런 불손한 생각이 머리를 스쳤다. 데뷔 시절부터 계속 일을 도와준 그라면 진나이의 테크닉을 흡수하는 것도 빠를 것이다.

자신의 일처리를 잘 알고 있는 그라면 어쩌면….

진나이는 불쑥 입을 열었다.

"호소노."

"네?"

"예지 능력을 믿나?"

호소노는 황당하다는 듯이 입을 벌리고 눈을 동그랗게 떴다.

"뭐라고요? 예지 능력? 갑자기 왜 그런 걸 물어보세요?"

"믿는지 안 믿는지만 대답하면 돼."

호소노는 잠시 생각하더니 입을 열었다.

"글쎄요. 인간의 운명은 태어날 때부터 정해져 있을 거라고 생각은 하는데, 그 운명을 인간이 알 수 있을지는 모르겠네요."

"인간의 운명은 태어날 때부터 정해져 있을 거라고?"

"그렇죠. 당연하잖아요. 현재는 과거의 모든 요소로 이루어져 있죠. 그러니까 미래도 현재의 모든 요소로 이루어져 있을 거예요. 현재를 분석하면 미래를 아는 것은 간단하죠."

"말도 안 돼."

진나이는 코웃음을 쳤다.

"뭐, 그렇긴 하죠. 하지만 미래를 예지할 수 있다는 녀석들은 꽤 있어요. 아카식 레코드에서 신호를 수신했다든가, 인도에서 자신의 운명이 쓰여 있는 아가스티아의 잎사귀를 발견했다든가. 근데 갑자기 예지 능력은 왜요?"

"아니, 아무것도 아니야. 근데 그 여자는 아직 안 왔어?"

"아, 치나츠요? 아직 안 왔네요. 곧 오겠죠. 아직 약속시간은 좀 남았으니까요."

이시자키 치나츠.

새로운 어시스턴트의 이름이었다. 프로 만화가 지망생으로 동인지를 만들고 있다고 한다. 호소노의 소개로 어시스턴트를 맡기기로 했다.

진나이는 동인지라는 것을 싫어했다. 오리지널 작품을 멋대로 그리는 것은 상관없지만 개중에는 '스니빌라이제이션'의 설정과 캐릭터를 멋대로 사용해서 자신의 취향에 맞는 스토리를 만드는 녀석들도 있었다. 그런 작품의 십중팔구는 19금으로, 항상 당하는 역할은 하르시온이었다.

최근 본 동인지에서는 하르시온이 몇십 개나 되는 남성기 형태의 촉수를 지닌 에일리언에게 강간당하는 장면이 있었다. 그런 외설적인 몬스터는 실제 '스니빌라이제이션' 만화에 등장하지 않는다. 진나이의 만화에서 하르시온 캐릭터를 가져온 다음 남성의 욕망을 구현화할 캐릭터를 만들어 멋대로 엮는 것이다. 진나이는 그런 동인지를 볼 때면 마치 자신의 딸이 강간당하는 것 같아 몹시 불쾌했다. 게다가 그 동인지는 자신이 그린 것이 아닐까 하고 착각을 불러일으킬 정도로 자신의 그림체와 비슷했다. 토가 나올 정도로 정확하게 진나이의 만화를 모방했다.

진나이는 유명한 동인지 중 하나의 표지에 '타카하시 류이치'라는 이름이 쓰여 있는 것을 본 적이 있다. 동인지의 작가명은 보통 팀 이름으로 하는 경우가 많은데, 그런 평범한 이름으로 되어 있어 눈에 띄었던 것이다. 그 이름이 본명일지도 모르지만 가능성은 낮았다. 설마 이런 만화에 자신의 본명을 올릴 정도로 용감한 녀석이 있을 리 없었다.

'스니빌라이제이션' 관련 동인지는 매년 엄청나게 많이 발간되어 세상에 돌아다닌다. 그런 동인지를 볼 때마다 진나이는 담당인 타츠바나나 어시스턴트인 호소노에게 불평을 토로했다.

유명 만화가의 유명세 같은 거다, 그냥 모기에게 물렸다고 생각하고 잊어라 등 그들이 해주는 말은 진나이에게 아무 위로도 되지 않았다. 최근에는 어시스턴트들이 진나이를 떠나는 일도 겹쳐서 정신적 고통이 이루 말할 수 없었다.

그 무렵 진나이는 호소노가 동인지를 읽고 있는 것을 우연히 보았다. 호소노는 진나이와 달리 동인지라는 것에 거부감이 없었다. 오히려 빈번히 만화방에 나가서 정보 수집을 했고, 그래서 동인지 작가 친구도 많다고 했다.

그 중 한 동인지를 진나이도 읽어보았다.

스토리는 고등학생의 연애 이야기였다. 흔한 소재로 딱히 흥미를 끌만한 요소는 없었다. 하지만 그림체를 보니 학교 등 건물의 디테일이 꽤 리얼했다.

"그러고 보니 이 동인지를 그린 여성이 '인터널'의 편집부에 투고를 한 적이 있었대요. 물론 결국 떨어져서 우울해하더군요. 아무리 그림을 잘 그려도 그렇게 쉽게 데뷔하고 성공하기는 힘들죠." 호소노가 말했다.

하지만 그 말은 정확하지 않다. 투고든 뭐든 프로 작품에 버금가는 매력을 지닌 작품이라면 쉽게 데뷔할 수 있다. 물론 쉬운 일은 아니지만 편집자는 투고하는 작품이라고 해서 차별하지 않고 동등한 시선으로 평가했을 것이다. 떨어졌다는 것은 결코 작가가 무명이라서가 아니라 그럴 만한 이유가 있었을 것이다.

그 동인지의 작가가 바로 이시자키 치나츠였다.

그녀가 투고한 원고를 읽은 타치바나 편집자는 그녀를 기억하고 있었다.

"실력은 있었으니까 명함을 주었고, 앞으로도 열심히 하세요, 하고 응원해주긴 했죠. 솔직히 그림 실력만 좋고 스토리나 캐릭터도 진부해서 별로였어요. 그녀는 제가 명함을 준 것에 '담당이 생겼다'고 좋아했지만, 원래 저는 투고 작가들에게 전부 명함을 준답니다. 옛날이야 워낙 막무가내로 투고하는 사람이 많아서 어느 정도 인정을 해주면 명함을 준다는 관습이 있었지만 지금은 그런 사람도 별로 없거든요."

그림 실력만 있고 그 외에는 별로다⋯. 마침 언제까지고 어시스턴트를 호소노 한 명만 쓸 수 없으니, 진나이는 괜찮은 사람을 소개받고 싶던 상황이었다. 이시자키 치나츠는 어시스턴트

조건을 완벽하게 갖추고 있었다.

부침이 심한 만화업계에서는 항상 라이벌의 존재를 의식해야 한다. '스니빌라이제이션'은 만화 업계에서 성공한 사례에 속하지만 이를 추격하는 후발주자들도 수없이 많다. 진나이는 그런 작품들과 경쟁하여 항상 이겨야 한다는 압박감이 상당하다. 그래서 어린 싹은 미리 제거해야 한다.

어시스턴트를 거쳐 만화가로 데뷔하는 작가가 결코 적지 않다. 그래서 진나이는 재능이 넘치는 젊은이를 어시스턴트로 고용하는 것에 조금 부담이 있었다. 호랑이 새끼를 기르는 것이 아닐까 하는 우려 때문이다. 하지만 그런 경우는 흔치 않다.

진나이는 수차례 떠올렸던 그날을 다시 떠올리지 않을 수 없었다.

사토미가 죽은 날, 평온했던 나날이 갑자기 무너져 내렸다. 아무 조짐도 없는 갑작스런 교통사고.

픽션이라면, 만화였다면 사토미가 죽을 거라는 '복선'을 미리 이야기 속에 삽입해야 한다.

하지만 그런 것은 창작 속에서만 존재한다. 현실은 그렇게 친절하지 않다. 사토미가 죽을 것이라는 복선이 눈에 보이게끔 드러나는 일은 결코 없다.

그런 한순간의 충동이 진나이에게 '스니빌라이제이션' 142화를 그리게 했다. 갑작스럽게 아무 복선도 없이 하르시온을 죽였다. 무엇을 위해? 실험? 현실의 법칙을 만화 속에서 충실히 재현하기 위해? 그것이 옳았던 걸까?

독자의 반응은 최악이었다. 편집자인 타치바나조차 부정적이었다.

그리고 이시자키 치나츠는 진나이, 아니 '스니빌라이제이션'의 팬이라고 한다. 하르시온을 죽인 것 때문에 여성 팬들에게도 비난을 받았다. 복선도 없는 그녀의 갑작스런 죽음은 하르시온의 열광적인 남성 팬들뿐만 아니라 '스니빌라이제이션'을 훌륭한 만화작품으로 순수하게 즐겨주었던 여성 팬들로부터 말도 안 되고 부자연스러운 전개라고 비판을 받았다.

혼란스러웠던 그 당시를 떠올렸다. 하르시온을 죽이는 것에 어시스턴트들 모두가 반대했다. 그렇지 않았던 이는 호소노뿐이었다. 거의 주먹다짐이 오갈 뻔했다. 호소노가 중재하지 않았다면 어떻게 되었을지 알 수 없다.

그래도 진나이는 그 142화를 그렸다. 그리고 호소노 외 모든 어시스턴트들은 진나이를 떠났다.

작가는 이야기를 무(無)에서 만들어낸다. 섬세한 복선으로 완벽하게 구성된 작품이 추앙받는다. 물론 만화에서도 마찬가지이다. 어느 한 부분이 잘못되기만 해도 작품 전체가 망가진다. 섬세한 작중 세계. 그 거짓된 세계에서 작가는 신이다. '스니빌라이제이션'은 완벽하게 자신의 계산대로 움직이는 세계였다.

하지만 현실은 아니다. 현실 세계의 작가는 신이 아니었다. 생각이 거기까지 이르자 진나이는 몸이 경직되었다.

"선생님, 괜찮으세요? 혈색이 안 좋아요."

진나이를 보고 호소노가 물었다.

"아니, 아무것도 아니야. 좀 현기증이 나서 그래."

"빈혈이에요? 하긴 선생님 같은 초일류 인기 작가가 되면 건강관리가 쉽지 않지요."

호소노는 그렇게 말하며 크게 웃었다.

젊은 어시스턴트가 단기간에 교체되는 경우는 많지만 그는 유일하게 '스니빌라이제이션' 초기부터 계속 진나이를 도와주고 있다. 호소노와는 오래 알고 지냈다. 사토미와 약혼했을 때나 새로 집을 지었을 때, 사토미가 사고로 죽었을 때도 호소노는 계속 그의 옆에 있어주었다. 계속 같이 먹고 같이 야근하고 지내다 보니 편집자보다 어시스턴트와 더 친밀해지게 되었다.

사토미가 죽은 그날도 진나이는 호소노 앞에서 한심할 정도로 눈물을 보였다. 호소노는 진나이의 괴로움을 잘 이해하고 있었다. 일부러 그러는 건지 원래 성격이 그런 건지는 모르겠지만 호소노의 위로만이 유일한 위안이었다.

다시금 진나이는 자연스레 칸자키를 떠올렸다.

칸자키는 인간의 죽음을 예지할 수 있다고 했다. 죽는 날로부터 며칠 전에 그 사람 근처에 있다면.

만약 이 현실 세계에 신이 있어 무수한 복선이 존재한다면?

그리고 그 복선을 알아차릴 수 있는 능력을 지닌 인간이 있다면?

칸자키가 그 능력을 가지고 있는 걸까? 그녀는 현실 세계의 작가로서 신의 메시지를 수신할 수 있는 것일까?

"바보 같아."

자신도 모르게 말이 튀어나왔다.

"네? 뭐라고요?"

"아니, 아무것도 아니야. 혼잣말이야. 신경 쓰지 마."

호소노는 의아한 표정을 짓고 있다.

"선생님, 진짜 괜찮으세요? 피곤하신 거 아니에요?"

피곤하다라…, 정말로 그렇다.

'현실 세계의 작가? 신의 메시지를 읽을 수 있는 인간? 그것이 칸자키라고? 바보 같은 것도 정도가 있지.'

그때 초인종이 울렸다.

"왔나 봐요."

"아, 그렇겠군."

호소노가 일어나 현관으로 나갔다.

"선생님, 안녕하세요."

이윽고 호소노와 함께 이시자키 치나츠가 나타났다.

그녀는 진나이와 눈이 마주치자마자 말했다.

"선생님, 저번에 만났을 때 말씀드렸지만 하르시온을 다시 등장시키죠. 역시 그렇게 하는 편이 좋을 거예요."

진나이는 크게 한숨을 쉬었다.

저번에 치나츠를 만났을 때 그녀는 다시 하르시온을 등장시키자고 진나이를 졸랐다. 그때 진나이는 열심히 설명해주었다. 두 번 다시 '스니빌라이제이션'에 하르시온이 등장하지는 않을 거라고. 그때는 분명 이해했다고 했는데….

진나이가 말했다.

"작가는 나야."

"네, 알고 있어요. 하지만 아쉽지 않으세요? 하르시온이 지금까지 이야기를 이끌어왔고, 그리고 가장 인기 캐릭터잖아요. 하르시온을 등장시키면 독자 투표에서도 다시 1등을 하고, 단행본도 불티나게 팔릴 거예요."

"그런 건 네가 말하지 않아도 알고 있어."

그런 진나이와 치나츠의 대화를 호소노는 불안한 표정으로 바라보고 있었다.

"지금 제 남자친구가 '스니빌라이제이션' 팬인데, 개도 하르시온 팬이에요. 그래서 제가 선생님의 어시스턴트가 된다고 하니까 어떻게든 하르시온을 살려내라고 성화예요."

"이제 하르시온은 등장하지 않아. 그녀는 이미 죽었어."

"하지만 시체는 등장하지 않았잖아요. 사실은 어딘가에서 살아있을 가능성도…."

그때 호소노가 그만하라는 듯이 그녀의 소매를 잡아당겼다.

"우리 같은 어시스턴트, 특히 너 같은 신인이 선생님께 의견을 말하는 건 너무 앞서가는 거야."

"의견이 아니에요. 조언이에요."

"그게 빠르다는 거야."

치나츠의 말은 진나이도 충분히 이해하고 있다.

하르시온이 우주 공간을 떠도는 중에 민간선에 구조된다….
1년 후 차임과 만나지만 사고의 충격으로 기억을 잃었다는 식
으로 스토리를 전개하면 팬들은 다시 열광할 것이다.

하지만 사토미는 이미 죽었다. 다시 돌아오지 못한다. 사실
은 살아있었다는 그런 말도 안 되는 사태는 결코 일어나지 않
는다. 그렇기에 하르시온을 죽인 것이다. 하르시온이 다시 등장
한다는 것은 그런 자신의 선택이 잘못되었다는 것을 인정하는
꼴이 된다.

"하르시온은 두 번 다시 등장하지 않아."

진나이의 말에 치나츠는 불만스러운 표정으로 입술을 내밀
었다.

치나츠는 '스니빌라이제이션'의 팬이었다. 어쩌면 그녀는 앞
으로의 '스니빌라이제이션'을 자기 마음대로 조종할 수 있을 거
라는 야망을 품고 여기에 왔을지도 모른다. 진나이는 그런 생
각이 들었다.

◆

시간은 오후 7시 40분, 장소는 슈퍼마켓 '마루바야시'.

마감 직전의 매장에는 손님이 거의 없다. 저녁 식사 준비로 바쁜 주부들로 웅성거렸던 몇 시간 전의 소란스러움이 마치 거짓말 같았다.

상품이 진열되어 있던 선반은 손님들이 물건을 사가지고 가면서 흔들어놓은 탓에 군데군데가 어질러져 있다.

미츠하시는 가게를 둘러보며 그것들을 정리해나간다. 안쪽 상품을 앞으로 꺼내고, 다 팔린 공간은 그 옆에 남아있는 상품으로 채워 넣는다. 선반에 빈 공간이 없게 만드는 것이 미츠하시의 업무 중 하나였다. 물건은 계속 팔리기 때문에 상품이 계속 선반에서 없어지니까, 미츠하시가 계속 가게를 돌아다니며 신경 써야 한다.

미츠하시는 기계적으로 그런 작업을 해나갔다. 익숙해져서 크게 어렵지도 않았다. 그리고 머릿속에서는 늘 다른 생각을 했다.

치나츠는 지난주에 '마루바야시'를 그만두었다. 진나이 류지의 어시스턴트가 되었기 때문이다. 시급은 당연히 그쪽이 더 좋고, 좋아하는 만화가 밑에서 만화를 그릴 수 있을 테니, 치나츠로서는 하루하루가 즐거울 것이다.

들자니 하르시온을 죽인다는 진나이의 판단에 분노한 어시스턴트들이 전부 그의 곁을 떠나는 바람에 진나이 팀은 인력 부족에 빠졌다고 한다. 그래서 우수한 동인지 작가인 치나츠를 영입한 것이다.

하르시온을 죽인 진나이를 그의 어시스턴트들도 비난했다는 것은 미츠하시에게 있어 조금은 후련한 요소였지만, 그만두는 것 외의 수단을 선택하지 않은 것에 아쉬움을 느꼈다.

하르시온이 죽기 전에 쿠데타라도 일으켜 진나이를 암살했다면 좋았을 것이다.

'스니빌라이제이션'은 베스트셀러 작품이다. 작가가 죽은 것 정도로는 끝나지 않을 것이다. 진나이의 터치를 완벽하게 모사할 수 있는 어시스턴트가 있어도 이상하지 않다. 지금쯤 하르시온의 새로운 활약이 그려지고 있을지도 모른다.

'스니빌라이제이션'의 신작 동인지가 최근에는 거의 나오지 않고 있다. 팬사이트에서도 하르시온을 죽인 진나이의 선택을 긍정하는 세력이 나타나 반대파와 논쟁을 벌이고 있기 때문이다. 팬들끼리 화기애애하던 커뮤니티가 하르시온의 죽음으로 박살난 것이다.

팬사이트에서 전해지는 정보에 의하면 잡지 '인터널'의 인기 투표에서 '스니빌라이제이션'의 순위가 많이 떨어졌다.

하르시온이 죽은 뒤 비탄에 빠져 동료들과 이별하고 혼자 여행을 떠난 차임. 이런 스토리가 과연 괜찮은 거냐고 모두가 우려했다. 하르시온이 죽기 전 '스니빌라이제이션'이 마라톤 코스를 처음부터 전력질주하는 박진감이 흘러넘쳤다면, 지금 '스니빌라이제이션'은 잠이 덜 깬 얼빠진 노인네 같이 힘이 쭉 빠졌다.

치나츠로부터 진나이의 이야기를 들었다. 그는 하르시온을 다시 등장시킬 생각이 전혀 없다고 한다. 오히려 치나츠의 의견을 신참 어시스턴트 주제에 가르치려 든다고 일축했다고 한다.

'어쩌면 좋지? 어떻게 하면 다시 한번 하르시온을 '스니빌라이제이션'에 등장시킬 수 있지?'

아무리 생각해도 답은 하나밖에 없다.

진나이를 죽여야 한다.

진나이의 어시스턴트들이 살인을 할 용기가 없는 겁쟁이들이라면 자신이 그 역할을 하면 된다.

작가가 하르시온을 두 번 다시 '스니빌라이제이션'에 등장시키지 않을 거라고 정했다면 그것은 절대적인 것이다. 인기가 떨어져도 상관없다고 진나이가 생각했다면 아무리 주위에서 설득해도 소용없을 것이다.

그렇기에 진나이를 죽여야 모든 것이 해결된다.

진나이가 죽어도 '스니빌라이제이션' 연재가 종료될 리도 없다. 작가가 죽어도 프로덕션을 중심으로 작품을 발표하는 경우가 드물지 않기 때문이다. 이미 '스니빌라이제이션'은 상품으로 성립되어 있다.

치나츠의 이야기를 듣자니 그녀는 물론 진나이의 곁을 떠난 어시스턴트들도 하르시온을 죽인 것은 잘못된 선택이었다고 생각하는 게 분명하다. 황금알을 낳는 거위를 잃은 '인터널'의 편집부도 마찬가지일 것이다.

진나이는 죽을 것이다. 그것이 '스니빌라이제이션'을 다시 인기투표 1위로 끌어올리는 절호의 기회가 될 것이다.

작가를 잃은 '스니빌라이제이션'을 '인터널' 편집부가 넘겨받는 것은 당연할 것이다. 하르시온이라는 캐릭터에 대해서도 편집부와 어시스턴트들의 의견이 일치한다면 문제없이 되살아날 수 있을 것이다.

그러면 자신은 다시 하르시온의 활약을 볼 수 있을 것이다. 신참이기는 하지만 치나츠가 직접 현장에 있으니까 그녀를 통해 이야기의 진행 상황을 알 수 있을 것이다. 그리고 하르시온의 등장 횟수를 늘려달라고 치나츠에게 부탁할 수도 있을 것이다. 물론 정말로 반영될지는 모르지만 적어도 앙케이트나 팬레터밖에 쓸 수 없는 지금까지의 상황과는 확연히 달라질 것이다.

과연 그런 생각은 망상에 불과한 것일까. 자신의 예상과 달리, 저자인 진나이가 죽으면 그걸로 그대로 '스니빌라이제이션'은 끝나버릴까.

그때 등 뒤에서 부점장의 목소리가 들렸다.

"야, 미츠하시. 너 뭘 멍하니 서 있어!"

"아, 네. 죄송합니다."

시계를 봐. 지금 몇 시야?"

부점장은 가게 출구 근처에 설치한 아날로그 시계를 가리켰다.

"이, 7시 51분입니다."

"마감준비는 언제부터였지?"

"7시 5, 50분부터입니다."

"그럼 멍하니 있지 말고 빨리 마감 준비해! 네가 빨리 해야 우리가 집에 갈 수 있잖아."

"네, 네! 죄송합니다. 지금 당장 하겠습니다."

미츠하시는 부점장에게 고개를 숙이고 정면 출구를 향해 달렸다.

바위를 깎은 듯한 흉악한 인상, 히스테릭한 목소리, 퍼머 머리를 하려다가 실패한 듯한 삐죽머리를 올백으로 넘긴 부점장. 손님인 주부들에게는 웃으며 대하지만, 아르바이트생인 자신에게는 가차 없이 끝까지 부려먹는다.

가게 앞에 놓아둔 양배추와 다른 채소 박스, 거기에 세정제나 휴지들이 쌓인 바구니, 버리고 간 스티로폼이 넘쳐나는 재활용 박스를 가게 안으로 들여놓는다. 가볍게 빗자루로 쓸고, 조명을 끄고, 셔터를 내린다.

매일 같이 반복되어 온 작업들. 가게 안의 상품을 깨끗하게 진열하는 것과 마찬가지로 기계적으로 해나간다. 그리고 부점장 때문에 중단된 계획을 다시 생각한다.

만약 자신이 진심으로 진나이를 죽이려면 어떤 과정을 거쳐야 할까.

상대는 유명인이다. 하지만 배우나 가수, 스포츠선수 같은 유명인에 비하면 소설가나 만화가는 유명인이면서도 '나서지 않는' 성향이 강하다. 겉으로 드러나는 것은 작품뿐이며 본인은 거의 모습을 드러내지 않는다. 물론 TV에 출연할 정도로 배우와 다를 바 없는 작가도 있지만 적어도 진나이는 아니다.

따라서 정치가나 예술가를 죽이는 것에 비해 만화가인 진나이를 죽이는 것은 쉬울 것이다.

다행히 하르시온을 죽인 진나이는 전국의 팬들로부터 원한을 사고 있다. 즉, 범행 동기가 있는 사람이 수십만 명이라는 것이다. 살인사건 수사는 먼저 범행 동기가 있는 사람을 찾아내는 것부터 시작한다. 자신은 그 중 한 명일 뿐이다. 목격자 없이 증거를 남기지 않고 신중에 신중을 기해 진나이를 죽일 수 있다면….

하지만 두 가지 문제가 있다.

첫 번째는 엄밀히 말하자면 자신이 '수십만 명 중에 한 명'은 아니라는 점이다. 자신은 지금 치나츠와 사귀고 있다. 그리고 치나츠는 진나이의 어시스턴트다. 그녀는 신참 어시스턴트 주제에 하르시온을 다시 등장시켜달라고 진나이에게 호소한 전례까지 있다. 하르시온의 팬인 자신에 대해서도 진나이에게 이야기했을 것이다.

물론 기간을 두고 진나이를 죽이는 방법도 있다. 먼저 치나츠와 헤어지고 나서 2년, 3년 정도가 흐른 뒤에 진나이를 죽이는 것이다. 그녀는 분명 헤어진 연인 따위는 잊어버릴 것이다.

이 방법에도 문제는 있다. 완고한 진나이는 하르시온이 없는 '스니빌라이제이션'을 계속 그려나갈 것이다. 인기 순위가 떨어져도 단행본이 팔리지 않아도 상관없이. 그러면 당연히 '스니빌라이제이션'의 연재는 중단될 것이다. 그리고 제멋대로인 독자들은 어느새 하르시온 따위를 잊고 '스니빌라이제이션'과 멀어질 것이다.

중요한 것은 '스니빌라이제이션'의 인기가 사그라들고 있는 지금 이 순간에 진나이를 죽여야 한다는 점이다. 안 그러면 너무 늦게 된다.

하지만 그 문제는 두 번째 문제에 비하면 별것 아니다.

두 번째 문제는….

자신은 과연 진나이를 죽일 만한 담력이 있을까.

"야, 미츠하시."

또 목소리가 들렸다.

"네, 네!"

"멀뚱멀뚱 있지 말고 빨리 해. 난 빨리 퇴근하고 싶다고."

"넵! 바, 바로 하겠습니다."

부점장과 자신의 대화를 듣고 있는 계산대의 여성, 치나츠의 친구인 그녀가 입가에 손을 대고 웃고 있었다. 치나츠보다 훨씬 귀여운 여성이다. 눈이 마주쳤다. 자신도 모르게 고개를 돌렸다. 보나 마나 자신을 비웃고 있었을 것이다. 그렇게 생각했다.

부점장은 진나이 다음으로 죽이고 싶은 남자이다. 오늘 남자 아르바이트생은 미츠하시 혼자였다. 그래서 마감 준비를 전부 미츠하시가 혼자 해야 한다. 아무리 해도 시간이 걸리는 것은 어쩔 수 없다. 그런데 저 부점장은 마치 미츠하시가 못해서 그런 것처럼 혼낸다.

'저 녀석을 죽이면 어떤 기분이 들까.'

미츠하시는 항상 생각했다.

하지만 그것도 혼자만의 망상일 뿐이며, 실제로 부점장 앞에 서는 원래 작았던 담력이 더욱 위축되어 말까지 더듬게 된다.

바로 이게 문제였다.

준비를 아무리 열심히 한다 해도….

살해 직전에 겁 먹어버리면 아무 소용이 없다.

◆

그날의 업무를 끝내고 진나이는 집으로 돌아왔다.

메구로의 고급주택가에 지어진 흰 달빛 아래 빛나는 새 집. 이런 집에 돌아와도 허무할 뿐이다. 빨리 팔아치우고 앞으로는 그냥 작업실에서 기거하자고 진지하게 생각하고 있다.

우편함을 확인했다. 석간 신문과 함께 안에 든 우편물을 꺼냈다.

밤바람을 맞으며 하나하나 확인했다. 전단지가 많았다. 초밥

집, 피자집 광고나 생명보험이나 수상한 한방약 광고 우편물 투성이였다.

진나이는 현관에서 신발을 벗고 거실로 향했다. 전단지나 광고지는 바로 쓰레기통에 넣고 소파에 앉아 한숨을 쉬었다.

그때 핸드폰이 울렸다.

디스플레이에는 타치바나의 이름이 있었다. 귀찮았지만 안 받을 수도 없어서 일단 받기로 했다.

"여보세요."

"밤중에 죄송합니다. 타치바나입니다. 아까 작업실에 연락했더니 아무도 안 받아서요…"

호소노나 치나츠도 귀가했을 것이다. 그래서 아무도 없는 것이다.

"괜찮아. 무슨 일이야?"

"두 가지 있습니다. 먼저 첫 번째로 좀 지겨우실 테지만 진나이 씨는 이제 정말로 하르시온을 그리지 않으실 건가요?"

"정말 지겹네. 몇 번을 말해야 알아듣겠어? 새로 온 어시스턴트도 같은 말을 하고, 오래 같이 일해 온 담당 편집자도 같은 말을 하는군. 그럼 뭐야? 하르시온을 그리지 않으면 '인터널'에서 잘린다는 뜻이야?"

진나이는 자신도 모르게 언성을 높였다.

"기분이 상하셨다면 죄송합니다. 하지만 그런 일로 자르거나 하지는 않습니다. 연재 중지가 되는 것은 어디까지나 인기 투표에서 구제할 수 없을 정도로 떨어졌을 때입니다. 아니면 진나이 씨가 만화를 끝내고 싶으실 때 끝나겠죠."

"만약 내가 그렇게 하면 어떻게 할 거야?"

"뭐, 그건 인기 투표와 같이 살펴봐야죠. 지금 하르시온이 죽은 것으로 인해 '스니빌라이제이션'이 1위 자리를 빼앗겼지만, 다시 1위가 되고 그대로 순위를 유지한다면 당연히 연재 중단을 말려야겠지요. 반대로 지금처럼 계속 순위가 떨어진다면 아무도 말리지 않을 겁니다."

"불길한 소리 하지 마."

"농담이 아닙니다. 빨리 하르시온이 죽은 자리를 메워주세요. 사실 그 자리는 하르시온이 재등장해서 메우는 것이 가장 리스크가 적고 확실한데, 그러면 진나이 씨의 자존심이 가만히 있지 않겠죠."

"그런 말을 하려고 일부러 전화한 거야?"

"그것만이 아닙니다. 오후 회의에서 나온 기획입니다. 바로 연락드리려고 했는데 일이 많다 보니 늦어졌습니다."

"기획?"

"하르시온 일러스트집을 내면 어떨까요?"

"일러스트집?"

"컨셉은 하르시온의 사진집입니다. 지금까지 '스니빌라이제이션'에 등장했던 하르시온의 각 장면을 발췌해서 CG로 색을 입히는 것입니다. 물론 몇 장은 진나이 씨께 새로 그려달라고 부탁드릴 예정입니다. 수영복 사진이나 교복 사진, 평소 옷차림의 하르시온을 새롭게 그려서 그것도 수록하고 싶습니다. 이거라면 팔릴 겁니다. 단행본보다 고가일 것은 틀림없으니 주저하는 독자도 있겠지만 그래도 10만 부는 거뜬합니다. 어떤가요? 부탁드려도 될까요?"

과연 타치바나는 비지니스맨이다. 진나이가 자신의 개인적인 감정에 휩쓸려 하르시온을 죽인 이후에도 돈벌이를 할 계획을 세우고 있었던 것이다.

"CG는 해본 적이 없는데."

"하지만 진나이 씨, 새로운 방법도 도전해보셔야죠."

"알았어. 마음대로 해. 하지만 그 일러스트집에 '하르시온 추도기념 화보집' 같은 부끄러운 광고 문구를 넣지는 말아줘."

"감사합니다. 그리고 진나이 씨…."

"또 뭐야?"

"두 번째 안건입니다."

"아직 안 끝났어?"

"편집부에 왔습니다."

"뭐가?"

타치바나의 질질 끄는 듯한 말투에 진나이는 화가 났다.

"칸자키 씨의 편지요."

자신도 모르게 숨을 참았다.

"편지 봉투의 특징이 전에 진나이 씨가 말씀하셨던 것과 동일해서 알아봤습니다. 아직도 항의 팬레터가 많이 오니까 그중에 파묻힐 뻔했습니다. 어떻게 할까요? 이것도 같이 보내드릴까요?"

"그 편지 지금 가지고 있어?"

"네, 제 눈앞에 있습니다."

"거기서 열어봐."

"괜찮겠어요?"

"타치바나 씨의 의견도 듣고 싶으니까."

"…알겠습니다."

잠시 종이를 찢는 듯한 소리가 들렸다.

"…누구지, 이건."

타치바나의 중얼거림이 들렸다.

"뭐야? 뭐라고 쓰여 있는데?"

"편지 한 장이 들어 있습니다."

"저번에도 그랬어."

"읽을까요?"

"그래, 부탁해."

타치바나는 천천히 편지를 읽었다.

'진나이 선생님, 두 번째 편지를 드립니다. 예언의 편지입니다. 제 아파트에 사이온지 켄이라는 작가가 살고 있습니다. 소설가입니다. 5월 20일 사이온지 켄은 아파트 옥상에서 뛰어내려 자살

합니다.'

진나이는 듣자마자 달력을 보았다.

오늘은 5월 21일이다.

"소인은?"

"5월 19일, 츠루미 우체국의 소인이 찍혀 있군요."

진나이는 머리를 감싸 쥐었다.

"사이온지 켄? 누구지? 누굴 말하는 거지?"

그렇게 중얼거렸다.

"그런데 전부터 의문이었는데 왜 편지인 거죠? 예지력이 있다면 바로 전화나 메일로 알리면 될 텐데요."

"칸자키 씨에게 전화번호나 메일 주소를 알려주지 않았어. 나와 연락하려면 편집부를 거칠 수밖에 없어."

진나이가 가르쳐주지 않는 한 칸자키가 진나이의 전화번호나 메일을 알 수 없다.

"그럼 진나이 씨의 개인 번호가 아니라 편집부에 전화해도 되잖습니까? 팩스도 있고, 편집부 이메일은 홈페이지에 공개되어 있습니다."

"그러면 나보다 먼저 타치바나 씨가 예언을 알게 되잖아. 그녀는 그게 싫은 걸지도 몰라."

"왜 싫어하죠?"

"나도 몰라. 그것보다 타치바나 씨, 그 편지, 나중에라도 좋으

니까 작업실로 가져와 줘. 우편으로 보내도 돼. 자살했다는 사
이온지 켄에 대해서도 뭔가 알아내면 연락해주고. 부탁해."

"알았습니다. 하지만 진나이 씨."

"응?"

"너무 발을 깊게 담그지는 마세요."

진나이는 전화를 끊은 후 타치바나의 연락만 기다릴 수 없
어서 바로 신문을 펼쳤다. 오늘자 조간과 석간 신문을 펼쳐 꼼
꼼히 살폈다.

자살, 사이온지.

그 두 키워드를 중심으로 찾았다.

그리 오래 걸리지 않았다.

21일 조간신문의 작은 기사였다.

소설가 투신자살?

20일 새벽 작가 사이온지 켄 씨(42)가 요코하마시 츠루미구의 아
파트 주차장에서 쓰러진 채 발견되었다. 사이온지 씨는 온몸에 타
박상을 입고 병원으로 옮겨졌으나 끝내 사망했다. 유서 등은 발견
되지 않았지만 경찰 조사 결과 자살 가능성이 높은 것으로 보여
관계자들을 조사 중이다.

소설가?

요코하마 츠루미구?

진나이는 도저히 가만히 있을 수 없어 핸드폰을 집어들었다. 그러고는 칸자키의 집에 전화를 걸었다.

그녀는 바로 전화를 받았다.

"아아, 진나이 씨. 그 편지를 받으셨군요?"

"네. 오늘 편집부에서."

"이쪽은 어제부터 엄청 소란스럽답니다."

"신문 기사를 읽었습니다. 요코하마시 츠루미구의 아파트라니, 설마…"

"네. 제가 사는 이 아파트입니다. 사이온지 씨와는 아는 사이였습니다. 물론 마주치면 인사하는 정도였지만요."

"그렇게 가까운 곳에 있었군요."

"진나이 씨…"

칸자키는 이야기를 시작했다. 약간 비통한 말투였다.

"저는 누군가의 근처에 있으면 그 사람의 운명을 알 수 있습니다. 경험상 반경 3미터 정도입니다. 그래서 저는 최대한 주위 사람들과 거리를 두며 살고 있었습니다. 하지만 일상생활 속에서 모두와 거리를 두고 살 수는 없었죠."

"그렇겠죠."

"진나이 씨의 사인회만은 어떻게든 가고 싶었습니다. 저는 당신의 팬이니까요. 이런 멋진 만화를 그리는 사람은 어떤 사람일까 알고 싶었습니다. 그래서 리스크를 각오하고 사인회에 갔습니다. 그런데 신주쿠역 여기저기에서 누군가의 죽음이 느껴졌습니다. 저는 그것을 전부 무시했습니다. 저로서는 어떻게 할 방법이 없으니까요. 하지만 사인회장에서 사토미 씨의 죽음을 느꼈을 때 저는…"

무언가를 억누르는 듯이 칸자키는 말을 이어나갔다.

지난번에는 첫 대면이어서였는지 침착한 태도로 이야기를 했다. 하지만 지금은 그런 모습이 전혀 없었다. 동요한 것인지 아니면 한 번 만난 것으로 진나이에게 마음을 놓은 것인지 모르겠다.

"잡지에 나온 기사를 읽었습니다. 그래서 저는 사토미 씨의 죽음을 예지하기 전부터 그녀가 진나이 씨의 약혼자라는 것을 알고 있었습니다. 이 사람이구나, 하고 그런 호기심 어린 마음으로 사토미 씨에게 다가갔다는 것은 부정하지 않겠습니다. 그리고 저는 사토미 씨의 죽음을 예지했습니다."

잡지 기사.

어느 잡지사에서 흥미를 끌기 위해 사토미에 대해 대서특필한 적이 있었다. 인기투표 상위에 있는 인기 만화가의 약혼녀란, 이라는 제목의 그 기사를 보고 진나이는 분개했지만 스캔들보다는 낫다고 스스로를 설득했다.

"진나이 씨의 사인을 받고 저는 집으로 돌아왔습니다. 하지만 머릿속에서는 사토미 씨의 죽음이 떠나지 않았습니다. 그래서 그만 편지를 써서 편집부에 보낸 것입니다."

"그런데 그 '사이온지'라는 사람은?"

"아까 말씀드렸지만 같은 층에 살 뿐이고 딱히 교류는 없었습니다. 아침에 쓰레기를 버릴 때 우연히 마주쳤는데 그때 보였습니다. 옥상에서 뛰어내리는 사이온지 씨의 모습과 주차장에 흐르는 그의 피가…"

"경고하셨나요?"

칸자키는 잠시 입을 다물고 다시 입을 열어 이렇게 물었다.

"진나이 씨라면 어떻게 하셨을까요?"

"저는…, 모르겠습니다."

"저는 사이온지 씨의 죽음을 예지한 순간 그를 막아서며 이렇게 말했습니다. 우리는 같은 아파트에 살고 있으니까 무슨 일이 있으면 말해달라고요. 사이온지 씨는 저를 노려보고는 집으로 들어가 버렸습니다. 사이온지 씨는 이 주변에서 깐깐하기로 유명해서 그 정도밖에 말할 수 없었습니다."

"딱히 칸자키 씨를 비난하려는 건 아닙니다."

"네…"

"경찰에는 신고했나요?"

진나이는 그렇게 묻고 나서 바보 같은 질문이었다고 생각했다.

"무엇을 신고하면 될까요? 이런 이야기를 경찰이 믿어줄까요? 오히려 의심 받아서 조사나 받을 겁니다."

칸자키의 말 그대로였다.

"죄송합니다. 괜한 질문이었습니다."

"아니에요, 괜찮아요. 하지만 이제 제 능력을 믿어주실 수 있나요?"

그 질문에 어떻게 대답해야 할지 몰랐다.

"제가 믿지 않는다고 생각하시는 건가요?"

"저는 이런 이상한 능력을 지녔지만 최소한의 상식은 있습니다. 사실 믿으라고 하는 쪽이 이상한 거죠."

"제 담당 편집자인 타치바나 씨는 처음에 칸자키 씨의 능력을 전혀 믿지 않았는데 이번 일은 놀라고 있습니다."

"그렇다면 저는…."

"네."

"진나이 씨가 믿어주실 때까지 계속 편지를 보내드리면 될까요?"

만약 진나이가 그녀를 아직 믿지 않는다고 하면, 아마도 앞으로 칸자키는 누군가의 죽음을 알리는 편지를 계속 편집부에 보내올 것이다. 예지가 경악이나 충격이 아닌 일상이 될 때까지….

진나이는 바로 말했다.

"저는 믿습니다."

"기뻐요."

칸자키는 마치 소녀처럼 말했다.

진나이는 자신도 모르게 질문했다.

"왜죠? 왜 제가 믿는 것이 기쁘신가요?"

어쩌면 칸자키는 진나이의 관심을 끌기 위해 그런 예지 편지를 위조했을지도 모른다. 그 의혹은 지금도 진나이의 마음속에 자리 잡고 있었다.

"제 인생에서 이 능력을 믿어준 것이 진나이 씨 한 명뿐이라서 그래요."

"완전히 믿는 것은 아닙니다. 믿는다고 대답했을 뿐입니다."

"어느 쪽이건 같은 의미예요. 저는 알 수 있답니다."

진나이는 자신의 마음을 들킨 기분이었다.

"칸자키 씨."

"네?"

"만약 제 죽음을 예지하면 바로 저에게 알려주세요."

농담처럼 말했다.

칸자키는 진지하게 대답했다.

"알겠습니다. 하지만 걱정 마세요. 진나이 씨는 죽지 않습니다. 아직 진나이 씨의 죽음은 보지 못했으니까요."

◆

시끄러운 헤비메탈 BGM.

화면을 흘러가는 과장된 자막.

작가가 자기 집 옥상에서 투신자살! 카메라를 바라본 채 마이크를 잡고 걸어가면서 이야기하는 리포터.

"여기가 자살현장이자 사이온지 씨가 살던 츠루미구의 아파트입니다."

화면이 바뀌자, 사이온지 켄이 쓰러져 있던 주차장을 비추는 카메라. 검은 혈흔이 크게 클로즈업된다.

최초의 발견자는 초로의 여성이라고 한다.

"아침에 산책하고 있었는데, 사람이 쓰러져 있고 주변이 온통 피투성이라서 나도 엄청 놀랐어."

"그래서 경찰에 신고하신 건가요?"

"응, 전혀 움직이지 않으니까 죽었다는 건 바로 알 수 있었어. 정말 큰일 났다고 생각해서."

화면은 다시 아파트 전경을 비춘다. 늘어서 있는 창문들, 그중 하나를 카메라가 클로즈업했다. 집 안에 쌓아둔 책들 때문에 안을 볼 수 없었다. 그리고 화면 오른쪽 아래에 사이온지 씨의 얼굴사진이 나왔다.

질질 끄는 듯한 나레이션.

'작가 사이온지 켄 씨는 왜 자기 집 옥상에서 뛰어내렸을까?'

이어서 같은 아파트 주민들의 증언이 이어졌다.

"그러니까, 왠지 모르게 어두운 사람이었습니다. 인사를 해도 받아주지 않았죠."

"그 나이까지 독신이잖아요. 여성이면 몰라도 남성이 마흔이 넘어서도 독신이라니 좀 무섭지 않아요?"

"매일 밤 음악을 크게 틀어놓아서 너무 시끄러웠어요. 그래서 한 번 다 같이 항의했어요. 그 후로는 음악은 틀지 않았지만 아무 사과의 말도 없었죠…"

"다리가 불편한지 항상 다리를 끌고 다녔습니다. 계단을 오르내리는 것도 힘들어 보였죠. 엘리베이터를 이용하면 좋을 텐데 마치 자신이 다리가 불편하다는 것을 남들에게 알리려는 것 같았습니다. 물론 그게 나쁘다는 건 아닙니다. 하지만 그 사람은 제가 도와주려고 하니까 만지지 말라고 화를 냈어요."

다시 나레이션.

사이온지 켄이 쓴 소설을 낭독한다. '부패하는 도시 - 사이온지 켄 저'라는 자막이 작게 나왔다.

'이 세상은 부패했다. 미쳤다. 정화해야 한다. 길을 가는 사람들 중에도 살아갈 가치가 있는 이는 얼마 되지 않는다. 이런 벌레 같은 녀석들을 죽여도 천벌은 받지 않을 것이다. '죄와 벌'을 읽어봐라. 라스콜니코프도 말하지 않았나. 한 명의 천재를 위해서라면 백 명의 범부를 죽여도 상관없다고.'

그것이 어떤 내용의 소설인지, 어떤 등장인물이 어떤 상황에서 한 말인지는 전혀 알려주지 않았다.

'그 나이까지 독신이잖아요. 여성이면 몰라도 남성이 마흔이 넘어서도 독신이라니 좀 무섭지 않아요?'

여성은 언제까지고 독신으로 살아도 상관없지만 남성은 늦어도 40세까지 결혼하지 않으면 남들의 눈치를 보게 되는 것 같았다. 여성에 대해서 그런 말을 하면 페미니스트 녀석들이 남녀차별이라고 떠들어대겠지만, 남자는 차별받아도 상관없는 듯했다.

결혼이라…. 아직 시간이 많이 남았다고 둘러댈 수 없다. 비슷한 나이의 사촌은 이미 옛날에 결혼해서 아이까지 있다.

미츠하시는 상상해 보았다. 자신은 계속 여자들에게 인기가 없었고, 이제껏 맞선도 전부 실패했다. 그리고 서른이 넘어도 독신이고 마흔이 넘어도 독신일 것이다. 남들의 차가운 시선이 느껴졌다.

'미츠하시 씨는 마흔이 넘어도 독신이래요. 여성이라면 몰라도 남성이 그러면 좀 무섭지 않아요?'

미츠하시는 심호흡을 하고 그런 어두운 미래의 이미지를 지우기 위해 마음을 진정시켰다.

자신에게는 치나츠가 있다.

미츠하시는 집에서 뒹굴거리며 멍하니 TV를 보고 있었다. 창밖에는 여전히 옆집의 음악 소리가 들렸다. 힙합이 요란하게 울리고 있었다.

편모자 가정.

어머니는 일하러 나갔고, 지금 집에는 미츠하시 혼자다. 머릿속으로 오늘 하루 일정을 생각했다. '마루바야시'의 아르바이트는 쉬는 날이라 하루 종일 시간을 자유롭게 쓸 수 있다.

TV에서는 요코하마에서 어느 작가가 아파트 옥상에서 투신자살했다는 뉴스가 방송되고 있다. 작가라고 해도 만화가인 진나이 류지처럼 유명 작가는 아니었다. 사이온지 씨 작품은 전부 초판으로 끝났다. 데뷔작은 이미 절판되었고, 현시점에서의 최신작도 2년 전의 작품으로 소위 무명작가인 것이다.

그런 재미없는 뉴스를 왜 전국적으로 방송해주냐 하면, 그 작가, 사이온지는 성매매 혐의로 조사를 받고 있었다고 했다. 그리고 시신에서 알코올 반응도 검출되었다고 했다. 체포될 것을 알고 있었던 사이온지가 술에 취해 돌발적으로 자살한 것이 아닐까 하는 내용이었다.

사이온지는 5만 엔으로 여중생과 성매매를 했다고 한다. 로리콤 녀석. 미츠하시는 마음속으로 욕을 했다. 고등학생이면 혹시 몰라도 중학생이라니⋯. 정말 구제할 길이 없는 녀석이라고 생각했다.

미츠하시는 하르시온을 떠올리며 자위를 할 때면 다른 여자 생각은 전혀 들지 않는다.

방송은 아직도 이어지고 있었다. 화면은 VCR에서 스튜디오로 바뀌었다. 진지한 표정의 게스트가 이번 사건에 대해 떠들고 있었다.

미츠하시는 생각했다.

증오스런 진나이 류지를 자살로 위장해서 죽이면 어떨까?

◆

'나도 사이온지 켄처럼 자살할까.'

석양 아래에서 츠루미 거리를 걷고 있던 진나이는 생각했다.

'아니, 자살이 쉽지는 않지.'

자살을 하려면 방법까지 구체적으로 생각해야 한다. 평범하게 목을 매는 것? 자살 장소가 집이라면 발견도 늦어질 것이다. 그러니 시간은 오늘 밤, 장소는 작업실이 좋겠다. 바쁠 때는 어시스턴트들이 작업실에서 숙식을 해결하지만 지금은 그런 시기도 아니다. 밤에는 아무도 없을 것이다. 자살을 방해할 요소는 없었다. 그러면 다음 날 아침 작업실을 찾은 호소노나 치나츠가 자신의 시체를 발견해줄 것이다.

머릿속으로 그 자살 과정을 반복해서 상상해 보았다.

하지만 정말 자신이 자살을 할 거라면, 칸자키가 자신이 자살할 거라고 예언해주었을 것이다.

진나이는 지난번 역 앞에서 본 그 영화관 앞을 지나쳤다. 입간판을 보았다. 아무래도 그 감독의 작품이 아직도 상영하고 있는 듯했다. 오늘 볼까? 아니 영화보다 더 중요한 일이 있다. 확인해야 할 일이. 느긋하게 영화나 보면서 시간을 허비할 새가 없었다.

진나이는 칸자키의 아파트로 향했다.

보도진의 모습은 없었다. 그들도 수없이 많은 사건 사고 속에서 한 사건에만 오래 관심을 가질 수 없는 법이다. 게다가 이번 사건은 크게 화제성이 있는 사건도 아니었다. 객관적으로 생각하자면 진나이가 자살하는 편이 더 화제성이 있을 것이다.

사이온지 켄.

TV 뉴스에서 그의 사진을 보았을 때는 누구인지 몰랐지만 다리가 불편해 항상 계단을 오르내릴 때 고생한다는 이웃 주민의 증언을 듣고 생각났다. 처음 여기에 왔을 때 계단에서 몸을 부딪쳤던 사람이다. 그런 음침한 남자였기 때문에 이웃 주민의 증언도 신빙성이 느껴졌다.

그때 그 계단을 통해 칸자키의 집이 있는 2층까지 오르자 복도가 나왔다. 저쪽에서 비닐 봉투를 든 주부 같은 중년 여성이 걸어오고 있었다. 진나이와 그녀는 좁은 복도에서 서로 몸을 피해 스쳐 지나갔다.

진나이는 칸자키의 집 앞까지 와 초인종을 눌렀다.

문득 왼쪽에서 시선이 느껴져 쳐다보니, 조금 전 중년 여성이 자신을 이상하다는 듯이 쳐다보고 있었다. 진나이와 눈이 마주치자 그녀는 시선을 돌리고 가던 방향으로 가버렸다.

'대체 뭐지?'

그때 문이 열리며 칸자키가 얼굴을 내밀었다.

"진나이 씨, 왜 그러시죠?"

중년 여성을 쳐다보던 진나이의 시선을 눈치챘는지 칸자키가 물었다.

"아니, 저 사람이 아까부터 저를 계속 쳐다보고 있어서 무슨 일인가 하고요."

"아, 엔도 씨군요."

멀어져 가는 중년 여성의 뒷모습을 보고 칸자키가 말했다.

"신경 쓰지 마세요. 흔하잖아요? 주부들 사이에서 리더 역할을 하는 말 많은 사람이요."

칸자키는 진나이를 집 안으로 안내하고 문을 닫았다.

칸자키는 실제 나이보다 훨씬 어려 보였다. 미인이라고 해도 좋을 것이다. 그녀는 혼자 살고 게다가 독신이다. 그런 그녀의 집을 방문하는 젊은 남자. '소문을 좋아하는 주부'에게는 최고의 소재거리일 것이다.

진나이는 저번과 달리 평소 칸자키가 생활하고 있을 거실로 안내받았다.

"죄송해요. 좀 어질러져 있는데 부디 적당한 곳에 앉아주세요."

"아닙니다, 괜찮습니다. 제 작업실에 비하면 깨끗한 편입니다."

여름이라 고타츠 이불을 제거한 전기 고타츠. 벽에 걸린 흰 시계와 18인치 정도 되는 TV. 그 위에 파란 화분이 놓여있다. 꽃은 없었다.

"오늘 제가 온 게 폐가 되었을까요?"

진나이가 창가 쪽에 앉으며 말했다.

"아니에요."

칸자키는 고개를 저었다.

"원래 저는 여기 주민들과 그리 친하지 않아서 이상한 소문이 돌아도 어쩔 수 없어요. 하지만 소문이라고 해도 대단할 것 없어요. 저런 소문을 좋아하는 사람이야 어디든 있겠지만 마찬가지로 저처럼 집에 틀어박혀 사는 사람도 흔하니까요. 여기 주민 중에 제 능력을 아는 사람은 없답니다."

"TV로 봤는데 죽은 사이온지 씨는 상당한 괴짜더군요."

"네, 저보다 상당히요."

그렇게 말하며 칸자키는 해맑게 웃었다.

"괴짜라는 것이 안 좋은 것은 아니지만 여중생에게 돈을 주고 성매매하는 것은 용서받을 수 없죠. 그런데 칸자키 씨…"

"네?"

진나이는 지금 강하게 결심을 하고 있다. 오늘 밤 반드시 자살할 것이다. 누가 뭐라고 해도 그것을 막을 수 없다. 강하게, 강하게 그것을 재차 생각했다.

"저에게서 무언가 느껴지지 않나요?"

칸자키는 고개를 저으며 안 느껴진다고 답했다.

"진나이 씨는 아직 안 죽을 겁니다."

"거짓말이군요. 저는 지금 오늘 밤에 목을 매고 자살하기로 결심했습니다."

"농담하지 마세요."

"정말입니다. 그런데도 왜 칸자키 씨는 그것을 예지하지 못하는 거죠?"

칸자키는 진나이를 보며 말했다.

"왜냐하면 오늘 밤 진나이 씨가 죽지 않기 때문입니다. 적어도 오늘부터 며칠간은 죽지 않습니다."

"하지만 전 자살하기로 결심했습니다."

"결심한 것과 실행하는 것 사이에는 하늘과 땅만큼의 차이가 있습니다. 당신은 오늘 밤 죽지 않아요. 제 능력을 시험하시려고 해도 소용없습니다."

"그럼 내기할까요?"

그렇게 말하면서 진나이는 자신의 말이 얼마나 황당한 말인지 바로 깨달았다. 내기에 이긴다는 것은 곧 자신이 죽는다는 말이다.

"오늘 하루는 괜찮으셨나요?"

칸자키가 진나이의 바보 같은 질문에는 대답하지 않고 화제를 돌렸다.

"네, 어시스턴트가 한 명 늘었거든요. 저야말로 이렇게 몇 번이나 방문해서 죄송합니다."

"아니에요. 저는 진나이 씨와 달리 시간이 남아도니까요. 늘 아무와도 접촉하지 않고 살고 있지만, 역시 고독한 것은 괴롭답니다."

그렇게 말하며 그녀는 주방으로 사라졌다. 잠시 뒤 처음 여기를 방문했을 때와 마찬가지로 녹차를 들고 나타났다.

"젊은 분에게는 이런 노인이나 좋아할 법한 음료는 입에 맞지 않으실까요?"

"아닙니다, 저도 녹차를 좋아합니다. 철야로 원고를 그릴 때 빼놓을 수 없거든요. 하지만 칸자키 씨가 노인이라니 농담이시죠?"

"물론 저는 아직 노인이라고 하기에는 좀 이르지만, 진나이 씨에 비하면 충분히 나이가 많아요."

"그런가요? 솔직히 저는 칸자키 씨가 곧 50세가 된다는 것이 믿기지 않습니다. 칸자키 씨는 나이를 먹지 않는 것 같습니다."

"제가 젊어 보이는 건 무언가에 빠져 있기 때문이에요."

"무언가라뇨? 혹시 누굴 사랑하시나요?"

농담처럼 진나이가 물었다.

칸자키는 어색하게 웃으면서 고개를 저었다.

"이런 아줌마를 상대해줄 남자는 없답니다. 제가 빠져 있는 것은 진나이 씨, 당신이 그리는 '스니빌라이제이션'입니다."

"그것 참 영광스럽군요."

"저는 이제껏 살면서 만화는 전혀 읽지 않았어요. 애들이나 보는 거라는 편견이 있었죠. 하지만 우연히 '스니빌라이제이션'을 읽은 후로는 재미있어서 멈출 수 없었어요. 지금은 완전히 빠져 있답니다."

"그럼 다른 만화도 읽거나 하십니까?"

"네, '인터널'에 연재되는 다른 사람의 만화도 조금 읽어봤지만 역시 '스니빌라이제이션'에 비하면 별로 재미가 없었어요. 어딘지 비현실적인 요소도 많고요."

"'스니빌라이제이션'도 충분히 비현실적이에요. 우주 전쟁이 배경이잖아요."

"물론 설정은 그렇지만 뭐랄까요…. 등장인물들과 쉽게 공감할 수 있었어요."

하르시온이 그저 미소녀에 불과했다면 독자는 그렇게 하르시온에 빠지지 않았을 것이다. 하르시온이라는 캐릭터의 매력이 뛰어나기에 열광적인 팬이 생겨난 것이다. 하르시온을 다시 등장시키지 않을 거라면 그녀를 대신하는 새로운 캐릭터를 처음부터 다시 만들어야 한다는 사실이 진나이를 다시금 압박했다.

"무언가에 빠져 있을 수 있다면 젊어진다는 말씀인가요…."

진나이는 중얼거렸다.

"진나이 씨가 지금 빠져 있는 것은 무엇인가요?"

이번에는 진나이가 어색하게 웃을 차례였다.

"제가 지금 빠져 있는 것은 칸자키 씨, 당신의 능력입니다."

그렇게 농담처럼 말했다.

"이런 능력은 없는 편이 좋습니다. 남의 운명 따위 알고 싶지 않았는데…."

"필요 없다면 그 능력을 저에게 주세요."

"그렇게 간단히 되는 거라면 이렇게 힘들지 않았을 거예요."

"저는 원해요, 칸자키 씨의 능력을."

그 말 뒤에 "만약에 트릭이 아니라 진짜라면"이라는 말은 차마 하지 못했다.

"만약 저에게 칸자키 씨와 같은 능력이 있었다면 그때 사토미가 출근하는 것을 억지로라도 막았을 거예요."

"결과는 마찬가지예요. 사토미 씨가 운전을 하지 않았어도 분명 죽었을 겁니다. 그러니까 마찬가지예요."

"그게 운명이라는 건가요?"

칸자키는 고개를 끄덕였다.

"저는 친한 사람들의 죽음을 예지하고 필사적으로 막으려고 했습니다. 하지만 전부 헛수고였습니다."

"운명은 바꿀 수 없었나요?"

"바꿀 수 없었습니다. 그렇게 정해진 것이니까요."

말도 안 되었다. 칸자키가 무슨 말을 하는지 알 수 없었다. 진나이는 자신도 모르게 언성을 높였다.

"그렇다면 왜 그런 편지를 쓴 겁니까!"

칸자키는 겁먹은 듯한 표정을 지었다.

진나이는 저도 모르게 고개를 숙였다. 혼란스러웠다. 칸자키의 예지 능력 따윈 사실 믿지 않는다. 그런데도 왜 이렇게 혼란스러운지 스스로를 이해할 수 없었다.

"죄송합니다. 감정적으로 말해서."

"죄송해요."

칸자키는 손수건으로 눈가를 닦았다.

"비록 소용없더라도, 무의미하다는 것을 알아도 그때 저는 그 편지를 쓰지 않을 수 없었어요. 어쩌면 운명이 바뀌는 일이 한 번 정도는 있지 않을까 했어요. 이번에야말로 괜찮을지도 모른다고. 그런 기대를 했던 거예요. 하지만…."

그 말을 진나이가 이어서 말했다.

"하지만 결국 운명은 바뀌지 않았다고요?"

잠시 침묵이 이어지고 다시 진나이가 입을 열었다.

"저는 계속 생각했습니다. 미래라는 건 노트의 흰 페이지처럼 아무것도 정해진 것이 없고, 자신의 의지대로 정해나가는 거라고요. 하지만 칸자키 씨 말대로 죽음이 정해져 있고, 그것을 바꿀 수 없다면 사람에게는 자유의지가 존재하지 않는 것이 되죠. 자신의 의지로 정해서 선택하고 있다고 생각해도 실은 그 의지조차도 전부 정해져 있는 거고요. 우주의 시작과 끝까지 전부, 심지어 사소한 것조차 모두 정해져 있는 거죠. 그래서 바꿀 수 없는 걸까요?"

"거기까지는 저도 모릅니다."

"어째서죠? 어째서 죽음뿐이죠? 어째서 내일 날씨나 경마 결과나 다음 총리나 그런 것이 아니라 죽음인 거죠?"

"저도 모릅니다."

칸자키는 계속 손수건으로 눈가를 훔쳤다.

'울더라도 봐주지 않아. 빨리 허점을 보이라고, 그 편지가 사기라고 인정해!'

진나이는 그런 것을 기대하고 있었다.

"저는 모릅니다. 저도 원해서 이런 능력이 있는 것이 아닙니다. 하지만 제 잘못이에요. 그 편지를 보내는 바람에 진나이 씨가 더 괴로워졌으니까요."

진나이는 식은 녹차를 입에 머금고 목을 축이며 말했다.

"저도 당신과 같은 능력을 원했어요."

비록 칸자키가 자신을 속이고 있다고 해도 그 말은 진심이었다. 칸자키와 같은 능력이 있었다면 사토미를 구할 수도 있었을 것이다.

"그렇게 말씀하실 수 있는 건 남 일이기 때문입니다. 실제로 이 능력이 있으면 아실 겁니다. 얼마나 성가신지…. 아니, 그런 말로도 전부 표현할 수 없겠죠."

"하지만 자신의 주변 사람의 죽음을 알 수 있잖아요."

"그런 능력을 정말로 원하세요?"

"네, 그러면 죽음을 막을 수 있게끔 노력할 수 있겠죠."

"노력해도 소용없다고요."

"칸자키 씨가 성공하지 못했을 뿐이지 어쩌면 막을 방법이 있을지도 모릅니다."

"안 됩니다. 아무리 노력해도, 아무리 지혜를 짜내도 자신의 무력함과 철벽같은 운명 앞에 무너져 절망할 뿐입니다."

"결과는…." 진나이는 쥐어짜듯 말했다. "아무래도 좋습니다. 그것을 위해 노력하는 것이 저에게 있어 가장 중요합니다. 사토미가 차 안에서 불에 타 죽어갈 때 저는 집에서 느긋하게 그녀가 만들어준 아침 식사를 하고 있었습니다. 사토미의 괴로움은 상상조차 하지 못했죠. 어떤가요, 칸자키 씨? 운명이란 정말 잔혹하죠?"

칸자키는 대답하지 않았다. 그저 불쌍하다는 듯이 진나이를 바라볼 뿐이었다.

"전 옛날부터 그랬어요. 사토미도 죽었고, 그전에 사귀던 여성도 죽었죠. 칸자키 씨의 능력이 누군가의 죽음을 볼 수 있는 거라면 분명 저에겐 사랑하는 사람을 죽게 만드는 능력이 있는 거겠죠. 제 이야기를 해도 될까요?"

칸자키는 조용히 고개를 끄덕였다.

"제가 처음 여자친구를 사귄 건 대학에 막 입학했던 20살 때였습니다. 그 여자아이가 첫 상대였죠. 키스도 섹스도. 친구들은 대체로 중학생 때 첫 키스를 하고 고등학생 때 동정을 떼었습니다. 그래서 친구들에 비하면 늦은 편이죠."

칸자키는 진나이의 이야기를 살짝 웃으며 듣고 있었다.

"상대는 같은 대학, 같은 과의 여자아이였습니다. 그녀도 만화를 그렸죠. 그래서 서로 마음이 맞았던 것 같습니다."

이런 이야기는 누구에게도 한 적이 없었다. 물론 사토미에게도.

"몸이 호리호리하고 마음이 약하고 말수도 적어서, 바람이 불면 날아갈 것 같은 그런 여자아이였습니다. 첫 여자친구이다 보니 저는 그 아이와의 관계를 소중히 했습니다. 점심은 항상 대학 근처의 음식점에서 같이 먹었습니다. 일요일에는 같이 영화도 보러 갔지요. 레코드 가게에서 제가 좋아하는 CD를 사서 선물해주기도 했고요. 같은 나이대의 제 친구들이 결혼해서 이번에 아이를 낳았다고 하면서 우리도 결혼할까, 하고 농담도 하곤 했습니다. 그녀는 말수가 적었고 저도 수다쟁이는 아니었던지라 서로 아무 말 없이 그냥 거리를 걸어 다니는 것이 일상이었습니다. 처음에는 어색해서 무슨 말이든 꺼냈지만 곧 익숙해졌습니다. 그렇게 대화가 없는 분위기를 즐기게 된 것이죠."

"그녀를 좋아했나요?"

"네."

'그때는'이라는 말을 하려다 참았다.

"저는 그때부터 만화를 그렸습니다. '스니빌라이제이션'의 모태라고 할 수 있는 작품이었죠. 그녀가 첫 독자였습니다. 그녀는 말수가 적었기에 재미있다, 라고밖에 말하지 않았지만요. 그것이 진심인지 아니면 절 배려해서 한 말인지 알 수 없어서 당시 저는 당황했습니다. 하지만 그녀는 한 가지 조언을 해주었습니다."

"그게 뭐였죠?"

"히로인이 없다는 것이었습니다. 매력적인 히로인이 있으면 제 만화가 더 재미있어질 거라고 했습니다. 그녀가 조언한 대로 저는 매력적인 여자 주인공 하르시온을 만들어냈습니다. 지금의 하르시온과는 좀 달랐습니다. 그때의 하르시온은 검은 단발머리에 키도 크지 않았습니다. 데뷔할 때 편집자의 의견을 참고해서 남성 독자들의 취향에 맞는 스타일로 바꿨습니다."

"그랬군요. 팬들도 몰랐던 창작 비화로군요."

그렇게 말하며 칸자키는 웃었다.

"하르시온이라는 캐릭터가 리뉴얼되었을 때쯤 저는 그녀와 헤어질 결심을 했습니다. 그녀를 좋아했지만 더 좋아하는 사람이 생겼습니다. 그것이 사토미였습니다. 한동안은 사토미와 사귀면서도 그녀와의 관계를 유지했습니다. 양다리라는 것이었죠."

"나쁜 사람이었네요." 칸자키가 말했다.

정말 그랬다고 스스로도 생각했다.

"그러다가 결국 사토미를 더 좋아하게 되었습니다. 하지만 여자친구에 대한 감정도 여전히 남아있었어요. 그녀는 그다지 자기주장이 강하지 않았습니다. 그저 희미하게 웃으며 제 말을 들어주었죠. 데이트할 때 어느 영화를 볼까, 무엇을 먹을까 전부 제가 정했습니다. 그래서 만약 그녀에게 헤어지자고 해도 어쩌면 그녀는 평소처럼 아무 주장도 하지 않고 웃으며 저와 헤어져 주지 않을까 그렇게 생각했습니다."

정말로 제멋대로였다고 지금에 와서야 생각했다.

"여자친구와 헤어지고 싶다. 하지만 헤어지는 날 정도는 그녀도 자신의 의견을 말해주었으면 했어요. 그렇지 않으면 너무 슬프니까. 저는 그렇게 생각했습니다. 제가 너무 이기적이었을까요?"

칸자키는 말없이 고개를 저었다.

"사토미는 그녀와 달랐습니다. 서로 대화가 없어지면 먼저 사토미가 화제를 꺼냈습니다. 무엇을 보고 싶다든지, 무엇을 먹고 싶다든지, 물론 그것은 떼를 쓰는 것과는 달랐습니다. 저 혼자 선택하는 중압감을 사토미가 덜어줬던 것이죠. 그런 사토미는 신선했습니다. 하지만 여전히 사귀고 있던 여자친구에게 이별하자는 말을 꺼내지 못했죠."

결국 전부 진나이의 잘못이었다.

"1년이 지나고 2년이 지났습니다. '스니빌라이제이션'은 인기 만화가 되었습니다. 그래서 저는 들떴지요. 일류 술집에서 술을 마시고 국산 소형차를 타던 제가 BMW를 샀습니다. 나중에 약혼할 때 사토미에게도 외제차를 사주었죠. 화사한 사토미에 비해 수수했던 여자친구가 볼품없게 느껴졌습니다. '내가 방해돼?' 그녀가 저에게 그렇게 말할 때까지 그리 오랜 시간이 걸리지 않았습니다. 역시 제가 직접적으로 말하지 않아도 제 태도를 통해 알 수 있었겠죠. 저는 그렇지 않다고 대답했지만 뻔한 거짓말이었습니다."

"그녀는 당신의 거짓말을 알았겠죠?"

"네, 거짓말 아니냐고, 마치 제 마음을 다 안다는 듯이 재차 물었습니다. 저는 거짓말이 아니라고 했지만 그녀는 믿어주지 않았습니다. '나는 이제 당신과 헤어져도 좋아. 들었어, 당신 단행본이 베스트셀러가 되었다는 얘기. 축하해. 그러니까 당신 같이 재능 있는 사람은 나 같은 수수한 여자가 아니라 더 예쁜 사람이 어울려.' 그녀는 그렇게 말했습니다. 항상 자신의 의견을 말하지 않았기에 그 말이 더 무겁게 느껴졌습니다. 저는 필사적으로 대답했습니다. 그렇지 않다고, 그런 것이 아니라고…."

"그러고는요?"

"어떤 면에서 우리는 참 잘 어울리는 커플이었습니다. 그녀는 자기주장을 잘 하지 않는 스타일이었고, 그건 저도 마찬가지였으니까요. 그렇지 않았다면 저는 그녀와 바로 헤어지자고 했을 겁니다. 애초에 성격이 닮았으니까 서로 끌렸겠죠. 하지만 사토미는 그녀나 제게 없는 것을 가지고 있었습니다. 비슷한 스타일의 여자친구가 있었기에 제 눈에는 사토미 같은 여성이 신선하게 느껴졌습니다. 만화를 그릴 때 왜 그녀의 질문에 그렇다고 하지 못했을까. 어째서 그녀와 헤어지지 않았을까…. 스스로에게 계속 물었습니다. 사토미가 더 좋아졌지만 그녀의 마음을 생각하면 다른 여자가 생겼으니 헤어지자고 쉽게 말할 수 없었던 것입니다."

"그래서 결국 어떻게 되었나요?"

"그녀와 헤어지기로 결심했습니다. 언제까지고 우유부단하게 있을 수 없었으니까요. 그날을 마지막 데이트로 하자고 생각했습니다. 그래서 마지막 추억으로 삼으려고 잔뜩 멋부리고 긴자의 프렌치 레스토랑을 예약했습니다. 그런 곳은 처음이었는지 그녀는 매우 당황했습니다. 그런 모습이 사랑스러워서 저는 다시 헤어지는 게 망설여졌습니다. 하지만 마음속 깊이 억눌렀습니다. 언제 말할까, 언제 말할까 생각하던 사이 데이트는 끝나 갔습니다."

칸자키는 똑바로 진나이를 쳐다보고 있었다. 그 시선이 따가워 진나이는 시선을 피했다. 분명 같은 여성이기에 자신의 이런 잔혹한 과거를 속으로 욕하고 있을 것이다.

"차로 그녀의 집까지 바래다주었습니다. 집에 도착해서도 그녀는 차에서 내리려고 하지 않았습니다. 긴장된 제 표정을 이상하게 생각했겠지요. 그녀는 제 얼굴을 보며 불안하면서도 무언가를 기대하는 듯한 표정을 지었습니다. 저는 그녀의 이름을 부르고 말했습니다. 나와 헤어져 달라고."

진나이는 그녀의 얼굴이 거의 잊혀가지만, 그때의 표정만큼은 지금도 잘 기억하고 있다.

"그녀의 표정은 바로 어두워졌습니다. 그녀가 무슨 말을 하기 전에 제가 먼저 입을 열었습니다. 다른 여자와 2년 전부터 사귀고 있다고, 더는 양다리 관계를 유지하기 싫으니 끝내고 싶다고요. 평소와는 다른 데이트를 하며 그녀도 각오했을 거라고 제멋대로 생각했던 것입니다. 하지만 아니었습니다. 그녀는 입술을 깨물며 눈물을 흘리고 왜냐고 물었습니다."

진나이는 그 기억을 떠올릴 때마다 그녀처럼 눈물이 나올 것 같았다.

"'진나이, 말했잖아. 내가 방해되냐고 물었을 때 그런 게 아니라고 몇 번이나 말했잖아. 그래서 난 괜찮을 거라고 생각했는데….' 그녀는 그렇게 멍하니 중얼거리듯 말했습니다. 저는 다시 한번 쥐어짜듯 헤어져 달라고 말했습니다."

진나이는 손으로 얼굴을 가리고 흐느껴 우는 그녀의 모습을 차마 쳐다볼 수 없었다.

"'행복의 정점에서 불행의 나락으로 떨어진 기분이야.' 그녀는 울면서 그렇게 말했습니다. 마지막 데이트니까 사치를 부리자, 그런 마음에서 고른 프랑스 요리도 그녀는 그냥 순수하게 즐거운 데이트라고 생각했던 겁니다. 그녀는 울면서 차에서 내리며 마지막으로 말했습니다."

"뭐라고 했죠?"

"'나, 죽을 거야.'라고 했습니다."

그때 그녀의 그 표정. 진나이는 그것을 잊을 수 없었다.

"저는 농담이라고 생각했습니다. 그로부터 일주일 뒤 그녀에게서 전화나 편지가 자주 왔습니다. 사토미의 존재를 알아냈던 겁니다. 그녀는 사토미에 대해 비난을 퍼부었습니다. 그녀는 악마의 딸이라고, 그런 여자와 사귀면 불행해질 거라고 했습니다. 정상이 아닌 것 같았습니다. 저는 그녀를 무시했습니다. 며칠 뒤 지인이 그녀가 목을 매고 자살했다는 사실을 알려주었습니다. 저는 사토미와 함께 울었습니다. 사토미도 울었습니다. 제가 나쁜 놈이었습니다. 제가 여자와 사귀는 것도, 헤어지는 것도 서툴렀기 때문에 그녀가 자살한 것입니다."

그녀가 죽어서 운 것은 사실이지만 마음속 한켠에 약간의 안도감도 있었다는 사실을 부정할 수 없었다.

"그녀의 장례식에 참석했습니다. 사귈 때 한 번도 그녀의 가족을 만난 적이 없어서 저를 알아보는 사람은 없었습니다. 하지만 괴로웠습니다. 향을 피우고 바로 돌아왔습니다. 저는 지금도 생각합니다. 그녀와 헤어지던 날, 만약 제게 칸자키 씨 같은 능력이 있었다면 그녀의 자살을 막을 수 있지 않았을까 하고요."

물론 사토미와 헤어진 그날 아침도.

그 말을 끝으로 진나이는 입을 다물었다.

칸자키에게 있는 그대로의 이야기를 전부 한 건지 돌이켜보니 다소 각색이 있었다는 것은 부정할 수는 없었다. 사실 이런 과거의 상처를 전부 사실 그대로 칸자키에게 이야기할 필요는 없다. 진나이는 그렇게 생각하며 약간의 각색을 용인했다.

◆

『진나이 류지 살해계획서』

문서파일 첫 줄에 그렇게 적었다.

컴퓨터 앞에서 미츠하시는 팔짱을 꼈다. 벌써 1시간 이상 이러고 있다. 모니터에는 인터넷 브라우저가 아닌 워드프로세서가 켜져 있다.

살해계획서.

지금까지 애매하게 머릿속으로만 생각했던 것을 이렇게 적고 보니 분위기가 사뭇 달라졌다. 이제야 구체적인 형태를 지닌 계획처럼 느껴졌다. 하지만 여전히 계획은 그로부터 한 줄도 진행되지 않았기에 망상의 범주를 벗어나지 못하고 있다.

키보드를 두드린다. 변환키를 누른다. 되돌리기 키를 누른다. 스페이스바를 누른다. 백스페이스를 누른다. 커서 키를 누른다. 딜리트 키를 누른다. 쓰고 지우고, 쓰고 지우고를 반복했다.

아까부터 계속 키를 두드리고 있지만 글자를 쓰는 만큼 딜리트 키를 누르고 있어 전혀 진행되지 못하고 있다.

이렇게 고민하는 것도 사실은 진나이에 대해 아무것도 모르기 때문이다. 물론 작업실은 치나츠의 이야기를 듣고 대강은 알게 되었지만, 실제로 가보지 않은 이상 정확히 안다고 할 수 없다. 진나이에 관한 단서는 잡지나 신문에 실린 몇 안 되는 그의 인터뷰 기사뿐이다.

진나이의 사생활을 조사하지 못하면 살해하는 것은 불가능하다. 리스크는 커지지만 결국 치나츠에게 의지할 수밖에 없다.

치나츠에게 자신을 진나이에게 소개해달라고 하는 방법도 있다. 그러면 그가 어떤 인간인지 알 수 있을 것이다. 살해 계획도 좀 더 구체적으로 세울 수 있을 것이다. 예를 들어 진나이에게 칼을 들이밀 수는 있어도 체격 차이로 오히려 자신이 당한다면 모든 것이 물거품이 될 것이다.

살해 계획을 세우는 것은 나쁘지 않다. 완전범죄는 무리여도 그에 가까운 계획이라면 가능할지도 모른다. 하지만 계획을 세우는 것과 직접 실행하는 것 사이에는 엄청난 차이가 있다.

자신은 소심하고 겁쟁이이다. 그것은 잘 알고 있다. '마루바야시' 부점장에게도 마음속으로 수없이 욕하고 있지만 실제로 대면하면 겁을 먹어 제대로 말도 하지 못한다. 반항하는 것은 생각도 할 수 없다.

'바보 녀석아. 천 테이프는 비싸니까 종이테이프를 사용해!'

'네, 넵.'

'야, 내일 월요일은 쉬는 날이지만 가게 나와라. 남자 아르바이트생이 전부 쉰다고. 뭐, 싫어?'

'아, 아니요, 싫다고 안 했어요.'

'야, 미츠하시. 냉동식품 선반 좀 정리해. 손이 얼 정도로 춥겠지만 불만 없지?'

'네, 부, 불만 없어요. 할게요. 하겠습니다.'

전부 이런 꼴이었다. 이런 겁쟁이인 자신이 과연 살인을 할 수 있을까?

미츠하시는 컴퓨터를 켜고 즐겨찾기에 등록해둔 나이프 판매점 홈페이지를 켰다.

이미 무엇을 살지는 정해두었다. 벤치메이드사의 신제품으로 택티컬 나이프다. 칼에 대해서는 잘 모르지만 '신제품 출시! 무료 배송!'이라는 문구에 끌렸다는 단순한 이유다.

미츠하시는 '장바구니에 넣기' 버튼을 클릭했다.

결제 화면으로 넘어가 이름, 주소, 신용카드 번호를 입력하면 이 칼은 자신의 것이 된다.

이걸로 진나이를 죽일 것이다. 그렇게 결심했다. 지금은 무기도 뭣도 없으니까 불안한 것이다. 하지만 칼을 손에 넣게 되면 그것만으로도 용기가 생길 것이다.

'막아서는 자는 이걸로 죽이면 돼.'

미츠하시는 마우스로 클릭해 구입 절차를 진행했다.

◆

타치바나는 진나이 앞에 이미 개봉된 봉투 하나를 내밀었다. 받는사람은 '인터널' 편집부, 진나이 류지 담당자 앞이다. 보낸 사람은 칸자키 미사. 5월 19일 자로 츠루미 우체국 소인이 찍혀 있었다.

사이온지 켄의 자살을 예언했던 편지였다.

이미 타치바나에게서 들어서 내용은 알고 있었지만 실제로 보는 것은 달랐다.

'진나이 선생님, 두 번째 편지를 드립니다. 예언의 편지입니다. 제 아파트에 사이온지 켄이라는 작가가 살고 있습니다. 소설가입니다. 5월 20일 사이온지 켄은 아파트 옥상에서 뛰어내려 자살합니다.'

이 예언대로 만년 초판작가 사이온지 켄이 죽었다.

"이 편지가 편집부에 도착했을 때 좀 더 주의를 기울였어야 했습니다."

타치바나가 중얼거리듯 말했다.

"뭐? 주의라니?"

"아니, 별건 아닙니다. 다만, 왠지 모르게 그녀의 예언 메커니즘을 알 것도 같은데 뭔가 하나가 부족합니다. 퍼즐의 피스 하나가 부족한 듯한 그런 느낌입니다."

"흐음."

"저기, 진나이 씨. 저도 그 칸자키라는 여성을 만나게 해주세요."

"타치바나 씨가? 그야 소개는 할 수는 있지만 왜? 말해두겠지만 예지 능력이 있다고 주장하는 것 외에는 평범한 주부야. 내 만화의 팬이기는 하지만 딱히 광신적인 팬은 아니었어."

"제 생각을 그녀에게 들려주고 싶습니다."

"예언에 대해서?"

"네."

타치바나는 그녀의 예언 방식이 뭔지 파악한 걸까.

"나에게는 안 알려줘?"

"진나이 씨에게 알려드리기 전에 먼저 그 칸자키 씨에게 묻고 싶습니다."

'너무했다. 지금 알려줘도 딱히 문제가 되는 것도 아닌데….'

아무래도 좋다. 진나이 입장에서는 서두를 것 없었다. 타치바나를 칸자키에게 소개하는 것이니까 그 자리에 같이 있을 수도 있다.

'설마 둘만 있게 해달라는 매정한 말은 하지 않겠지….'

"여기, 두 분 차 드세요오."

치나츠가 익숙하지 않은 경어 때문에 왠지 모르게 웃기게 들리는 말투로 타치바나와 진나이 앞에 차를 내왔다. 그러고는 흥미진진한 표정으로 테이블 위의 편지를 쳐다보고 있었다.

진나이는 슬며시 편지를 가리듯 편지를 테이블 끝으로 이동시켜 치나츠가 보지 못하게 뒤집었다.

치나츠는 테이블 위에 컵 두 개와 받침대를 두고 멋쩍은 웃음을 지으며 두 사람 앞에서 사라졌다.

"새로 온 어시스턴트인가요? 어떤가요? 쓸 만한가요?" 타치바나가 물었다.

"글쎄, 아직 우리 방식을 잘 몰라서…."

치나츠는 진나이 팀에 합류하자마자 진나이의 방식을 하나하나 꼼꼼하게 캐물었다. 주로 도구에 대한 질문이 많았다. 진나이의 방식을 빨리 익히려는 것은 틀림없었지만 그보다는 순수한 팬으로서 프로 만화가가 어떤 도구를 어떻게 사용하는지 알고 싶어 하는 눈치였다. 원고용지를 어떻게 사용하는지, 검은 잉크와 컬러 잉크를 어떻게 나눠 쓰는지, 어째서 G펜밖에 사용하지 않는지 등등 여러 질문을 늘어놓았다.

"그녀 외에 새로 온 어시스턴트는 없나요?" 타치바나가 물었다.

진나이는 고개를 저었다.

"그럼 지금은 호소노 씨와 그녀, 둘뿐인가요?"

이번에는 끄덕였다.

"둘뿐이면 힘들지 않나요?"

"힘들긴. 어시스턴트는 둘이면 충분해. 어시스턴트 없이 일하는 만화가도 많아. 사실 나도 '스니빌라이제이션'으로 데뷔했을 때는 어시스턴트를 쓴다는 건 꿈같은 이야기라고 생각했어."

"그건 그렇지만 전에는 4명이 있었잖아요. 그러니 지금 2명이면 절반인데 일에 지장은 없나요?"

"아냐, 그땐 내가 편하려고 많이 고용했던 거야. 앞으로는 좀 더 열심히 하도록 노력해야지."

진나이는 매일 만화를 그렸지만 건초염에 걸린 적은 없다. 피곤하면 쉬는 것이 철칙이기 때문이다.

"치나츠 씨는 호소노 씨의 만화 동료라고 들었어요. 진나이 씨의 어시스턴트가 되면 자신의 만화 실력도 올라가겠죠."

"호소노의 지인이라 적당하다고 생각했어."

"하지만 '스니빌라이제이션'의 어시스턴트를 모집한다고 '인터널'에 광고만 하면 지원자가 엄청나게 몰릴 텐데요."

"그게 싫어서야. 그 수많은 지원자들의 이력서를 보는 것도 보통 일이 아니야."

"하긴 그렇죠."

"그리고 '인터널'에 내 이름을 걸고 모집하면 '스니빌라이제이션'의 팬이 모일 게 뻔하잖아. '스니빌라이제이션' 팬이면 보나 마나 하르시온의 팬이겠지. 이력서에도 쓸 거고 면접에서도 말할 거야. 왜 하르시온을 죽였냐고. 분명 '스니빌라이제이션'의 원고에 손댈 수 있는 어시스턴트라면 자기가 하르시온을 되살릴 수도 있을 거라고 생각하겠지."

"그렇겠네요. '인터널'에 광고를 내면 하르시온을 되살릴 야망에 불타는 녀석들만 모이겠군요."

"그런 야망 따위는 멋대로 불태우라지. 작가는 나야. 이야기를 만드는 건 나고, 어시스턴트는 도와줄 뿐이야. 그걸 왜 이해하지 못하는 건지…."

정말 몰라도 너무 모른다. 주제를 아는 것은 호소노 정도이다. 이놈이고 저놈이고 어시스턴트 주제에 자신이 하르시온에게 생명을 불어넣고 있다고 착각하고 있다. 그녀를 마음대로 움직일 수 있는 것은 작가인 진나이뿐이라는 것을 모른다. 진나이가 하르시온을 죽이기로 정했으면 그녀는 죽는 것이다. 어시스턴트가 이 판단에 항거하는 것은 원칙적으로 말이 안 된다.

하지만 그때 호소노를 제외한 모든 어시스턴트들이 그만두었다. 진나이를 파시스트나 독재자라고 욕하는 녀석도 있었다.

"하지만 저 치나츠 씨는 달랐죠? 진나이 씨가 직접 동인지 작품을 읽고 재능을 발견한 사람이잖아요. 하르시온과는 관계없는 거죠?"

"처음에는 나도 그렇게 생각했어. 하지만 치나츠도 처음 보자마자 하르시온을 다시 그리지 않겠냐고 끈질기게 설득하더군."

"정말요? 그녀도 하르시온의 팬이었군요. 하르시온의 팬은 남자뿐이라고 생각했는데…"

"아니, 치나츠 본인이 아니라 남자친구가 하르시온의 광적인 팬이라는군."

"하지만 진나이 씨는 이제 하르시온을 안 그릴 거잖아요? 이제 저도 포기했습니다. 그렇게나 설득했는데 들어주시지 않으니…" 타치바나가 말했다.

"이번 일러스트집 기획이 끝나면 하르시온은 완전히 잊을 거야. 그러다 보면 팬들도 잠잠해지겠지. 팬이라고 해도 변덕이 죽 끓는 듯한 놈들이야. 다른 재미있는 만화가 생기면 다들 거기로 몰려가겠지."

하르시온의 일러스트집 제작은 '스니빌라이제이션' 본편과 병행하여 순조롭게 진행되고 있다. '스니빌라이제이션' 세계관과 모순되지 않는 복장을 한 하르시온을 새로 그리게 되었다. 괜찮은 그림은 포스터로 만들어 판매한다고 한다.

사실 진나이는 일러스트집이야 될 대로 되라는 심정이었다. 물론 그 내심을 입 밖으로 뱉으면 타치바나가 정말로 마음대로 처리해버릴 것이다.

진나이는 그간 짜둔 여러 콘티를 옆에 둔 채 다시 칸자키의 편지를 쳐다보았다. 사이온지 켄이 자살한다는 것을 예언한 편지이다. 그 시선을 눈치챈 타치바나가 말했다.

"진나이 씨, 오늘 일정은 어떻게 되세요?"

"일정? 그야 타치바나 씨와의 회의 말곤 딱히 없어."

"그렇군요. 다행입니다."

"무슨 일을 꾸미고 있는 거야?"

"아까 말씀드렸잖아요. 그 칸자키라는 여성을 만나게 해달라고요. 이야기하고 싶은 것이 있습니다. 지금 출발하지 않겠습니까?"

"지금?"

"네."

"하지만 타치바나 씨의 추리는 아직 완벽하지 않잖아."

"그래도 얼추 맞을 겁니다."

타치바나는 의기양양한 표정을 짓고 있었다. 상당히 자신만만한 모양이었다.

진나이는 말없이 핸드폰을 꺼냈다. 그러고는 칸자키의 번호를 눌렀다. 그녀는 다니던 직장도 그만두었다고 했다. 원래부터 외출하는 것을 좋아하지 않으니 아마 지금도 집에 있을 것이다.

진나이의 예상대로 그녀가 바로 전화를 받았다.

"아아, 진나이 씨."

"안녕하세요. 지금 댁에 방문하고자 하는데 괜찮을까요?"

"네, 물론 괜찮습니다. 기뻐요."

"동료를 한 명 데려갈 생각인데 괜찮을까요?"

타치바나는 마치 짓궂은 아이처럼 웃고 있었다.

몇십 분 후.

진나이와 타치바나는 츠루미에 있는 칸자키의 아파트 앞에서 있었다. 벌써 세 번째 방문이었다.

초인종을 누르자 바로 칸자키가 나왔다.

그녀는 진나이에게 살짝 목례한 뒤, 타치바나에게도 인사를 했다. 타치바나는 자신을 소개를 하면서 명함을 내밀었다. 칸자키는 그 명함을 신기하게 쳐다보았다.

"서서 이야기하기도 뭣하니 안으로 들어가시지요."

그렇게 말하며 안으로 안내하려는 칸자키를 막고 타치바나가 물었다.

"그냥 밖에서 이야기하면 어떻겠습니까? 밤바람이 참 좋습니다."

츠루미역 앞을 셋이서 걸었다. 해는 완전히 졌고 가로등 불빛이 여기저기서 빛나고 있었다. 하지만 길은 지나다니는 행인들로 붐볐다.

"어디 보자, 어디로 갈까요? 가능하면 사람이 많은 곳이 좋은데요. 저기, 칸나키 씨, 혹시 자주 가시는 카페 있습니까?"

칸자키는 말없이 고개를 저었다.

"그렇군요. 아쉽네요."

타치바나는 역 앞을 정처 없이 걷기 시작했다. 그 뒤를 진나이와 칸자키가 따라갔다. 진나이는 타치바나에게 들리지 않도록 작은 목소리로 칸자키에게 말했다.

"죄송해요. 이렇게 사람이 많은 곳으로 불러내서…."

"아닙니다. 저는 괜찮습니다."

그렇게 말하는 칸자키의 표정은 창백했다. 집에서 보았던 밝은 표정과는 전혀 달랐다.

"타치바나가 평소 이런 무례한 행동을 하지 않는데, 오늘은 좀 이상하군요."

칸자키는 인파를 싫어한다고 분명히 말했었는데, 타치바나는 그걸 전혀 모르는 척하고 있었다.

"무슨 일이죠, 진나이 씨?"

뒤에서 작은 목소리로 이야기하는 진나이와 칸자키를 눈치
챘는지 타치바나가 돌아보았다.

"아니, 아무것도 아니야."

"뭔데요? 저도 알려주세요. 비밀 이야기라니 너무해요. 칸자
키 씨, 슬슬 누군가의 죽음을 예지하셨나요?"

칸자키는 그 질문에 대답하지 않았다.

"이봐, 타치바나 씨…."

참지 못하고 진나이가 말했다. 하지만 타치바나는 진지한 표
정으로 진나이를 보았다. 노려보는 것 같기도 했다.

"그냥 따라와 주세요."

반론을 허용하지 않는 말투였다. 일단 진나이도 아무 말도
하지 않았다.

타치바나는 인파 속에서 이야기할 수 있는 장소를 찾기 위
해 여기저기를 두리번거리며 걸었다.

그리고 예전에 진나이가 들어갈까 했던 그 영화관을 지나쳤
다. 벽 쪽으로 젊은이들이 줄을 서 있었다. 처음 보는 광경이었
다.

'그때 그 영화가 줄을 설 정도로 인기가 있을 수 있나.'

왠지 불길한 예감이 들었다. 그리고 간판에 적힌 상영표를
보니 예감은 적중했다. 그 인도계 영국 감독의 작품은 더 이상
상영하지 않는 것이었다. 그 대신 헐리우드 SF액션 대작을 상
영하는 듯했다. 진나이는 속으로 혀를 찼다.

'그때 억지로라도 시간을 내서 빨리 봤어야 했나.'

4시간 정도 시간을 낭비한다고 해도 큰 영향은 없었을 것이다. 사후 약방문 격이라는 말이 딱 이 상황이다.

오늘 밤은 심야 상영을 하는 모양이었다. 상영 개시 시간까지 아직 시간이 있는 것 같은데, 인기작이라 이렇게 줄을 서지 않으면 좋은 자리를 확보할 수 없는 모양이다.

칸자키는 점점 안색이 안 좋아졌다. 어째서인지 젊은이들의 줄에서 최대한 멀리 떨어져서 걷고 있다.

"저런 녀석은 내버려 두고 영화라도 볼까요?"

진나이가 농담처럼 말했다.

"이상한 소리 하지 마세요."

칸자키는 창백한 얼굴로 웃음기 없이 말했다.

"이 영화관은 저도 자주 옵니다. 혼자 시간 때우기 좋거든요."

"영화를 좋아하시나요?"

"네, 연기에 관심이 있어요. 고등학교 때 연극부에 있었어요."

그때 타치바나가 끼어들었다.

"아, 저기, 저기가 괜찮겠네요. 사람도 많고요."

그가 가리킨 곳은 영화관 반대편에 있는 카페였다. 오픈 테라스에 젊은 회사원들이나 책을 읽고 있는 학생들이 있었다.

타치바나는 그중 한 테이블을 골라 앉았다. 테라스 한쪽 끝이라 비교적 빈자리가 많은 곳이었다. 진나이와 칸자키도 마지 못해 그 옆에 앉았다.

카페는 셀프 서비스인 듯 손님들이 계산대에서 커피를 사서 직접 테이블로 가져오는 시스템이었다. 진나이는 식욕도 없고 무언가를 마시고 싶지도 않아서 그냥 아무거나 시키라고 타치 바나에게 말했다. 칸자키도 마찬가지였다.

"그럼 잠시 기다려주세요."

그렇게 말하고 타치바나는 계산대로 향했다.

"죄송해요."

타치바나가 사라지는 것을 확인한 진나이는 칸자키에게 고 개를 숙였다.

"괜찮아요."

칸자키는 그렇게 말했지만 타치바나의 행동을 불쾌하게 생 각하는 것은 명백했다.

잠시 뒤 타치바나는 아이스커피 세 잔을 플라스틱 쟁반에 가져왔다. 컵은 일회용이었다.

"어떤가요? 사람이 많잖아요. 칸자키 씨, 여기서 누가 죽습니 까?"

타치바나도 주위 시선을 느꼈는지 작은 목소리로 물었다.

"정말 예지력이 있으시다면 제 질문에 답해주시죠?"

칸자키는 타치바나의 질문에 답하려고 하지 않았다. 하지만 타치바나는 상관없다는 듯 이야기를 계속했다.

"당신은 어째서 편지라는 매개체를 통해서 예지력을 실행한 건가요? 당신이 진나이 씨에게 보낸 두 통의 편지는 진나이 씨의 약혼자였던 쿠와하라 사토미 씨의 사고사, 그리고 당신과 같은 맨션에 사는 작가 사이온지 켄 씨의 자살을 예언하는 내용이었습니다. 편지 내용은 매우 단순했죠. 목적을 전하는 것 외에는 아무 의미가 없는 편지였습니다. 그렇다면 전화로도 충분했을 겁니다. 이메일도 그렇고요."

"그건⋯."

칸자키가 조심스레 입을 열었다.

"제가 진나이 씨의 전화번호나 이메일주소를 몰랐기 때문입니다."

"물론 진나이 씨는 당신에게 그런 정보를 알려주지 않았습니다. 하지만 진나이 씨에게 방문만 했어도 알아낼 수 있었을 겁니다. 당신은 그러지 않았어요. 왜 그랬죠?"

"왜냐고 하시니, 딱히⋯. 편지로 충분하다고 생각했기 때문입니다."

"단행본 안쪽에는 편집부의 전화번호가 쓰여 있습니다. '인터널' 홈페이지를 이용하면 이메일도 보낼 수 있죠. 그런데 왜 일부러 편지를 보낸 건가요?"

"그러면 진나이 씨가 제 예언을 듣기 전에 편집부에서 먼저 내용을 보게 되잖습니까. 그건 좀 싫어서요⋯."

처음부터 편집부에 연락하면 틀림없이 수상한 괴문서라고

해서 무시했을 것이다. 즉, 제3자를 경유하면 예언이 진나이에게 제대로 전달되지 못할 가능성이 크다고 판단할 수 있다.

"그런 평계도 가능하군요. 하지만 진실은 다르지 않나요?"

타치바나는 전부 꿰뚫어 보는 듯한 시선으로 칸자키를 보았다.

"애초에 당신의 예언은 편지를 통하지 않으면 성립하지 않는 것입니다."

"그 편지가 사기라는 건가?"

참지 못하고 진나이가 끼어들었다.

"십중팔구 그럴 겁니다. 물론 아직 명확하지 않은 부분도 있지만요. 칸자키 씨, 저는 예언을 믿지 않습니다. 아마 진나이 씨도 진심으로 믿지는 않을 겁니다. 예지 능력 따위를 믿는 것은 유치원생이나 고작해야 초등학교 저학년 학생들뿐이죠. 제 추리에 빈틈이 얼마나 있건 간에 예언이 실제로 존재할 확률에 비하면 충분히 신빙성이 있죠."

"제가 어떤 트릭을 사용했다는 건가요?"

"편지라는 매개체가 이메일이나 전화와 결정적으로 다른 점은 뭘까요? 그것은 바로 예지를 한 시점과 예언을 하는 시점 간에 시간차가 있다는 사실입니다. 당신이 타인의 죽음을 예지했고, 그것을 남에게 알리면 예언이 되겠죠. 여기까지는 이해하시죠? 즉, 전화를 이용하면 예지는 예지하는 순간 바로 예언이 됩니다. 이메일은 상대방이 메일을 확인할 때까지 시간이 걸리겠지만 송신 버튼을 누르는 순간 바로 상대방에게 전해집니다. 하지만 편지는 달라요. 예지한 내용을 편지로 쓰고 주소를 적어 봉인한 다음 우체통에 넣습니다. 그리고 아무리 빠르게 전달된다고 해도 당일에 편집부에 도착하는 일은 없겠죠. 그리고 편집부에서 진나이 씨 집으로 다시 보내야 하니 시간차는 더욱 커지겠죠. 일주일 정도 걸려도 이상하지 않습니다."

"무슨 말씀을 하고 싶으신 거죠?"

칸자키는 견딜 수 없었는지 의아한 표정으로 물었다. 하지만 타치바나는 개의치 않고 말했다.

"쉽게 말해서 그 편지가 진나이 씨에게 도달한 시점은 이미 당신이 예지한 사람들이 죽어있는 시점이라는 겁니다."

사이온지 켄, 그리고….

사토미….

"그런 건 예언이라고 할 수 없죠. 그럼에도 당신의 예언을 예언처럼 보이게 만들어주는 것은 뭘까요? 깊이 생각할 필요도 없죠. 바로 봉투에 있는 소인뿐입니다."

소인의 날짜는 전부 두 사람이 죽기 전이었다.

"그 소인이 위조라는 건가요?"

"아뇨, 그렇지 않습니다. 소인은 진짜죠. 칸자키 씨, 슬슬 진실을 말해주시죠?"

칸자키는 말없이 고개를 숙이고 있었다. 타치바나는 그런 그녀의 모습에 아랑곳하지 않고 계속 말했다.

"당신이 편지를 바꿔치기한 거죠?"

칸자키는 대답하지 않았다.

"무슨 소리야?"

그녀 대신 진나이가 물었다.

"이 사람은 뉴스를 통해 사토미 씨가 교통사고로 죽은 것을 안 겁니다. 진나이 씨와 친해질 절호의 기회를 포착한 거죠. 그래서 사토미 씨가 죽기 전 날짜의 소인이 찍힌 봉투를 구해 그 속에 예언 메시지를 넣고 진나이 씨에게 보낸 겁니다. 아닌가요?"

진나이는 타치바나가 한 말의 의미를 생각한 다음 말했다.

"잠깐 기다려봐, 타치바나 씨. 사토미가 죽은 날 이전의 소인이 찍힌 봉투라고? 칸자키 씨가 어떻게 딱 그 날짜 이틀 전의 소인이 찍힌 봉투를 가지고 있었겠어?"

타치바나는 전부 알았다는 듯 웃으며 진나이에게 말했다.

"그날뿐이 아니겠죠. 이 사람은 매일 편지를 보냈던 것입니다. 자기 자신에게요."

"자신에게?"

"그래요. 진나이 씨, 생각해 보세요. 그 편지를 받는 사람이 누구였는지?"

"편집부 주소였지."

"거기에는 어떤 특징이 있었잖아요?"

"라벨 프린터로 인쇄한 스티커가 붙어 있었어."

"바로 그거에요. 분명 그 스티커 밑에는 이 사람의 자기 집 주소가 붙어 있었을 거예요."

진나이는 칸자키와 타치바나를 번갈아 보았다. 타치바나는 의기양양했고 칸자키는 무표정했다.

"당신은 매일 자기 자신에게 편지를 보냈어요. 물론 내용물은 없었겠지요. 분명 임시 풀로 대충 봉인했을 겁니다. 당신에게는 매일 그 빈 봉투가 전해졌겠죠. 당연히 소인 날짜는 제각각이었을 거고요. 당신은 매일 주의 깊게 사건이나 사고 뉴스를 확인했을 겁니다. 그리고 적당한 뉴스를 찾으면 그 날짜 이전의 날짜 소인이 찍힌 봉투에 마치 예언처럼 꾸민 편지를 넣고 봉인했겠죠. 그러고 나서는 우체국을 이용하지 않고 편집부에 직접 전달한 것입니다."

"직접?"

"그 방법밖에 없습니다."

"보안 절차는 어쩌고? 그렇게 쉽게 출판사에 들어갈 수 있나?"

"다들 자기 일로 바쁩니다. 남에게 신경 쓰는 사람이 없어요. 편지는 편집부 책상이나 아무 책상에 대충 놔두고 바로 사라지면 그만입니다. 그럼 누군가 편지를 발견하고 편집부에 전달해주겠죠."

"경비원은? 항상 감시하고 있을 거 아냐?"

"어디선가 출입증을 손에 넣었을 수도 있죠."

"출입증을?"

타치바나가 말한 출입증이란 것은 '슈카샤'의 사명이 디자인된 붉은 플라스틱 뱃지를 말한다. 그 뱃지는 누구나 안내데스크에 와 신분을 밝히면 손에 넣을 수 있다. 즉, 직원이 아닌 사람도 사내에 들어가려면 반드시 뱃지를 달고 있어야 한다.

반대로 말하면 과거에 받아둔 뱃지라도 뱃지만 있으면 언제든지 방문해서 들락날락할 수 있고 이를 막을 사람도 없다.

"그것을 반납하지 않고 가져가 버리는 사람도 꽤 많습니다. 그래서 외부에 이미 상당히 많이 유출되어 있죠. 칸자키 씨, 인터넷 옥션을 자주 이용하신다고 했죠? 어쩌면 거기서 낙찰 받았을 수도 있고요."

"그런 게 옥션에 나올 리 없잖아." 진나이가 말했다.

"그건 모르는 일이에요. 저도 옥션을 자주 이용하지는 않지만 진짜 별의별 것들이 다 올라온답니다."

"하지만 회사 출입증을 팔다니 회사의 비품을 훔쳤다고 광고하는 꼴이잖아? 사이트 관리자가 그냥 내버려 두겠어?"

"훔친 것인지 아닌지를 관리자가 알 리가 없죠."

"아니, 그래도…."

진나이는 타치바나의 추리에 대해 필사적으로 반론을 펼쳤다. 칸자키를 보호해야 한다는 생각이 들어서였다. 왜 그런지는 모르겠다. 타치바나의 말을 믿으면 모든 것이 설명되는데….

어쩌면 칸자키에게 정이 들었는지도 모른다.

"저는 그런 출입증은 모릅니다. 그리고 제가 그런 속임수를 사용했다는 증거도 없으시잖아요."

타치바나는 칸자키의 말을 무시하고 진나이에게 다시 말했다.

"저기, 진나이 씨. 증거가 하나도 없는 제 추리와 이 사람의 오컬트적인 예지 능력 중 어느 쪽을 믿으시나요?"

"나는…."

진나이는 선뜻 대답하지 못했다.

"진나이 씨는 제 능력을 믿는다고 말해주셨어요."

칸자키가 말했다.

타치바나는 크게 한숨을 쉬었다.

"그건 진나이 씨가 선량해서 당신을 배려해준 거죠."

"…이봐."

"아닌가요?"

그 질문에도 진나이는 대답하지 못했다.

"어떻게 하면 제 능력이 진짜라고 믿어주실 건가요?"

"아까부터 말했잖아요. 여기에는 사람이 많이 있습니다. 편지로 알릴 필요도 없이 지금 여기서 누가 죽을지 저에게 바로 알려주세요."

칸자키가 진나이를 쳐다보았다.

말해도 괜찮겠냐고 작게 물었다.

그 표정은 당장이라도 눈물을 터트릴 것 같았다.

"칸자키 씨…."

칸자키는 눈을 감았다. 그러고는 작게 한숨을 쉰 다음 고개를 떨궜다.

잠시 뒤 고개를 들어 천장을 올려다보며 다시 숨을 내쉬었다. 칸자키의 머리카락이 흩날리자 그녀 주변의 공기마저 흔들리는 것 같았다.

그녀의 얼굴에 눈물이 흐르고 있었다.

그녀는 말했다.

"모두…, 죽어요."

타치바나의 표정이 창백해졌다.

"모두라니, 누구 말이죠? 여기 있는 사람들이요?"

진나이의 물음에 칸자키는 고개를 가로저었다.

"아니에요. 저쪽 사람들이에요. 아까 저기를 지나칠 때 느꼈습니다."

칸자키는 그렇게 말하며 창밖을 가리켰다.

거기에는 조금 전에 지나친 영화관이 있었다.

심야 상영 영화를 보기 위해 젊은이들이 줄지어 서 있었다.

진나이는 핏기가 사라지는 것이 느껴졌다.

"아마 전기로 인한 폭발 사고라고 생각합니다. 불꽃이 튀며 열이 느껴졌습니다. 타는 냄새도 났고요. 사람들이 일제히 출구를 향해 뛰어나가는 모습이 떠올랐습니다. 하지만 밖으로 나온 사람은 일부분이었습니다. 다들 연기에 휩싸여 쓰러졌습니다…."

"언제요?"

"오늘 심야, 정확하게는 내일 새벽입니다."

"말도 안 돼."

타치바나가 중얼거렸다. 그 목소리는 떨리고 있었다.

진나이는 자신도 모르게 자리에서 일어났다. 칸자키가 진나이를 올려다보며 말했다.

"소용없어요. 바꿀 수 없습니다. 정해진 것이니까요."

"하지만…."

"이런 건 그냥 헛소리야."

타치바나가 중얼거리듯 말했다.

"내일이 되면 당신도 알 것입니다. 제가 옳았다는 것을요. 대참사니까 내일 아침 뉴스로 크게 보도될 거예요."

칸자키가 타치바나를 쳐다보며 말했다.

진나이는 비틀거리며 가게 밖으로 나가더니, 영화관으로 다가갔다.

그런 진나이의 행동에 당황했는지 타치바나는 빈 커피컵을 쓰레기통에 넣고 서둘러 그 뒤를 따랐다.

타치바나가 진나이의 팔을 붙잡았다.

"진나이 씨, 가지 마세요."

"뇌!"

"가서 어쩌시려고요? 저기에 서 있는 사람들에게 너희들은 죽을 거니까 빨리 집에 가라고 할 생각이신가요?"

"놓으라고 했잖아!"

"그렇게 하셔도 아무도 믿지 않아요. 어쩌면 경찰에 연행될 수도 있습니다. 당신은 유명인이에요. 스캔들이 될 겁니다."

"진나이 씨…."

그 목소리에 진나이가 뒤를 돌아보았다.

칸자키가 서 있었다.

"그래서 말하고 싶지 않았어요." 칸자키가 중얼거렸다.

진나이가 그녀에게 다가가며 말했다.

"저기 저 영화관에서 불이 나서 다들 죽는다면서요? 그럼 영화 상영을 막으면 되잖아요. 그럼 살릴 수 있잖아요!"

진나이의 말에 칸자키는 조용히 고개를 저었다.

"저도 그렇게 생각했어요. 그래서 늘 막으려고 했죠. 당신에게 사토미 씨의 죽음을 알리려고 편지를 썼습니다. 하지만 전부 소용없었어요."

"예외는 없다, 그 말씀이시죠?"

"예외는 처음부터 존재하지 않아요. 사람은 누구나 언젠가 죽습니다. 저는 단지 그 시기가 다가온 사람을 알아보는 게 전부예요. 죽는 시기에는 그 누구도 간섭할 수 없어요."

멍하니 서 있는 진나이에게 타치바나가 말했다.

"설마 믿으시는 건 아니죠?"

"그럼 타치바나 씨는 안 믿는 거야?" 진나이가 중얼거리듯 말했다.

"믿긴요. 이런 건 그냥 연극이나 다를 바 없어요. 바보 같아요. 멀쩡한 성인이 나눌 대화가 아니잖아요!"

진나이는 칸자키를 쳐다보았다. 어떻게 해야 좋을지 전혀 알 수가 없었다.

칸자키는 미안한 눈빛으로 진나이를 보며 말했다.

"죄송해요. 당신이 혼란스러워하는 것을 알고 있었기에 말하지 않으려고 했는데, 저 사람이 도발하니까 그만 말해버렸어요."

"당신이 사과할 일이 아닙니다. 도리어 타치바나가 불쾌한 소리를 해서 제가 죄송합니다. 그 편지를 만들어내는 방법을 추리했다고 의기양양해진 나머지 무례한 말을 쏟아낸 거예요. 이해해주세요."

"진나이 씨…."

진나이가 칸자키 편을 들자, 타치바나도 불안해 보였다. 조금 전까지 자신감에 차 추리를 하던 모습은 온데간데없었다.

"내일이 되면 알게 되겠지…."

진나이는 그렇게 말했다.

◆

치나츠와 항상 가는 러브호텔의 502호실.

온라인 노래방 시설을 갖춘 이 방은 치나츠가 좋아하는 방이었다. 물론 돈은 미츠하시가 냈다. 하룻밤에 9천 엔이지만, 500엔 할인이 되는 회원증 덕분에 실제로는 8500엔을 지불했다.

9천 엔이건 8천 5백 엔이건 결코 비싼 것은 아니었다. 하지만 아르바이트로 연명하는 미츠하시 입장에서는 쉽게 쓸 수 있는 금액이 아니었다. 하룻밤에 8천 엔인 203호실을 희망했지만 치나츠가 거부했다.

"월급을 받으면 그때는 내가 낼게." 치나츠가 말했다.

하지만 미츠하시는 치나츠가 자기보다 더 많이 번다고 거만 떠는 모습을 보고 싶지 않았다. 게다가 어시스턴트 월급이 크게 높을 리도 없다.

파란 조명 아래서 미츠하시가 물었다.

"진나이 선생님은 어때?"

"어떠냐니?"

"슬럼프에 빠져서 고민하고 있지 않아?"

치나츠는 입술을 삐죽 내밀었다.

"슬럼프 아니거든. 인기 순위에서 좀 밀렸을 뿐이야."

"그게 슬럼프잖아."

미츠하시는 리모컨을 손에 들었다. 대부분 성인비디오 채널이지만 일반 방송도 하고 있을 것이다. 적당히 채널을 돌렸다. 아침이라 어느 채널이건 전부 뉴스를 보도하고 있다. 볼륨을 높여보았다. 사실 뉴스 자체에는 크게 관심이 없었다. 그냥

BGM 대신으로 활용할 뿐이다.

미츠하시는 얼마 전 성인용품 사이트에서 상품 하나를 주문했다. 예전에 봐뒀던 것으로 바이브레이터나 로터에 비하면 값싼 장난감이었다. 하지만 실제 섹스에 그것을 사용하는 것은 망설여졌다. 치나츠가 성에 어느 정도 개방적인지 아직도 파악하지 못했기 때문이었다. 그 어떤 소도구조차 허용하지 않는 성격일지도 모른다.

미츠하시는 '마루바야시'에서 아르바이트하며 계속 생각해오던 계획의 일부를 치나츠에게 고백하기로 결심했다.

미츠하시는 조심스레 입을 열었다.

"치나츠?"

"왜…?"

"다음에 선생님께 나 좀 소개해 줄 수 있어?"

"응, 알았어."

"그렇게 간단히 OK해도 돼?"

너무나 간단한 그녀의 대답에 미츠하시가 오히려 당황했다.

"미츠하시는 '스니빌라이제이션'의 팬이잖아. 언젠가 그런 말을 하지 않을까 예상했었어."

"그렇구나…."

"선생님께서 지금은 일뿐만 아니라 여러 가지로 바쁘시지만 미리 말씀드리면 약속이 없는 날에 만나주실지도 몰라. 사인을 받거나 악수하는 정도잖아? 설마 너도 어시스턴트가 되고 싶다고 부탁하려는 건 아니지?"

"내가 왜 그런 부탁을 하겠어?"

"후후후, 미츠하시는 하르시온이 죽었다고 한탄했잖아. 그러니까 어시스턴트가 되면 직접 하르시온을 그릴 수 있다고 생각해도 이상하지 않지. 하지만 무리야. 어시스턴트는 그냥 조수일 뿐이야. 선생님께 제안도 못 해. 하긴 미츠하시, 너는 어차피 먹칠밖에 못 하잖아? 후훗."

먹칠, 지정된 곳을 검게 칠하는 것을 말한다. 그 정도라면 자신도 가능할 것이다.

"하지만 그것도 안 될 거야. 미츠하시는 무뚝뚝하잖아. 원고를 망치고 그대로 잘릴 게 분명해."

"흥. 바보 취급하지 마."

미츠하시는 화가 나서 고개를 돌렸다.

"삐지지 마, 어휴."

치나츠는 장난치듯 미츠하시의 몸을 만졌다. 짜증나서 이불을 말아 그 속으로 들어갔다. 그래도 치나츠는 이불 속에서도 손을 뻗어 "미츠하시~"라고 부르며 장난스럽게 몸을 흔들었다. 잠시 참고 있자 치나츠는 흥미가 떨어졌는지 재미없다면서 더이상 흔들지 않았다.

이불 속에서 미츠하시는 생각했다.

'진나이 류지. 대체 어떻게 죽여야 할까.'

죽이는 건 간단하지만 체포되면 끝장이다. 간단한 소형 폭탄이라도 만들어서 보낼까. 인터넷을 뒤지면 만드는 법 정도는 알 수 있을 것이다. 하지만 확실한 수단은 아니다. '간단한 소형 폭탄'으로는 살상력이 낮을 것이고, 진나이가 그것을 열어본다는 보장도 없다. 팬이 보낸 수상한 소포는 사전에 편집부가 체크할 것이다.

'어쩌지? 야밤에 뒤에서 덮쳐야 하나?'

그때였다.

"어머, 무서워." 치나츠가 말했다.

자신에게 하는 말인 줄 알았다. 그래서 미츠하시는 이불 속에서 고개를 빼꼼 내밀었다. 하지만 아니었다.

치나츠는 TV 화면을 보고 있었다.

조금 전에 틀어놓은 뉴스 화면이었다.

"화재?"

"응, 그렇대. 무섭다. 영화관이래."

화면에 표시된 자막에는 '요코하마시 츠루미구 화재 현장'이라는 가본 적 없는 지역이 나와 있었다.

"…이 영화관은 지하실에 있었습니다. 밖으로 향하는 계단이 비상계단을 포함해 3개나 됩니다만 전부 사람 한 명도 통과하기 힘들 정도로 좁았습니다. 오래된 영화관이라 화재에 취약했던 것은 아니었는지 현재 조사 중입니다. 화재 발생 당시이 극장에는 137개의 객석 대부분이 꽉 차 있었다고 합니다."

TV에서 자주 보던 남자 아나운서가 스튜디오에서 이야기하고 있었다. 카메라는 영화관 외벽을 비추고 있었다. 화면이 확대되자 외벽에 적힌 영화관 이름이 보였다. 화면이 다시 스튜디오로 전환되었다. 두 명의 남녀 게스트가 비통한 표정으로 아나운서와 대화를 나누고 있었다. 다시 현장 중계 화면으로 전환되었다.

영화관 옆 광장은 파란 천막으로 울타리를 세워 놓았다. 미츠하시는 그 안에서 무슨 일이 벌어지고 있을지 상상해 보았다. 어쩌면 시체들이 쭉 늘어서 있을지도 모른다. 연기로 인해 질식사했기 때문에 시체의 손상은 크지 않을 것이다. 그렇다면 얼굴로 신분을 확인할 수 있을지도 모른다. 어쩌면 그중에 진나이가 있을지도 모른다.

누구보다도 죽어야 할 사람은 바로 그다.

"아얏!"

그때 갑자기 치나츠가 소리쳤다.

"뭐야, 왜 그래? 사람이 죽은 게 그렇게 재미있어?"

미츠하시가 치나츠에게 말했다.

"아니, 아니야. 저기 좀 봐."

치나츠가 화면을 가리켰다.

"뭔데? 뭔데?"

그녀가 말했다.

"선생님이 있어!"

"뭐?"

"진나이 선생님 말이야!"

미츠하시는 치나츠가 가리키는 곳으로 시선을 돌렸다. 현장에는 수많은 인파가 몰려 있었다. 카메라를 향해 브이 사인을 보내는 녀석들 사이에….

"진나이 류지?"

키는 180센티 정도일까? 검은 바지와 검은 재킷, 회색 티셔츠를 입고 있었다.

그러고 보니 전에 잡지에서 본 모습과 비슷한 것 같았다.

"왜 저런 곳에 저 사람이 있지? 그냥 닮은 사람 아니야?"

"아니야. 선생님 맞아!"

미츠하시는 다시 화면 속의 진나이 류지를 응시했다.

진나이는 휴대폰을 들여다보고 있었다.

화면은 다시 스튜디오로 바뀌었다.

"화재 관련 소식은 새로운 정보가 들어오는 대로 다시 전해 드리겠습니다. 다음으로 조간신문의 주요 내용입니다."

화면에 나오는 대량의 신문지들. 아사히, 마이니치, 닛케이, 산케이, 각종 스포츠 신문들. 아나운서는 각각의 헤드라인 기사를 설명했다. 사회적 이슈나 스포츠, 연예 스캔들 등 다양한 소식이 있었다.

미츠하시가 다시 입을 열었다.

"대체 저 녀석은 저기서 뭘 하는 거지?"

"선생님한테 녀석이 뭐야, 녀석이."

치나츠가 복어처럼 볼을 부풀리며 말했다.

'알 게 뭐야.'

그녀에겐 '선생님'일지 몰라도 자신에게는 증오의 표적일 뿐이다. 그 표적의 얼굴을 설마 TV 화면을 통해 보게 될 줄은 꿈에도 몰랐다.

◆

화재 현장.

이미 불은 진화되었지만 희미하게 피어오르는 연기가 몇 시간 전의 참극을 알리고 있었다. 진나이는 그것을 보고 소름이 돋았다.

참극의 징조는 이미 존재했다.

'칸자키의 예언.'

그녀가 영화관의 화재를 예언했을 때 진나이는 틀림없이 그녀의 예언이 이루어질 거라고 생각했다. 객관적인 증거는 없었다. 그저 육감이었다.

그리고 그대로 이루어졌다.

그런데도 자신은 아무것도 하지 않았다. 격심한 무력감이 느껴졌다. 하지만 어떻게 하면 좋았을지 알 수 없었다. 참을 수 없었다. 칸자키가 원망스러웠다. 이런 예언 따위는 민폐일 뿐이다.

진나이는 구경꾼들의 가장 앞자리에 서서 진화 작업을 지켜보았다.

어디서 정보를 들었는지 이미 몇 대의 중계차가 와있었다. TV 카메라 앞에 뉴스에서 자주 보던 리포터가 마이크를 들고 이야기하고 있었다. 이걸로 일주일은 떠들어댈 것이다.

방송국 스태프들은 영화관과 시체더미를 훑듯이 촬영하고 구경꾼들을 비추었다.

진나이는 괜찮다고 스스로를 다독였다. 자신이 이런 인파 속에서 튈 정도로 유명 작가는 아니다. TV에 이 장면이 지나간다고 해도 자신을 알아볼 사람은 없을 것이다.

진나이는 재킷 주머니에서 휴대폰을 꺼냈다. 타치바나에게 전화를 하면서 인파에서 빠져나왔다.

"여보세요?"

타치바나는 곧바로 전화를 받았다.

"나야. 지금 현장에 있어."

"그 영화관이요?"

"불난 건 알고 있었나?"

"아무래도 신경 쓰여서 잠이 오지 않았어요. 그래서 TV를 틀었더니…. 진나이 씨는요?"

"어제 집으로 돌아간 다음에 도저히 가만히 있을 수 없었어. 칸자키가 말했잖아. 오늘 심야, 정확하게는 내일 새벽이라고. 그래서 12시를 조금 넘긴 시각에 집을 나와서 택시를 타고 왔어. 내가 왔을 때는 이미…."

"그렇군요."

타치바나의 목소리는 침울했다. 어제 칸자키를 추궁할 때의 도발적인 태도는 이미 완전히 사라져버렸다.

타치바나가 말했다.

"진나이 씨 책임이 아닙니다."

웃음이 나왔다.

"그야 그렇지. 물론 타치바나 씨 책임도 아니야. 당신이 칸자키 씨의 예지를 부정하는 것도 무리는 아니지. 갑자기 그런 이야기를 들으면 누구나 헛소리라고 생각할 거야. 애초에 타치바나 씨와 칸자키 씨는 그때 처음 만난 사이잖아. 나는 이미 세 번이나 보았지. 별 차이 없다고 해도 타치바나 씨보다는 내가 조금 더 그녀를 알아. 그런 나조차 그녀의 예지를 믿지 않는다고 해도 이상하지는 않잖아."

"전 그 예언 편지를 설명할 방법을 추리하면서 거만해졌던 것 같아요. 나중에 칸자키 씨에게 사과해야겠군요."

"안 해도 괜찮아. 칸자키 씨도 신경 쓰지 않을 거야. 이런 일에 익숙하다고 스스로도 말했었고."

"하지만 진짜일까요, 그녀의 예지력이…."

"아직도 그런 소리를 하는 거야?"

"하지만, 하지만 말이에요. 상식적으로 보면 예지력이 있다고 보기보다 그녀가 편지를 조작했다고 생각하는 쪽이 더 현실적이잖아요."

진나이는 이제 콧방귀를 뀌었다.

"실제로 그 영화관에 불이 나서 수많은 사람이 죽었어. 그런 걸 조작할 수는 없잖아. 어제 집에 돌아가서 내가 가장 먼저 한 일이 뭔지 알아?"

"모르겠습니다."

"세면대에 물을 채워서 그 안에 칸자키가 보낸 봉투를 넣었어. 그리고 1시간 정도 기다렸지. 우표와 주소가 인쇄된 스티커는 쉽게 벗겨졌어. 그리고 스티커 밑에는 아무것도 쓰여 있지 않았어. 타치바나 씨의 추리가 맞다면 거기에는 칸자키의 주소가 쓰여 있어야 하잖아?"

"연필로 썼겠죠. 분명 지우개로 지웠을 겁니다. 흔적이 조금 남아있었다고 해도 진나이 씨가 물 속에 한 시간이나 두었다면 종이가 물을 먹어서 흔적이 지워졌을 수도 있고요."

쓸데없는 논쟁이었다.

"이제 됐어."

칸자키의 예언이 현실이 된 이 마당에 그런 트릭 따위는 아무래도 좋았다. 더 이상 의미가 없다.

"진나이 씨."

"타치바나 씨가 칸자키 씨의 예언을 믿건 안 믿건 아무래도 좋아."

"진나이 씨는 믿으시는 건가요?"

어차피 타치바나는 타인이다. 진나이 자신과는 다르다.

누구나 친한 사람의 죽음을 예언으로 듣는다면 상황은 더 이상 남 일이 아니게 된다.

…사토미.

전화를 끊고도 진나이는 잠시 그 자리에서 서서 화재 현장을 바라보았다. 천막으로 가려져 있어 그 안이 보이지는 않았지만 그 안에서 무슨 일이 행해지고 있는지 대충 예상할 수 있었다. 시체를 옮기고 있는 것이었다. TV 카메라를 보면서 중계를 하고 있는 뉴스캐스터에 따르면 시체의 손상 정도는 크지 않다고 한다. 화재 자체는 빠르게 진압되었지만 이미 많은 사람이 연기를 마시고 질식사한 후였다.

차라리 그게 낫다.

사토미에 비하면….

진나이는 당시 상황을 회상했다.

휴지조각처럼 구겨진 차량 내에서 사토미는 산 채로 타 죽었다.

'사토미.'

자신이 사준 차도, 사토미의 얼굴도 흔적 없이 망가지고 검게 타버렸다.

'사토미.'

사토미의 시체는 시체조차 아닌 것처럼 보였다.

'사토미.'

사람의 형태를 한 숯검댕이에 지나지 않았다.

'사토미.'

"진나이 씨."

뒤에서 들려온 목소리에 진나이는 현실로 돌아왔다.

뒤를 돌아보니 칸자키가 있었다.

진나이는 그녀의 표정을 보고 자신도 모르게 흠칫하지 않을 수 없었다.

칸자키는 망연자실한 표정을 짓고 있었다. 그리고 얼굴에는 눈물이 흐르고 있었다.

"칸자키 씨…."

진나이는 그녀에게 다가갔다.

칸자키는 고개를 저으며 뒤로 물러섰다. 그리고 몸을 돌려 진나이에게 등을 보였다.

그리고 그대로 진나이가 있는 반대편으로 달려가기 시작했다. 진나이로부터 도망친 것이다.

진나이는 그런 그녀를 뒤쫓지 않고 그저 그 자리에 서서 멀어져 가는 그녀의 뒷모습을 응시했다.

◆

이리저리 궁리를 해봤지만, 결국 진나이 류지 살해 계획은 전혀 진전이 없었다. 미츠하시는 초조해졌다. 빨리 진나이 류지를 죽이지 않으면 '스니빌라이제이션'의 인기는 떨어질 일밖에 남지 않았다.

'뭐라도 좋으니 빨리 정해.'

문득 달력(물론 '스니빌라이제이션' 달력이다)을 보았다.

그날이 5일 앞으로 다가왔다.

'좋아.'

살해 실행일은 5일 후인 6월 9일이라고 결심했지만 이내 생각을 고쳤다.

'5일 후라고?'

말도 안 된다. 물론 하루라도 빨리 죽이는 편이 좋긴 하다. 하지만 5일 뒤라니! 범행계획은커녕 마음의 준비조차 안 되었는데.

하지만 미츠하시가 결행일을 6월 9일로 고른 것은 나름의 이유가 있었다.

6월 9일은 설정상 하르시온이 죽은 날이다.

'스니빌라이제이션'에는 여러 날짜가 등장한다. 차임이 물리친 테러리스트들이 쿠데타를 일으킨 날은 물론 여러 캐릭터들의 생일과 전사한 캐릭터들이 죽은 날짜도 명확하게 설정되어 있다.

하르시온이 죽은 그 끔찍한 142화의 작중 날짜는 '스니빌라이제이션' 팬이라면 누구나 알고 있을 것이다.

만약 그 날짜에 작가인 진나이 류지가 죽는다면 그 이상의 화젯거리도 없을 것이다.

화젯거리가 되는 것이 가장 중요하다. 하르시온을 그렇게 허무하게 죽인 진나이가 증오스러워 죽인 것이지만 결코 증오만으로 그를 죽이려는 것은 아니다. 더 현실적이고 건설적인 이유가 있음을 알려야 한다.

진나이는 작가의 특권을 남용해 작품을 엉망진창으로 만들었다. 진나이가 없어지면 '스니빌라이제이션'은 좀 더 독자에게 초점을 맞춘 멋진 작품이 될 것이다.

미츠하시는 혼자서 계속 고민했다.

◆

"저기, 진나이 선생님, 제가 지금 사귀고 있는 남친이 미츠하시라고 하는데 '스니빌라이제이션'의 팬이에요. 전에 말씀드렸죠? 미츠하시가 선생님을 뵙고 싶대요. 5분만이라도 괜찮대요. 인사드리고 사인을 받고 싶답니다. 괜찮으실까요? 물론 거절하셔도 괜찮아요. 하도 부탁을 해서 한번 말씀드려봤어요. 진나이 선생님, 제 말 듣고 계세요?"

평소 목소리 톤을 지우면서 이야기하는 치나츠의 말에 진나이는 건성으로 대답하면서 원고용지에 있는 차임의 콘티에 선을 넣었다. 속으로는 딴 생각을 하는 중이다.

며칠 전 그 츠루미 영화관 화재 현장에서 칸자키와 만났다.

칸자키는 멍한 표정으로 진나이를 쳐다보고 있었다.

눈물에 젖은 채 얼어붙은 듯한 그녀의 표정을 머릿속에서 지울 수 없었다.

'그녀는 어째서 그런 표정으로 나를 보았던 걸까. 그리고 왜 나한테서 도망쳤던 것일까.'

"저기, 선생님, 진나이 선생님!"

치나츠가 끈질기게 귓가에 속삭였다.

'시끄러워! 넌 네 일이나 열심히 해!'라는 말이 목구멍까지 올라왔다.

그때 치나츠는 숨을 삼킨 다음 '남친'과는 다른 화제를 꺼냈다.

"저기 선생님, 그 화재 현장에 계셨죠?"

그 말에 진나이도 퍼뜩 정신을 차리고 치나츠를 쳐다보았다.

"그걸 어떻게 알지?"

그 말투와 표정에 겁먹었는지 조금 전까지 시끄럽게 떠들던 치나츠가 입을 다물었다. 그녀가 오른손에 들고 있던 지우개의 움직임도 멈추었다.

"어떻게 알고 있냐고?"

호소노가 당황한 듯 진나이와 치나츠의 얼굴을 번갈아 보았다.

"어, 저기, 저…."

치나츠는 당장이라도 울 것 같은 목소리로 말했다.

"치나츠, 선생님께 사죄드려."

호소노가 작게 말했다. 치나츠의 별것 아닌 말이 편집증적인 성격의 진나이 류지를 화나게 했다고 생각한 걸까.

진나이는 상관하지 않고 말했다.

"저기, 화재라는 것은 그 츠루미의 영화관 말이지?"

"네…."

그 화재는 뉴스나 각종 방송에서 지겨울 정도로 방영되고 있었다. 리포터들은 영화관을 관리하는 회사의 안전관리 담당자들을 비판하고 나서는 한편, 유족들의 장례식에 쳐들어가 눈물을 흘리는 조문객들에게 마이크를 들이밀기도 했다.

"내가 화재 현장에 갔던 걸 치나츠가 어떻게 알고 있는 거지?"

"TV에서 봤어요…."

"TV라고?"

"화재가 난 당일 뉴스에서요. 카메라가 화재 현장을 비추다가 구경하던 사람들 쪽도 비추었는데 그때였어요."

"내가 있었다고?"

"네…."

진나이는 작게 혀를 찼다. 정말로 그날 현장에는 TV 방송국 스태프들이 있었다. 카메라도 많았다. 만약 자신이 그 카메라에 나왔다고 해도 눈치챌 사람은 없을 거라고 생각했다. 하지만 섣부른 생각이었다.

"헐, 선생님도 불구경을 하시다니 참 의외네요."

호소노가 대화에 끼어들었다.

"네, 저도 의외였어요."

"하지만 왜 그런 시간에 츠루미에 계셨던 거죠? 집에 돌아가 신 것 아니었나요? 설마 우연히 TV 뉴스로 화재를 보고 일부 러 구경하러 가신 것은 아니죠? 일부러 츠루미까지 가서 불구 경을 하시다니 선생님답지 않아요."

"맞아요, 정말 그래요. 진나이 선생님은 마치 거기서 화재가 날 것을 미리 아신 것 같이 행동이 빨라-"

진나이는 손바닥으로 책상을 강하게 내려치고 일어났다. 충 격으로 소리가 작업실에 울려 퍼졌다. 깜짝 놀란 치나츠와 호 소노는 눈을 크게 뜨고 진나이를 쳐다보았다.

"좀 자고 올게."

그렇게 말하고 진나이는 작업실 안에 있는 수면실로 향했다.

수면실 문이 닫힐 때 호소노와 치나츠의 말소리가 들렸다. '진나이 선생님, 왜 저러시는 거예요?' '그 사고 이후 좀···.' '사 고요?' 본인들은 작은 목소리로 말하고 있다고 생각하지만 전 부 다 진나이 귀에 들렸다.

문을 열고 그 대화를 계속 듣고 싶은 충동을 느꼈다.

그 사고.

말할 필요도 없이 사토미의 교통사고를 말하는 것이다. 약혼 자가 죽어서 성격이 이상하게 변했다고 생각하는 걸까.

성격은 몰라도 기분만큼은 확실히 이전과 다르다. 사토미의 죽음으로 인한 충격으로 '스니빌라이제이션'에 화풀이를 하고 히로인 하르시온을 죽였다. 어시스턴트들은 호소노를 제외하고 전부 그만두었고, 독자인기투표 순위도 떨어졌다. 그리고 이제는 예지 능력자까지 나타났다.

이런 상황에 이전과 같은 기분으로 일한다는 것 자체가 무리다.

진나이는 접이식 간이침대에 누웠다. 그러고는 주머니에서 휴대폰을 꺼냈다. 잠시 생각한 다음 칸자키의 번호를 눌렀다.

신호음이 이어졌고, 진나이는 기다렸다. 하지만 칸자키는 받지 않았다. 일부러 안 받는 것일까. 만약 집에 있다면 바로 전화를 받았을 것이다. 지금까지는 그랬다.

칸자키….

그녀는 대체 누구일까? 왜 하필 그녀가 진나이 앞에 나타난 것일까?

"여보세요?"

어딘지 두려움에 떠는 듯한 목소리가 핸드폰 너머에서 들려왔다.

"아, 칸자키 씨, 안 계신 줄 알았어요."

"진나이 씨….' 칸자키가 중얼거리듯 말했다. "분명 당신일 거라고 생각했습니다."

"헤에, 그런 능력도 있습니까?" 억지로 농담하듯 말했다.

"능력이 아니에요. 그냥 감이에요."

"그렇군요…."

"그래서 전화를 받는 데 용기가 필요했습니다."

"네?"

"진나이 씨, 우리 이제 다시는 만나지 말아요."

"칸자키 씨…."

"더 이상 편집부에 그런 편지를 보내지 않을 겁니다. 당신을 만나서 직접 예언하는 일도 없을 겁니다. 그러니까 이제 저를 잊어주세요."

남을 여기까지 끌어들여 놓고 이제 와서 그런 소리를 하는 건가.

"칸자키 씨, 그날 밤 화재 현장에 있었죠?"

"네, 신경이 쓰여서 갔었습니다. 진나이 씨도 그곳에 있었 죠?"

"저도 가만히 있을 수 없었습니다. 하지만 이걸로 칸자키 씨의 능력이 진짜로 증명된 것입니다. 소인을 조작했다든가 하는 소리는 이제 끼어들 여지가 없어진 거죠."

"그런 건 아무래도 좋습니다."

"칸자키 씨가 더 이상 저를 만나고 싶지 않으시다면 상관없습니다. 하지만 마지막으로 한 가지만 알려주세요."

"뭐죠?"

"그 화재 현장에서 칸자키 씨는 저를 피해 도망가셨죠. 왜 그러신 건가요?"

칸자키는 진나이의 질문에 바로 대답하지 못했다.

진나이는 기다렸다.

하지만.

"칸자키 씨?"

그녀는 울고 있었다. 그녀는 오열하며 말했다.

"제 잘못입니다. 제가 당신 앞에 나타나는 바람에…"

"무슨 말씀인가요, 대체…"

"안 돼요. 이제 끝입니다. 이런 일은…"

영문을 알 수 없었다. 대체 칸자키는 무슨 말을 하려고 하는 건가.

그녀는 수화기 너머에서 계속 울고 있었다.

그 목소리와 그녀의 마지막 모습이 겹쳐졌다.

…그날 밤.

…화재 현장에서.

…자신을 보고 조용히 우는 칸자키.

…그리고 도망치듯 그 자리를 떠났다.

…이제 만나지 않기로 하죠.

설마….

"칸자키 씨…"

몇 번이나 불렀다. 그 목소리가 떨리고 있다는 것을 진나이 스스로도 인식할 수 있었다.

"혹시 제가…"

"안 돼요. 그 이상은 말하지 마세요."

"칸자키 씨! 대답해 주세요."

하지만 그녀는 부탁을 들어주지 않았다.

"앞으로 제게 연락하지 마세요."

칸자키는 그렇게 말하고 전화를 툭 끊었다.

진나이는 멍한 표정으로 핸드폰을 손에 쥐고 있었다. 그리고 몇 번이고 생각했다.

'나는 죽는 건가?'

멍한 표정으로 다시 수면실을 나왔다. 아무 생각도 들지 않았다. 지금 작업하는 만화 스토리도, 앞으로 자신이 죽을지도 모른다는 사실도.

따가운 시선을 느꼈다.

호소노와 치나츠가 대체 무슨 일인가 싶은 표정으로 그를 보고 있었다.

"진나이 선생님, 또 안색이 안 좋아요. 괜찮으세요?"

호소노.

그는 계속 자신의 어시스턴트로 일해주었다. 하르시온을 죽이고 대부분의 어시스턴트들이 떠났을 때도 그는 남아주었다. 그림 그리는 테크닉은 훌륭했다. 편집자와의 연결고리도 있으니, 이제 만약 자신의 오리지널 아이디어가 있다면 금방 데뷔할 수 있을 것이다.

진나이는 충동적으로 말했다.

"호소노⋯."

"네?"

"만약 내가 죽으면 '스니빌라이제이션'은 너에게 맡기마."

"네⋯?"

호소노는 진나이의 말을 이해하지 못한 채 눈을 깜빡였다.

◆

"긴장하지 않아도 돼."

치나츠가 말했다. 그녀의 그런 말 따위는 신경 쓰지 않고 미츠하시는 아파트를 올려다보았다.

4층 가장 왼쪽 끝 집이 진나이의 작업실이다.

6월 9일.

즉, 하르시온의 기일에 진나이를 죽일 거라고 결심한 것까지는 좋았는데, 그러던 사이에 결행일이 바로 내일로 다가온 것이다.

내일.

아슬아슬하다. 바쁘다는 것은 알고 있었지만 계획을 실행하려면 그를 반드시 만나야 한다.

치나츠가 엘리베이터 버튼을 눌렀다.

"근데 어쩌면 진나이 선생님 기분이 안 좋을 수도 있어. 화를 내시면서 쫓아내기까지야 않으시겠지만 무뚝뚝해 보여도 이해해줘. 요즘 스트레스가 어마어마하신가 봐. 어제 남친을

데려와도 되나요, 하고 물었더니 마치 어딘가에 정신이 팔린 사람처럼 그냥 고개만 끄덕였어. 어쩌면 약속을 잊어버렸을 수도 있어."

"하긴 하르시온을 죽일 정도니 정서 불안 상태겠군."

"잠깐, 미츠하시. 지금은 괜찮지만 선생님 면전에선 절대 그런 말을 하면 안 돼."

"내가 설마 그러겠어?"

"요즘 선생님이 뭔가 이상해. 어제가 가장 심했어. 만약 오늘도 어제 같은 상태면 어떡하지?"

"왜 어제가 가장 심했는데? 이유라도 있어?"

"응, 수면실에서 누군가와 전화 통화를 하신 것 같은데…. 아, 왔다."

둘은 엘리베이터를 탔다. 엘리베이터 내부 천장에는 CCTV가 설치되어 있었다. 복도에도 있을지 모른다. 당연히 다른 주민들의 시선도 있을 것이다. 이 아파트 안에서 진나이를 죽이는 것은 무리다.

"진나이 선생님은 여기 작업실에서 사시는 건 아니지?"

"응. 바쁠 때는 주무시기도 하지만 대체로 집에 돌아가셔. 지금은 바쁘지 않으니까 주무시는 경우는 별로 없지."

진나이 류지가 바쁘지 않은 이유는 분명 팬이나 업계에서 버림받았기 때문이다. 치나츠가 정서 불안이라고 말할 정도니 재능이 떨어지는 것도 시간문제일 것이다.

'인기 만화가'라는 타이틀을 가지고 있을 때 진나이 류지를 죽여야만 한다. 하르시온의 기일인 6월 9일에.

1년을 기다릴 수는 없다. 살해 직후에 '인터널' 편집부에 범죄 성명문을 보내면 된다. 보낸이는 물론 하르시온이다. 자신을 죽인 복수로 진나이 류지를 죽였다는 만화 캐릭터의 성명문. 게다가 그녀는 이미 죽었으니까 유령이 보낸 편지가 된다.

이거라면 반드시 화젯거리가 될 것이다. 요즘 뉴스에서는 연일 총 84명의 사상자를 낸 츠루미 영화관 화재에 대해 보도하고 있지만 진나이의 죽음은 그 이상의 토픽이 될 것이다. 인기 만화가가 자신의 캐릭터에 의해 살해당하는 것이다. 이렇게 흥미진진한 사건도 없을 것이다.

화젯거리가 되면 될수록, 이목이 집중되면 집중될수록 하르시온이 되살아날 가능성은 높아질 것이다.

"집에는 어떻게 가? 차로?"

"아니, 전에는 차로 다니셨는데 약혼자가 돌아가신 후에는 지하철이나 버스로 다니셔."

"약혼자?"

"미츠하시는 모르겠구나. 진나이 선생님의 약혼자분이 교통사고로 돌아가셨대. 그분이 운전하던 차가 가드레일에 부딪쳐서 그대로 화염에 휩싸였대."

"으아아…"

처음 들었다. 하르시온을 죽인 벌을 받은 것인가 싶었다. 하지만 자세히 들어보니, 순서가 반대였다.

"그분이 죽은 충격으로 진나이 선생님이 하르시온을 죽인 거라는 소문이 돌았어."

'어이없군.'

진나이 류지의 어리석음을 나타내는 별 볼 일 없는 에피소드다. 그렇다면 그 약혼자가 죽지 않았다면 하르시온도 죽지 않았다는 것인가?

'말도 안 돼. 사적인 감정으로 일을 그르치다니.'

어쨌든 진나이 류지가 대중교통으로 출퇴근한다는 사실을 알았다. 경우에 따라 이 사실을 잘 활용할 수 있다. 집에 가려는 진나이를 미행해서 인기척이 없는 곳에서 살해하는 것이 가능할지도 모른다.

둘은 엘리베이터에서 내려 바로 진나이의 작업실로 향했다.

명패에는 '진나이 류지'라는 글자가 매직으로 쓰여 있다. 치나츠는 초인종을 누르고 이름을 말했다.

잠시 뒤 문이 열리고 남자가 나타났다. 순간 진나이인가 했지만 그때 화재 현장에 있던 진나이와는 전혀 다른 사람이었다.

머리카락을 갈색으로 염색한 경박해 보이는 남자였다.

치나츠는 그를 미츠하시에게 소개했다.

"여기는 호소노 씨. 수석 어시스턴트야."

"처음 뵙겠습니다. 하지만 '수석'이라고 해도 별것 아니에요.

어시스턴트는 나와 치나츠뿐이잖아."

'치나츠라고? 남의 여자를 멋대로 이름으로 부르다니.'

호소노라는 남자는 말투로 보아하니 사교성이 좋은 것 같았다. 그리고 그는 치나츠와 같은 곳에서 일하고 있다.

호소노의 시선이 자신의 머리부터 발끝까지를 훑어보았다. 적어도 미츠하시는 그렇게 느꼈다. 치나츠의 남친이 어떤 녀석인지 감정이라도 하는 걸까.

"갑자기 찾아와서 방해가 된 건 아닌가요?"

미츠하시는 마음에도 없는 말을 했다. 예의를 모르는 사람 취급을 당하는 것은 질색이다.

"아니에요, 괜찮아요. 아무리 바빠도 한 시간 정도는 괜찮죠. 그리고 전성기 때에 비하면 그리 바쁘지도 않으니까." 호소노가 말했다.

전성기. 역시 '스니빌라이제이션'의 인기는 이전에 비해 떨어지고 있음이 명백하다.

미츠하시는 작업실 안으로 안내를 받았다.

책상이 방 중앙에 늘어서 있었다. 미츠하시는 초등학교 급식 시간이 떠올랐다. 분단 별로 책상을 붙여 옆자리 아이와 마주보고 먹었다. 이 작업실에 있는 5개의 책상 중 4개가 그렇게 되어 있었다. 그리고 남은 하나는 4개의 책상과 90도 방향으로 붙어 있었다. 4개의 책상이 몸체라면 그 하나가 머리였다.

머리. 헤드. 보스.

진나이 류지의 책상일 것이다. 하지만 그 책상에는 아무도 없었다.

"선생님은 어디 계세요?"

치나츠가 묻자, 호소노는 질렸다는 표정으로 저쪽 문을 가리켰다. 그 문 너머에서 누군가의 인기척이 느껴졌다. 부스럭거리는 소리와 이야기하는 소리가 간간이 들렸다.

호소노가 목소리를 낮춰 말했다.

"요즘 진나이 선생님이 좀 이상해."

"네. 하지만 작가는 원래 컨디션이 들쭉날쭉하잖아요. 지금은 그냥 슬럼프겠죠."

치나츠의 말에 호소노는 고개를 저었다.

"아니, 그렇게 단순한 문제가 아니야. 선생님, 왠지 비밀을 숨기고 있는 것 같아."

"비밀이요?"

"편집부의 타치바나 씨도 말했잖아. 이상한 팬을 개인적으로 만나고 있다고…."

"이상한 팬?" 미츠하시가 끼어들었다.

호소노는 목소리를 더 낮추었다.

"그래, 타치바나 씨 말로는 그 팬이 미래를 예지할 수 있대. 약혼자 분의 사고도 예언했다더라…."

'예지라고? 말도 안 돼.'

그런 소문이 진짜일 리가 없었다. 자신에게 예지 능력이 있다고 말하는 놈들은 수없이 많지만 대부분은, 아니 전부가 그냥 우연이거나 억지 주장일 뿐이다. 예전에 유행했던 노스트라다무스의 예언을 떠올리면 그런 것은 없다는 게 분명하다.

그때 문이 열렸다.

"아, 선생님."

진나이 류지가 나타났다.

화재 현장 뉴스에 찍혔던 남자가 미츠하시의 눈앞에 나타났다.

흐트러진 웨이브 머리에 며칠 자르지 않은 턱수염.

더러워 보이지만 키가 커서인지 오히려 관록이 있어 보였다. 아니면 '진나이 류지'라는 선입견 때문에 그렇게 보이는 건가.

심장이 쿵쾅거렸다. 미츠하시는 누군가와 처음 만날 때 항상 그랬다. 하지만 이번에 비할 바는 아니었다. 자신이 푹 빠져 있는 작품을 그리는 만화가이자, 살해 계획의 대상인 것이다.

미츠하시는 진나이와 눈이 마주쳤다. 자신도 모르게 몸을 움츠렸다.

'과연 이 남자를 죽일 수 있을까?'

"저기, 진나이 선생님, 전에 말씀드렸던 제 남자친구 미츠하시예요."

치나츠가 자신을 진나이에게 소개했다.

어떻게 인사할지 몰라 일단 "처음 뵙겠습니다."하고 고개를 숙였다. 진나이도 말없이 고개를 숙였다.

그는 벽시계를 보더니 말했다.

"조금 후에 외출할 거야. 원고 끝나면 다들 퇴근하도록 해. 문단속 철저히 하고."

그리고 그는 미츠하시를 쳐다보더니 무뚝뚝하게 말했다.

"사인이라도 해줘?"

그 말에 정신을 차린 미츠하시는 가방을 뒤져 종이와 '스니빌라이제이션' 1권 단행본을 꺼냈다. "부, 부탁드립니다."하고 고개를 숙였다.

"둘 다 사인해줘?"

정말 무뚝뚝하게 진나이가 말했다.

"네, 넵. 부탁드립니다."

다시 고개를 숙였다.

"그림이라도 그려주는 게 좋을까?"

미츠하시는 호흡을 가다듬고 말했다.

"하르시온을 부탁드립니다."

이번에는 더듬지 않고 말했다.

옆의 응접실로 이동했다. 소파에 앉아서 기다리고 있자 치나츠가 차를 내주었다. 미츠하시의 시선은 진나이의 손에 집중되어 있었다.

사인펜을 든 진나이의 손이 매끄럽게 움직였다. 동시에 하르시온의 모습이 생겨났다. 머리를 흩날리며 미소를 짓고 있는 그녀의 모습이.

눈물이 날 것 같았다. 지금 자신은 하르시온의 탄생을 목격하고 있는 것이다.

옆에서 치나츠가 흥미롭게 쳐다보고 있었다. 진나이의 그림을 본다기보다 자신의 반응을 즐기고 있는 것이다. 치나츠 입장에서는 진나이가 그림을 그리는 모습은 익숙할 것이다.

"자, 이거면 돼?"

"아, 넵. 감사합니다."

사인펜으로 아무렇게나 그린 스케치 같았지만 하르시온의 매력은 충분히 전달되었다.

진나이는 단행본에 사인을 한 다음 소파에 등을 기대며 차를 마셨다.

어느새 다가온 호소노도 옆에서 진나이의 사인을 쳐다보고 있었다.

문득 신경이 쓰여 치나츠에게 물었다.

"다들 일 안 해도 되는 거야?"

치나츠가 대답하기 전에 진나이가 중얼거렸다.

"일이라…."

"진나이 선생님, 이제 톤만 처리하고 타치바나 씨에게 넘기면 되죠? 그 다음 화 콘티는 완성되었잖아요. 슬슬 펜터치 작업을 시작할까요? 어제 밑그림 그리셨죠?"

"그럼 톤과 화이트 작업을 해줘. 내일 타치바나 씨가 받으러 올 거야. 그 다음 화의 펜 작업도 내일 해도 돼. 지금 하는 원고를 끝내면 오늘은 다들 퇴근하도록 해."

"괜찮으시겠어요? 하르시온 화보집 프로젝트도 하고 계시잖아요. 시간 있을 때 세이브 원고를 만들어 두는 편이 좋을 텐데요?"

"괜찮아…."

진나이가 무기력하게 말했다.

"하르시온의 화보집?"

미츠하시가 중얼거렸다. 처음 듣는 소리였다.

"미츠하시라면 두세 권 정도 살 거지?" 치나츠가 말했다.

"화보집이라니 무슨 소리야?"

"지금까지 '스니빌라이제이션'에 등장한 하르시온의 원고를 수정해서 한 권으로 정리하는 거야. 물론 새로 그린 것도 수록할 거고. 하르시온의 추도 기념 일러스트집으로 광고하면 미츠하시 같은 하르시온 팬들은 무조건 살걸."

"그런 걸 낸다고?"

"왜? 기쁘지 않아?"

그런 책이 나오면 당연히 살 것이다. 하지만 그것뿐이다. 그런 일러스트집 따위로 하르시온을 잃은 슬픔이 사라지는 것은 아니다. 무책임하게 히로인을 죽인 것을 아무 설명 없이 대충 넘기려는 것이다. 팬들에게 그런 태도를 보여도 된다고 생각하는 건가?

그냥 돈벌이다. 틀림없다. 하르시온에 굶주린 팬들은 당연히 일러스트집을 살 것이다. 증쇄, 증쇄, 또 증쇄, 불타나게 팔릴 것이다….

분명 진나이는 그 일러스트집을 팔기 위해 하르시온을 죽인 것이다. 그에게 있어 만화 캐릭터는 돈을 위해 살리고 죽이는 그런 존재인 것이다.

"미츠하시, 왜 그래? 심각한 표정을 짓고."

아무것도 아니라고 치나츠에게 퉁명스럽게 말했다.

진나이를 쳐다보았다. 소파에 기대 차를 마시고 있었다. 그 무표정하고 창백한 얼굴을 봐서는 무슨 생각을 하고 있는지 전혀 알 수 없었다. 전혀 바빠 보이지 않았다. 어시스턴트에게도 일이 끝나면 퇴근하라는 등 한가한 소리만 했다. 물론 미츠하시는 진나이의 업무 스타일을 모른다. 하지만 진나이의 '스니빌라이제이션'은 만화를 아는 사람이면 모두가 알고 있을 정도로 유명한 작품이고, 진나이는 그 만화의 작가이다.

그런데도 이 나태한 분위기는 무엇이란 말인가?

진나이와 비슷한 만화가의 작업실을 TV에서 본 적이 있다. 물론 과장된 측면이 있긴 하겠지만 그 만화가나 어시스턴트들은 전부 책상에 앉아 원고에만 집중하고 있었다. 즉, 몹시 바빠 보였다.

진나이는 손목시계를 보며 말했다.

"미츠하시라고 했던가?"

"…네."

"볼 일은 사인뿐이야? 그럼 충분히 된 거지? 난 이제 외출해야 해서."

그렇게 말하며 일어났다.

"선생님, 어디 가세요? 또 그 팬이 있는 곳인가요?"

치나츠가 농담처럼 말하자, 진나이는 신경질적으로 대답했다.

"일일이 너에게 보고해야 하는 거냐?"

치나츠는 기어들어가는 소리로 "죄송합니다."라고 대답했다.

"하지만 선생님, 톤 작업은 지시를 내려주셔야…." 호소노도 말했다.

진나이는 크게 한숨을 쉬었다.

"호소노, 너 어시스턴트 몇 년 했어?"

"4년인데요?"

"4년이나 '스니빌라이제이션'을 하면서 아직도 내가 없으면 톤 작업도 못한다는 거야?"

"그야 일반적인 캐릭터라면 당연히 제가 알아서 하죠. 하지만 이번에 처음 등장하는 캐릭터도 있으니까 일단 선생님의 의견을 들어야 한다고…."

"그런 건 네가 대충 알아서 해."

"네?"

"못 들었어? 네가 알아서 하란 말이야."

호소노는 당황해서 어깨를 움츠린 채 알겠다고 대답했다.

어쩜 저리 거만한 태도인가, 미츠하시는 생각했다.

'이런 남자가 하르시온을 만들어냈다는 건가?'

"진나이 선생님…." 미츠하시가 말했다.

진나이가 고개를 돌리자, 눈이 마주쳤다. 미츠하시의 심장은 떨리지 않았다. 괜찮다고 생각했다.

"처음으로 뵈었으니 조금만 더 이야기하고 싶은데 안 될까요?"

진나이는 미츠하시를 처다보았다.

"조금이라면 괜찮아…."

무뚝뚝하게 말했다. 그러고는 다시 대충 소파에 몸을 기대었다.

치나츠와 호소노는 작업실로 돌아가 버렸다. 진나이가 말한 대로 작업을 하러 간 것이다. 함께 있어 주었으면 했지만 두 사람을 만류하기에는 이미 늦었다.

미츠하시는 이야기를 시작했다.

"저는 선생님의 '스니빌라이제이션'을 좋아합니다. 1화부터 계속 '인터널' 연재를 읽고 있고, 단행본도 전부 초판을 샀지요."

그런 미츠하시의 말이 당연하다는 듯이 진나이는 고개를 끄덕이며 이야기를 듣고 있었다. 그 거만한 태도에 다시금 놀랐다.

"질문 하나 드려도 될까요?"

"그러든지."

"왜 하르시온을 죽이신 건가요?"

갑자기 진나이가 불쾌하다는 표정을 지었다. 아마도 지금까지 몇 번이나 끈질기게 들었던 질문일 것이다.

"지겨워졌으니까."

진나이가 마치 자포자기한 듯 말했다.

"지겨워졌다고요? 초기부터 등장한 캐릭터인데요? 하지만 그렇다면 주인공인 차임도 하르시온과 다를 바 없죠. 왜 차임은 살려두고 하르시온만 죽인 건가요?"

"이야기에 새로운 전개를 추가하기 위해 어쩔 수 없었어."

"새로운 전개요? 무슨 새로운 전개인데요?"

"인기가 있는 캐릭터가 죽으면 그만큼 이야기에 긴장감이 생기지."

'이야기에 긴장감이 생긴다고? 웃기지 마. 대체 무슨 소리야.'

하르시온이 있었기에 '스니빌라이제이션'은 4년간 긴장감 있게 전개해왔던 것이다. 긴장이 풀린 적은 없었다. 그래서 인기가 있던 것이다.

하르시온이 죽은 지금은 긴장감도 인기도 전부 떨어졌다. 그런 당연한 사실을 왜 진나이는 모르는 걸까?

아니, 모를 리가 없다. 자신이 작가니까.

미츠하시가 그것을 지적하려고 했지만 진나이가 먼저 입을 열었다.

"근데 넌 참 끈질기네."

질렸다는 표정으로 진나이가 말했다.

끈질긴 것이 당연하다. '스니빌라이제이션', 아니 하르시온의
팬이니까.

"하르시온이 죽어서 팬들은 전부 실망하고 있어요."

"알 게 뭐야."

진나이의 기분이 점점 안 좋아지는 것이 확연히 보였다.

미츠하시는 진나이를 노려보았다. 심장이 요동쳤다. '마루바
야시'의 부점장에게도 겁먹고 쉽사리 진심을 털어놓지 못하는
자신이 초면인 진나이에게 이렇게 쉽게 하고 싶은 말을 했다
니. 그것은 진나이가 생각보다 더 한심한 남자였기 때문이었다.
어시스턴트를 노예처럼 부려먹고 팬들도 아무렇게나 대하는
녀석이었다.

만약 진나이가 예의 바른 신사였다면 아마도 위축되어 말도
잘 못하고 그에 대한 살의도 사라졌을 수 있다.

하지만 지금은 진나이에 대한 살의가 최고조에 달했다. 역시
자신은 이 남자를 죽여야 한다. 그런 사명감까지 느꼈다.

"하르시온이 등장하지 않으면 '스니빌라이제이션'의 인기는
계속 떨어질 겁니다. 대다수의 독자는 갈대와 같으니 조금만
재미없어져도 쉽게 버릴 거예요. 저야 엄청난 팬이니까 계속 읽
겠지만 이 이상 스토리가 이어지면…."

"그럼 읽지 마. 아무도 너에게 읽으라고 부탁한 적 없어."

그는 막말을 서슴지 않고 내뱉었다.

자신의 만화가 인기를 좀 끈다고 거만해진 주제에 정곡을 찔리면 화내고 불쾌해했다. 예의를 차린다는 생각조차 없으면서, 주제에 자존심만큼은 누구보다 강하다.

'거만한 녀석.'

진나이는 계속 이야기했다.

"너 같은 녀석이 제일 짜증 나. 성가시단 말이야. 마치 만화 업계에 대해 훤히 안다는 듯이 일일이 지적질이나 하고. 네가 뭐라도 돼? 네가 내 작업을 뭐라 할 권리가 있냐고? 넌 평소에 어떤 일을 하는데? 넌 그 일을 완벽하게 수행하고는 있냐? 대체 무슨 실적이 있냐고. 말해봐."

"실적은 없습니다. 아르바이트하고 있어서…"

진나이가 콧방귀를 뀌었다.

"아르바이트라고? 느긋하게 만화 따위나 보지 말고 취업이나 해. 그게 싫으면 나가 죽어."

미츠하시는 부들부들 손이 떨렸다. 이 녀석은 해서는 안 될 말을 했다.

분명 자신은 아르바이트로 연명하고 있다. 동창이나 친구들이 차례차례 취업하는 가운데 초조함이나 걱정이 없다고 하면 거짓말이다. 하지만 그런 자신이라도 긍지가 있었다. 가능한 한 그를 예의 바르게 대하려고 노력했는데, 왜 이런 취급을 받아야 하지?

진나이를 노려보았다. 그리고 최대한 용기를 쥐어짜 말했다.

"당신을 죽이고 싶어."

미츠하시의 말을 들은 진나이는….

순간 황당하다는 표정을 짓더니 이내 점차 얼어붙어 갔다. 안색이 창백해져 마치 시체 같았다.

미츠하시는 진나이의 얼굴에서 시선을 떼지 못했다. 그의 거만함에 대한 분노는 점차 의아함으로 변해갔다.

'왜지?'

진나이는 초면인 자신의 만화 애독자에게 '나가 죽어'라는 폭언을 했다. 그 정도로 기가 센 사람이 '당신을 죽이고 싶어'라는 말을 들은 것만으로 심한 동요를 하고 있었다. 왜 그러는 걸까.

진나이의 안색은 창백하리만큼 하얀 상태에서 순식간에 붉어졌다.

그리고 말했다.

"너냐, 나를 죽이는 것이?"

의미를 이해하지 못했다.

진나이는 갑자기 자리에서 일어나 미츠하시에게로 다가왔다.

미츠하시는 온몸이 경직되었다. 마음속에서 도망치라는 소리가 들려왔다. 진나이의 양손이 미츠하시의 목 언저리를 향해 뻗어왔다.

도망치려고 했지만 이미 늦었다.

진나이는 미츠하시의 멱살을 잡고 일으켜 세우더니 그를 상하좌우로 흔들었다. 미츠하시의 몸이 인형처럼 흔들렸다.

"날 어떻게 죽일 건데? 알려줘 봐!"

진나이의 얼굴이 미츠하시의 코앞에 있었다. 진나이의 눈동자는 무언가에 쫓기는 듯한 겁먹은 눈동자였다.

미츠하시는 발버둥 쳤다.

"놔, 놓으란 말이야."

그렇게 외치려고 했지만 그의 목소리는 진나이에게 닿지 않았다. 그저 옷깃을 잡힌 채 진나이가 하는 대로 몸이 흔들리고 있었다. 저항하는 목소리도 모기만큼 작았다.

"선생님, 그만두세요!"

소란을 듣고 치나츠와 호소노가 달려왔다. 그리고 진나이를 막으려고 했다.

"하앗!"

기괴한 소리를 내며 진나이가 미츠하시를 힘껏 밀쳤다. 미츠하시는 뒷머리가 벽에 부딪쳤다. 눈앞에 별이 보인다. 미츠하시는 머리를 감싸며 고통을 참았다.

'뭐야? 대체 이 남자는 왜 이래?'

자신이 그렇게 푹 빠졌던 '스니빌라이제이션', 그렇게 사랑했던 하르시온을 만들어낸 남자가 고작 이런 녀석이었단 말이야?

이제 정말 죽일 수 있겠다고 생각했다. 아무런 양심의 가책

없이 이 남자를 죽일 수 있을 것이다.

진나이 류지.

미츠하시는 아픈 뒷머리를 만지며 고개를 든 다음 진나이 류지를 노려보았다. 진나이는 아직도 분노가 가라앉지 않았는지 화난 표정을 짓고 있었다. 호소노는 당황스러운 표정으로 다시 진나이가 달려들지 못하도록 그의 어깨를 잡고 있었다. 치나츠는 조용히 울먹이고 있다. 원래 못생긴 얼굴이 더 못생겨 보였다.

미츠하시는 다시 진나이와 눈이 마주쳤다.

그는 말했다.

"언제야?"

진나이를 죽이는 것은….

"언제 나를 죽일 건데?"

미츠하시는 바로 대답했다.

"6월 9일이야."

하르시온의 기일….

"미츠하시…."

치나츠가 중얼거렸다. 호소노가 황당한 표정으로 쳐다보았다.

"6월 9일에 널 죽여주겠어. 오늘은 사전 준비작업으로 온 거야."

내뱉듯이, 외치듯이 미츠하시가 말했다. 평소 자신의 성향상 절대로 할 수 없는 말을 뱉은 것이다. 기분은 고조되었다. 마약을 하면 이런 느낌일까. 온몸의 혈액이 흥분과 분노로 불타오르는 기분이었다.

'죽여, 죽여, 죽여, 죽여!'

"선생님…"

진나이가 호소노의 손을 뿌리치고 미츠하시에게 다시 다가갔다.

미츠하시는 주저앉은 채 진나이를 올려다보았다. 이렇게 진나이를 보니, '마루바야시'의 부점장보다 더 크게 느껴졌다. 하지만 공포심은 전혀 들지 않았다. 미츠하시는 진나이를 힘껏 노려보았다.

그 때….

눈앞에 무언가 나타나더니 엄청난 충격에 미츠하시의 몸이 뒤로 날아갔다. 치나츠와 호소노가 뭐라고 외쳤지만 들리지 않았다. 진나이가 자신의 얼굴을 걷어찼다는 사실을 깨닫는데 제법 시간이 걸렸다.

미츠하시는 고통을 참으며 눈을 떴다. 코 밑에 무언가가 흐르는 느낌이 들었다. 조심스레 손으로 만져보았더니, 피가 손끝에 묻었다. 진나이가 걷어차는 바람에 코피가 난 것이다.

'좋아.'

진나이의 거만한 태도도, 그의 일방적인 폭행도, 미츠하시의 살의를 없애지 못했다. 아니, 오히려 더 공격해주었으면 싶었다.

그럴수록 진나이에 대한 살의는 점점 더 불타오를 것이다.

'괜찮아. 나는 죽일 수 있어. 이 남자를 죽일 거야.'

"죽여봐!"

머리 위에서 소리가 들렸다. 진나이의 목소리였다.

"선생님…."

치나츠가 겁먹은 듯 중얼거렸다.

진나이는 반응하지 않고 발소리를 쿵쿵 내며 방을 나갔다.

"대체 뭐가 어떻게 된 거야?"

호소노가 중얼거렸다.

◆

작업실을 뛰쳐나간 진나이는 역을 향해 걷기 시작했다.

종종걸음으로 속도를 올려 젊은이 무리를 추월해 나갔다. 즐거운 대화를 나누고 있는 대학생들로 보였다. 반대편에서는 회사원으로 보이는 두 남자가 다가왔다. 어머니와 손을 잡은 소녀, 연인으로 보이는 커플, 아주머니들, 교복을 입은 고등학생들…. 시나가와역에 다가갈수록 지나치는 행인들이 늘어갔다. 그들의 미소가, 그 웃음소리가 진나이의 폐부를 찌르는 것 같았다.

'어째서냐?'

'어째서냐?'

'어째서냐?'

'어째서 이 녀석들이 아니라 나인 거야?'

자문해도 답은 없었다.

지금 막 작업실을 찾아온 미츠하시라는 남자를 떠올렸다. 건방진 하르시온 팬 중 한 명이다. 하지만 이전의 자신이라면 그런 녀석 정도는 평온하게 대처할 수 있었다. 아무리 녀석들이 하르시온을 재등장시키라고 성화를 부려도 무시할 수 있었다.

하지만 지금 자신은….

어시스턴트인 호소노나 치나츠가 조금 전 자신의 행동을 보고 깜짝 놀랐을 것이다. 당연하다. 분명 그들은 이렇게 생각할 것이다. 진나이 류지가 변했다고.

한편 평소의 진나이를 모르는 미츠하시는 분명 자신이 거만한 남자라고 생각할 것이다.

다들 모르기 때문이다.

자신이 칸자키에 의해 죽음이 예지된 인간이라는 사실을.

미츠하시.

자신은 분명 그 녀석에게 살해당하게 될 것이다.

혼자서 소리 없이 웃었다. 웃지 않을 수 없었다. 이 이상의 희극이 있을까. 칸자키에게 죽음이 예지되고 공포와 분노에 짓눌려버린 자신.

그때 거만하게 작품을 지적하는 독자, 미츠하시가 나타났다.

진나이가 가장 싫어하는 부류의 독자였다. 자신도 모르게 그에게 폭언을 쏟아냈고 폭행까지 했다. 화풀이나 마찬가지였다.

그리고 그것에 복수하기 위해 미츠하시가 자신을 죽인다….

칸자키는 그것까지 예지한 것일까.

실제로 미츠하시가 말하지 않았던가.

'당신을 죽이고 싶어,'

'6월 9일에 널 죽여주겠어. 오늘은 사전 준비작업으로 온 거야.'

6월 9일.

처음에는 무슨 날인지 몰랐지만 이내 작품 속 하르시온의 기일이라는 것을 알았다. 그런 것을 일일이 기억하고 있다니, 정말로 '스니빌라이제이션' 매니아다.

그리고 그날은 바로 내일이다.

진나이는 시나가와에서 케이힌 급행 열차를 타고 츠루미로 향했다.

다시 화재가 난 그 영화관 앞을 지나쳤다. 타버린 것은 내부뿐이고 외벽에는 큰 손상이 없었다. 하지만 내부는 복구 공사를 하지 않으면 안 될 정도로 파손되었고, 안전관리 책임이 문제되어 재개장이 가능할지는 알 수 없다고 했다.

문득 사토미가 떠올랐다.

아마도 사토미는 사고 몇 분 전까지 설마 자신이 죽을 거라고는 생각도 하지 못했을 것이다. 사토미뿐만이 아니다. 칸자키가 예지한 그 사이온지라는 남자도, 이 영화관에서 죽은 무수한 사람들도 설마 자신이 오늘 죽을 거라는 것을 몰랐을 것이다.

하지만 나는 다르다.

칸자키의 아파트에 도착했다.

주위를 둘러보지도 않은 채 곧바로 2층으로 향했다.

복도 중간에 중년 여성, 그때 마주쳤던 여성이 가볍게 인사를 했지만 무시했다.

칸자키의 집으로 향했다.

초인종을 눌렀다.

"누구세요?"

칸자키의 목소리가 들렸다.

진나이는 대답하지 않았다.

잠시 기다렸다.

곧 문 자물쇠가 열리는 소리가 들리더니, 문이 열렸다.

의아한 표정의 칸자키가 고개를 내밀었다.

눈이 마주쳤다.

그녀는 바로 문을 닫으려고 했지만 진나이는 재빨리 문틈으로 비집고 들어섰다. 그리고 문을 힘껏 열었다. 진나이의 힘에 진 칸자키가 뒤로 물러섰다. 이제 문이 완전히 열렸다.

"진나이 씨…"

칸자키는 두려운 표정을 지으며 뒷걸음질치기 시작했다.

진나이는 현관으로 들어가며 문을 닫았다.

"왜 도망치는 겁니까?"

칸자키는 울고 있었다. 고개를 돌리고 결코 눈을 마주치려고 하지 않았다.

"저는 죽는 건가요?"

그녀는 대답하지 않았다. 침묵은 긍정의 의미였다.

그때 초인종이 울렸다. 칸자키는 인터폰 수화기를 들었고, 조심스런 목소리가 들렸다.

"칸자키 씨? 무슨 일이에요? 괜찮아요?"

새된 목소리였다. 아마도 복도에서 지나쳤던 그 주부일 것이다. 뒤에서 조금 전 진나이의 행동을 지켜보았던 것이다.

"괜찮아요. 걱정을 끼쳐드려 죄송합니다…."

"정말로 괜찮아요?"

"괜찮아요. 소란 피워서 죄송해요."

그녀는 수화기를 내려놓았다. 그리고 진나이를 보며 중얼거렸다.

"이제 안 만나는 편이 좋아요, 우리는."

"전에도 그렇게 말했어요."

"죄송해요."

"왜 사과를 하시는 건가요?"

"제가 당신 앞에 나타났기 때문에…."

칸자키는 손등으로 눈물을 훔쳤다.

"거실로 들어가도 될까요?"

칸자키는 고개를 끄덕였다.

진나이는 현관에서 신발을 벗고 복도로 들어갔다.

"좀 전에 이상한 팬이 작업실에 왔습니다. 어시스턴트 여자애와 사귀는 남자인데, '스니빌라이제이션', 그것도 하르시온의 팬이라면서 그가 저에게 이렇게 말했습니다. 하르시온의 기일인 6월 9일에 저를 죽일 거라고요. 오늘 온 것도 그에 대한 준비작업이라고 했습니다. 그래서 저는 충격을 받아 그에게 폭력을 휘둘렀고…, 그대로 작업실을 뛰쳐나와 여기까지 한달음에 왔습니다…."

거기까지 말하고 칸자키를 보았다.

칸자키는 창백한 표정으로 진나이를 보았다.

"칸자키 씨, 무슨 말씀을 하셔도 저는 놀라지 않을 겁니다. 그러니까 제 질문에 대답해주세요."

진나이는 심호흡을 하고 이어 말했다.

"저는 죽는 건가요?"

칸자키는…,

흐느껴 울며 그 질문에 고개를 끄덕였다.

진나이는…,

힘이 빠진 듯 그 자리에 주저앉았다.

'죽는 것인가? 내가 죽는다는 말인가?'

참을 수 없는 한기가 느껴졌다. 사토미가 죽었다는 걸 알았을 때 생각했다. 사토미 대신 자신이 죽었으면 좋았을 거라고.

'사토미를 따라 자살할까. 사토미가 없는 인생은 아무 의미도 없어.'

하지만 그때는 정말로 자신이 죽을 것이라고는 생각하지 않았기에 안심하고 그런 감정에 몸을 맡겼었다.

하지만 지금은 다르다.

"나는 죽고 싶지 않아."

진나이는 작은 목소리로 중얼거렸다.

칸자키는 진나이 옆에 앉았다.

"죄송해요…."

그녀는 다시 중얼거렸다.

진나이는 그녀를 보았다.

"6월 9일에 살해당하는 건가요?"

칸자키는 대답이 없었다.

"칸자키 씨. 죄송해요. 사실 저도 칸자키 씨를 의심했었습니다. 제 담당편집자가 지적한 것처럼 그 편지는 어떻게든 조작할 수 있었을 겁니다. 하지만 영화관 화재는 아무리 생각해도 조작의 여지가 없어요. 전부 당신의 말대로 되었죠. 당신이 죽는다고 하면 정말로 죽을 겁니다. 그러니, 제가 죽는 건지 아무리 물어봐도 사실 대책은 없겠죠."

"제가 죄송하죠. 당신이 이렇게 된 건 제가 미래를 예지하고 진나이 씨 앞에서 당황한 탓이에요…. 연기라도 해서 평소처럼 대했다면 좋았을 텐데…."

칸자키는 후회하는 듯한 말투로 말했다.

하지만 칸자키라는 여성의 능력을 안 이상 누구라도 그녀가 그런 식으로 행동한다면 자신의 죽음을 예상할 수 있을 것이다.

"하지만 진나이 씨에게는 제가 지금까지 예지한 사람들과 다른 점이 있어요."

"뭐죠, 그게?"

"진나이 씨가 제 예언을 진지하게 믿고 있다는 점이에요. 그런 사람은 지금까지 없었어요. 다들 제 예언을 농담으로 생각하고 죽어갔습니다. 저는 누군가의 죽음을 예지할 때마다 그것을 막기 위해 노력했습니다. 하지만 전부 실패했죠. 어릴 때부터 그랬습니다. 하지만 만약에 예지에 저항하여 미래를 바꿀 수 있다면 제가 이 능력을 갖고 태어난 것에도 어떤 의미가 있을 거라고 생각하게 되었습니다. 지금까지는 혼자였으니까 운명을 이길 수 없었습니다. 하지만 지금은 진나이 씨가 있습니다. 분명 함께라면…."

"당사자인 저도 함께 노력하면 미래를 바꿀 수 있다고요?"

"모르겠습니다. 하지만 해볼 만한 가치는 있다고 생각합니다."

이대로 그냥 죽는 것은 견딜 수 없었다.

"진나이 씨, 제 생각을 이야기해도 될까요?"

칸자키가 확인하듯 물었다.

진나이는 그 의미를 바로 알아차렸다.

"괜찮습니다. 말씀해주세요."

칸자키는 이야기를 시작했다.

"당신은 내일, 6월 9일에 살해당합니다. 범인은 아마도 진나이 씨 작품의 열광적인 애독자일 겁니다. 어쩌면 그 작업실에 왔던 사람일 수도 있죠. 시간은 밤, 장소는 포장된 도로입니다. 거기에는 진나이 씨와 범인 두 사람뿐입니다. 아스팔트 위로 흐르는 피가 보였습니다. 아마 칼 같은 것에 찔릴 모양입니다."

칸자키는 거침없이 진나이의 '죽음'을 묘사했다.

진나이는 떨리는 몸을 진정시키고 물었다.

"그래서요?"

"그러니까 진나이 씨, 내일은 절대 외출하지 마세요. 아니면 아예 여기서 주무시고 가셔도 돼요. 그러면 당신이 도로에서 누군가에게 찔릴 일은 일어나지 않을 겁니다. 그러면 제 예언은 헛소리가 되겠죠."

◆

미츠하시는 여전히 욱신거리는 몸을 일으켜 세워 현관으로 향했다.

'진나이 뒤를 쫓아야 하나?'

스스로에게 물었다.

"기다려주세요."

그때 누군가 미츠하시의 어깨를 강하게 잡았다. 수석 어시스 턴트 호소노였다.

"선생님을 쫓아가서 뭘 어쩔 셈이에요?"

그것은 미츠하시 자신도 알 수 없었다.

"선생님을 죽일 셈이에요?"

"죽이는 건 내일이라고 했잖아요." 미츠하시가 말했다.

"진나이 선생님이 살해당하면 가장 의심받는 건 당신일 거 예요. 그래도 선생님을 죽일 건가요? 아까는 농담이었죠?"

호소노는 미츠하시의 눈을 뚫어지게 쳐다보며 물었다.

"시끄러워. 놓으라고!"

미츠하시가 더 거칠게 변했다.

"미츠하시…."

옆에서 치나츠가 눈물을 흘리며 중얼거렸다.

"그럼 조건이 있습니다. 들어준다면 놓아드리죠." 호소노가 말했다.

"조건?"

"당신이 진나이 선생님을 뒤쫓는 건 자유입니다. 단, 저도 같 이 가죠."

호소노 때문에 조금 지체되었지만 둘은 금방 진나이를 따라 잡을 수 있었다.

미츠하시는 진나이의 10여 미터 뒤에서 걸으며 그를 미행했다.

"눈치챘을지도 몰라." 미츠하시가 말했다.

"상관없어요." 호소노가 답했다.

진나이는 뒤를 돌아보지 않은 채 앞으로 계속 걸어갔다. 방향을 보아 아마도 역으로 향하고 있는 것 같았다.

"선생님이 요즘 좀 이상해요." 호소노가 말했다.

"요즘…?"

"아까 당신에게 폭력을 휘둘렀지만 평소라면 절대 그럴 리가 없거든요. 선생님에게 차인 곳, 아직도 아픈가요? 피는 멈췄어요?"

미츠하시는 괜찮다고 무뚝뚝하게 대답했다.

"약혼자가 사고로 돌아가신 뒤로 침울해하셨지만, 그건 그렇게 되신 원인을 알 수 있었으니까 이상하지 않았어요. 하지만 요즘 선생님이 변한 이유는 나도 전혀 모르겠어요."

"이유가 딱히 없는 것 아닐까?"

약혼자가 죽은 슬픔을 견디지 못해 정신에 이상이 온 것이 아닐까. 너무 사랑했다면 충분히 가능한 일이다. 만약 치나츠가 죽는다면 미츠하시는 그녀의 죽음을 어떻게 받아들일 수 있을까?

"아니, 이유가 있을 거예요. 선생님은 요즘 일도 제대로 하지 않으시고 어딘가로 외출하셔요. 어디 가는지도 안 가르쳐주셔요. 분명 원인은 거기에 있을 거예요."

"그럼 지금도…?"

호소노가 고개를 끄덕였다.

미츠하시는 생각했다.

'이 남자는 자신이 진나이를 죽인다고 한 것을 장난으로 생각하는 건가?'

분명 그럴 것이다. 그렇지 않으면 이렇게 느긋하게 함께 미행이나 하고 있을 리가 없었다.

하지만 미츠하시는 장난이 아니다. 자신은 진심이다.

진나이는 시나가와역에서 케이힌선을 탔다. 미츠하시와 호소노는 진나이의 옆 차량에 탔다. 진나이를 관찰할 수 있는 위치에 자리잡았다. 진나이가 미행을 알아차리지 않았을까 불안했다.

하지만 진나이는 그들의 미행을 눈치챈 것 같지 않았다. 그는 문에 기대어 창밖을 보고 있었다. 혼자서 뭐라 중얼거리고 있었다.

'대체 어디로 가는 거지?'

진나이는 츠루미역에서 내렸다. 미츠하시와 호소노도 서둘러 따라 내렸다.

역에서 나온 진나이는 두리번거리지도 않고 바로 걸어나갔다.

'대체 어디로 가는 거야?'

그때.

갑자기 호소노의 발걸음이 멈추었다.

"저기…."

호소노가 어딘가를 가리켰다.

진나이는 어느 건물 앞에 멈춰 섰다. 인기척이 없는 오래된 건물이었다. 그는 내려가는 계단 앞에 서 있었다. 하지만 테이프로 봉쇄되어 안으로 들어갈 수는 없었다.

그 건물의 모양, 포장된 도로, 옆에 있는 광장.

어디선가 본 적이 있었다. 이 광경, 츠루미라는 지역, 봉쇄된 계단. 그렇다면 분명 저 계단 밑은 영화관일 것이다.

미츠하시가 치나츠와 러브호텔에서 본 그 뉴스 영상이다. 화재가 났던 영화관, 소방차, 리포터, 구경꾼들, 그리고 진나이 류지. 그때 그는 이 장소에 있었다.

'오늘 츠루미에 온 것은 이 화재 현장을 보기 위해서일까. 하지만 왜 한 번도 아니고 두 번이나 온 거지? 설마 화재와 무슨 관련이 있는 건가?'

하지만 영화관 화재 현장에 서 있던 것은 약 10여 초에 불과했다. 진나이는 곧바로 다른 곳으로 이동했다. 그의 뒷모습이 점점 작아졌다.

'아직 어디에 볼일이 있나?'

"갑시다!"

호소노가 재촉했다.

진나이는 상점가를 통과했다. 주변에 인적이 드물어졌다.

"걸음걸이를 늦춰요. 거리를 벌리지 않으면 들킬 수도 있어요." 호소노가 말했다.

"아까는 들켜도 상관없다고 했잖아."

"하지만 적어도 선생님이 어디를 가는지만이라도 알아내야지요. 들키는 건 그때 가서 들켜도 돼요."

그 말에 따라 걸음걸이를 늦추었다. 어시스턴트가 이렇게나 호기심을 가지고 자기 사수를 미행까지 하고 있다.

'아마도 진나이 류지를 예전부터 아는 사람이 이렇게 느낄 정도라면 요즘 그가 놀랄 정도로 변했다는 것이겠지.'

조금 전 미츠하시에게 폭력을 휘두르던 그의 태도만 봐도 쉽게 상상할 수 있었다.

이윽고 진나이는 어느 아파트 입구로 사라졌다. 미츠하시는 자신도 모르게 빠르게 걸어 그 입구로 따라 들어갔다. 하지만 이미 진나이의 모습은 보이지 않았다.

계단을 오르는 소리가 들렸다. 하지만 그 소리도 곧 사라졌다.

"혹시 2층인가?"

호소노가 고개를 끄덕였다.

둘은 서둘러 진나이를 뒤쫓았다. 거리를 두고 소리를 내지 않도록 조심할 여유는 없었다.

2층 복도로 올라왔다.

복도 한가운데 서 있는 중년 여성 너머로 진나이가 보였다.

진나이는 복도 가장 안쪽 집 앞에 서 있다. 문이 천천히 열렸다. 여기서는 잘 보이지 않지만 10대나 20대는 아닌 것 같은 여성이 고개를 내밀었다. 여성이 몸을 다시 집 안으로 들이고 문을 닫으려고 하는 것과 거의 동시에 진나이는 억지로 문틈으로 몸을 밀어넣었다. 그리고 진나이는 집 안으로 들어가 문을 닫았다.

그 광경은 누가 봐도 진나이가 억지로 여성의 집에 쳐들어가는 것으로밖에 보이지 않았다.

그때 복도에 서 있던 중년 여성이 진나이가 들어간 집 앞으로 걸어갔다. 미츠하시도 그쪽으로 다가갔다.

그녀는 초인종을 눌렀다.

"칸자키 씨? 무슨 일이에요? 괜찮아요?"

그렇게 새된 목소리로 외쳤다.

"괜찮아요. 걱정을 끼쳐드려 죄송합니다…."

안에 있던 여성의 목소리가 들렸다. 초인종을 누른 중년 여성과는 정반대로 침착하고 고상한 말투였다.

"정말로 괜찮아요?"

"괜찮아요. 소란피워서 죄송해요."

"그래요…."

중년 여성은 왠지 아쉽다는 표정으로 문에서 떨어졌다.

미츠하시는 고개를 돌린 그녀와 눈이 마주쳤다.

그녀는 의아한 표정으로 미츠하시를 위아래로 훑어보았다.

"저, 저기 여쭙고 싶은 것이 있는데요⋯."

당황한 미츠하시의 입에서 그런 말이 튀어나왔다.

"뭔데요?"

미츠하시는 진나이가 들어간 문을 가리키며 말했다.

"이 집에 사는 사람을 잘 아시나요?"

"네, 그런데요?"

"저기, 지금 들어간 남자와 제가 아는 사이인데 그래서, 저기⋯."

진나이를 죽이겠다고 결심하긴 했지만, 여전히 미츠하시는 말주변이 없었다. 이렇게 횡설수설하다가는 수상한 사람 취급이나 받을 것이다. 하지만 그런 걱정은 기우로 끝났다.

"그 사람하고 아는 사이라고요?"

오히려 흥미진진한 기색으로 질문해왔다.

"네, 아주머니는 아파트 주인과도 잘 아는 사이세요?"

미츠하시가 다시 물었다.

"네, 하지만 이야기해 본 적은 많이 없어요. 저 남성 분은 최근에 이 아파트에 몇 번 왔었어요. 이 집 주인은 칸자키라는 여성인데 거의 50살이 다 되어 가는데도 독신이죠. 아, 물론 독신이 나쁘다는 건 아니에요. 하지만 이웃들과 교류하지 않는 사람이라 옛날에 결혼했었다는 소문도 있는데, 진짜인지는 모르겠네요. 늘 뭔가 어두워 보이는 인상이에요. 인사를 하면 받아는 주는데 그것뿐이죠. 대체 무슨 일을 해서 생계를 유지하고 있는지 그것조차 몰라서…."

계속 말을 이어나가는 그 여성에게 압도당했다.

"그런데 그런 집에 최근 빈번히 남자가 드나들지 뭐예요. 저런 젊은 남자와 사귀는 건가 하는 소문이…. 그런데 저 남성분은 뭐 하는 사람이에요?"

"저기, 그게…."

호소노에게 도움을 청하려고 뒤를 돌아봤지만 그는 없었다.

미츠하시는 여성에게 가볍게 목례를 하고 도망치듯 아파트를 빠져나왔다. 호기심 어린 그녀의 시선이 느껴졌다.

호소노는 계단 옆에 있었다. 미츠하시와 이야기하던 여성의 시야에 들어오지 않는 위치였다.

"저기…."

"선생님은 여자와 만나고 있었다는 건가."

호소노는 중얼거렸다. 방금 중년 여성과 나눈 이야기를 전부 엿들은 모양이었다.

◆

시간이 흘러 해가 떨어지고 어느덧 주변은 석양으로 물들어 갔다.

진나이는 주머니에서 수첩과 펜을 꺼내 페이지를 넘겼다. 수첩에는 '스니빌라이제이션'의 설정 원안이나 끄적거린 낙서, 좋아하는 소설에서 따온 명대사 등이 마구잡이로 적혀 있었다.

대체 이것은 몇 번째 수첩일까. 기억도 나지 않았다. 적혀 있는 메모들을 보며 감상에 젖었다.

마지막 메모는 그 화재가 일어난 영화관에서 상영하던 작품의 상영 시간을 적은 메모였다. 문득 영화를 볼지 말지 고민했던 때가 그리웠다.

그 이후로는 수첩에 아무것도 쓰지 않았다.

진나이는 볼펜 뚜껑을 열어 영화 상영 시간 밑에 새로운 메모를 추가했다.

6월 9일 밤, 자신은 야외에서 열성 팬에게 살해당한다는 내용의 문장을 주저 없이 적었다.

그때 핸드폰이 울렸다. 누굴까 하고 화면을 보니 타치바나였다.

전화를 받았다.

"진나이 씨, 지금 어디세요? 집에 전화해도 안 받으시고 호소노 씨에게 물어도 모른다고 하더군요."

타치바나의 목소리조차 그립게 느껴졌다.

진나이는 말했다.

"타치바나 씨, 드디어 내 차례가 왔어."

"네?"

"칸자키가 예언했어."

"네…?"

"아무래도 나도 사토미 뒤를 따라가게 될 것 같아. 타치바나 씨, 뒷일을 부탁해."

농담처럼 말했다. 어째선지 공포와 불안감은 없었다. 어쩌면 아직 그녀의 예지 능력을 완전히 믿는 건 아닌 모양인지도 모른다.

"진나이 씨, 그게 무슨…."

진나이는 타치바나의 말을 끊으며 말했다.

"타치바나 씨, 내일이면 다 끝나. 그때까지 조금만 기다려줘. 모레 연락할 테니까."

'그때까지 자신이 살아있다면….'이라는 말은 마음속에 삼킨 채 전화를 끊었다.

칸자키는 혼자 테이블에 앉아 우울한 표정을 짓고 있었다.

진나이와 눈이 마주치자 "차라도 끓일까요?"라고 물으며 조용히 미소 지었다.

진나이는 입을 열었다.

"어째서…."

"네?"

"어째서 그렇게 저에게 잘 대해주시죠?"

칸자키는 그 말의 의미를 이해하지 못한 듯 고개를 갸우뚱했다.

"생각해보세요. 칸자키 씨에게 있어 저는 그냥 남입니다. 설령 제가 예지에 저항하는 데 성공해서 내일 죽을 운명에서 벗어난다고 해도 칸자키 씨에게는 아무 이익도 없습니다."

칸자키는 조용히 입을 열었다.

"아무 이익도 없다고 생각하시나요? 진나이 씨가 돌아가시면 '스니빌라이제이션'을 더 이상 읽을 수 없잖아요."

진나이는 쓸쓸하게 웃었다.

"제가 죽든 살든 그 만화는 이미 끝물입니다. 아무 생각 없이 하르시온을 죽이고 그것을 억지로 수습하려다 보니 방향을 잃었습니다. 화가 나서 팬들이나 어시스턴트들에게 화풀이를 했고 그걸로 신뢰도 잃었죠. 저는 이제 그 만화를 그려나갈 자신이 없습니다."

진나이는 고개를 떨구었다.

'그렇지 않아요, 힘내세요.'라는 말을 들을 줄 알았는데 아니었다.

"저에게 진나이 씨는 더 이상 남이 아니에요. 좋아하는 만화의 작가 그 이상이에요. 남이라고 생각하지 않아요, 진나이 씨를."

진나이는 다시 웃었다.

"정이라도 들었나요?"

"그럴지도 몰라요. 하지만 만약 제 딸이 살아있다면 정말 진나이 씨 정도의 나이일 거라는 생각이 들어서요. 그래서 진나이 씨가 제 친아들처럼 느껴졌어요. 민폐일까요?"

진나이는 아니라며 고개를 저었다.

"그렇게 느끼시는 건 칸자키 씨 자유니까요."

칸자키가 미소를 지었다.

"진나이 씨 부모님은 어떤 분들이신가요?"

"제 부모님이요? 딱히 특별하지는 않습니다. 아버지는 평범한 회사원이고, 어머니도 평범한 주부입니다."

"그렇군요. 하지만 진나이 씨는 자랑스런 아들이겠어요. 그렇게 인기가 많은 만화를 그리고 있으니까요."

"솔직히 그런 건 부담만 되었습니다. 책이 나올 때마다 어머니는 여러 권을 사서 친척이나 이웃에게 나눠주셨어요. 친가에 갈 때마다 사인해 달라고 성화시고…."

"부모란 그런 존재이지요. 저도 진나이 씨의 어머님이 부럽습니다. 이런 멋진 아들을 두고 계시다니…."

진나이는 부끄러워져 고개를 숙였다.

그리고 중얼거렸다.

"부모님은 제가 죽으면 슬퍼하시겠죠?"

칸자키는 대답하지 않았다.

고개를 숙인 채 들지 못했다. 칸자키와 눈이 마주치는 것이 두려웠다.

내일 하루 종일 이 집에 머문다고 해서 자신이 죽지 않는다는 보장은 어디에도 없다. 칸자키의 예언을 비껴간 인간은 아무도 없었다. 사토미, 사이온지, 그리고 영화관에서 죽은 많은 사람들. 비록 그 예지를 알고 진심으로 믿는다고 해도 자신이 예외가 되리라 보장할 수 있을까.

생각하면 생각할수록 의식은 끝없는 공포에 빠져들었다. 등골이 서늘해졌다. 내일 자신은 죽을지도 모른다. 그렇게 생각하니 이성도 냉정함도 전부 사라져버렸다. 죽으면 어떻게 될까, 죽으면 어디로 갈까, 어릴 때는 그런 생각을 하느라 잠도 제대로 자지 못했던 적도 있었다. 자신이라는 절대적인 존재가 이 세상에서 사라져버린다는 것이 믿어지지 않았다.

'내가 죽고 나면 세상은 어떻게 되지? 내가 죽은 후에도 계속 변함없이 흘러갈까.'

어릴 적의 그런 뜬구름 잡는 듯한 생각이 성장하고 사회인이 되어 만화를 그리는 나날을 보내면서 어디론가 사라져버렸다.

그런데 지금은….

"죽고 싶지 않아…."

진나이가 중얼거렸다.

◆

미츠하시가 호소노와 헤어지고 집에 돌아오자 이미 저녁이었다.

그는 진나이를 죽이기 전에 자신의 담력을 시험해보기로 했다.

미츠하시는 슈퍼 '마루바야시'로 향하기 위해 집을 나섰다.

옆집 2층을 올려다보았다. 시끄러운 힙합 음악이 들려왔다.

소리를 낮출 생각이 전혀 없는 것 같았다. 옛날이었으면 그냥 포기하고 아르바이트를 하러 갔을 것이다.

미츠하시는 집 앞 길가에 떨어진 돌멩이를 주웠다. 크게 팔을 휘둘러 옆집 2층을 조준해 힘껏 던졌다. 석양을 가르는 소음과 겹쳐지는 시끄러운 음악. 창문이 산산조각 났고 커다란 구멍이 뚫렸다.

미츠하시는 뒤도 돌아보지 않고 '마루바야시'로 걸어갔다. 누군가 집 안에서 나올 것 같았지만 인기척은 없었다. 그저 선명한 석양에 어울리지 않는 BGM이 깨진 창문을 통해 흘러나오고 있었다.

'괜찮아. 할 수 있어.'

회사 기숙사 앞에 주부들이 서서 수다를 떨고 있었다. 아이들은 보조 바퀴를 단 자전거를 타고 있었다. 자신을 무시하는 듯 미츠하시의 전후좌우에서 자전거가 활보했다. 엄마들은 자기네들끼리 수다를 떠느라 아이들을 제재하지도 않았다. 미츠하시는 아이들이 자신을 무시한다고 생각했다.

"으라아앗!"

미츠하시는 소리치며 자기 앞을 달리는 자전거 바퀴를 걷어찼다. 자전거가 넘어지면서 어린애가 그 밑에 깔렸다. 녀석은 큰 소리로 울었다. 소리를 들은 엄마들이 달려왔다. 미츠하시는 넘어진 자전거를 들어 올려 그녀들을 향해 힘껏 던졌다. 꺄아아, 하고 비명을 지르며 엄마들이 자전거를 피했다. 자전거는 아스팔트에 떨어졌고 보조 바퀴가 떨어져 바닥에 나뒹굴었다. 속이 다 후련했다. 다른 아이들은 줄넘기줄을 들고 멍한 표정으로 미츠하시를 쳐다보았다.

미츠하시가 말했다.

"뭘 봐! 다 죽여버린다!"

미츠하시의 협박에 아이가 엉엉 울었다.

울음 소리를 뒤로 한 채 미츠하시는 계속 앞으로 걸어나갔다. 엄마들의 목소리가 뒤에서 들려왔다.

"뭐야, 쟤 누구야?", "타카히로, 괜찮아? 안 다쳤어?", "저 애, 미츠하시네 집 애야.", "착하지, 울지 마.", "나중에 미츠하시네 집에 가보자.", "일단 병원부터 가야겠어.", "이런 일을 당하고 가만히 있을 수 없지. 타카히로의 치료비와 자전거 수리비는 받아 내야지…."

이제 그런 것 따위는 아무렇지도 않았다.

'괜찮아. 난 할 수 있어. 난 겁쟁이가 아니야.'

슈퍼 '마루바야시'에 도착했다. 평소처럼 종업원용 뒷문으로 들어갔다.

마침 부점장이 있었다. 부점장은 창고에서 컵라면 박스를 꺼내 치나츠의 친구가 잡고 있던 손수레에 싣고 있었다.

그는 미츠하시와 눈이 마주치자마자 비꼬듯 말했다.

"어이쿠, 미츠하시 선생님, 이제 출근하십니까? 20분이나 지각하시고 많이 크셨어요."

치나츠의 친구는 그 말을 듣고 후후, 하고 웃었다.

하지만 미츠하시는 미동도 하지 않았다.

"앙? 너 뭘 계속 서 있는 거야? 빨리 옷 갈아입고 가게 일이나 해. 뭘 해야 할지 몰라?"

'괜찮아. 더 이상 부점장에게 겁먹을 일도, 말 더듬을 일도 없어.'

"미츠하시, 너 무슨 불만이라도 있어?"

평소답지 않은 분위기를 느꼈는지 부점장은 그렇게 말하며 다가왔다.

하지만 동요할 필요 없다.

미츠하시가 쥐어짜듯 말했다.

"오늘부로 그만두겠습니다."

"뭐?"

부점장이 얼빠진 표정으로 말했다.

"그만둔다고! 못 들었어, 이 새끼야?"

미츠하시가 똑바로 부점장의 눈을 보며 말했다.

"이 자식이…!"

부점장이 미츠하시를 노려보았다. 미츠하시도 물러서지 않고 노려보았다. 그리고 내뱉듯이 말했다.

"그럼 이만 실례하겠습니다. 더 이상 당신과는 만날 일도 없겠죠."

오늘 '마루바야시'에 온 것은 이 말을 하고 싶어서였다.

"야, 잠깐 기다ㅡ"

미츠하시의 어깨에 부점장의 손이 올라갔다.

"만지지 마!"

미츠하시는 부점장의 손을 뿌리치면서 팔을 휘두르다가 우연히 그의 얼굴을 쳤다. 으악, 하고 부점장이 얼굴을 감쌌다.

"나랑 한번 해보겠다는 거야…?"

일부러 한 것이 아니라고 사과할까도 했지만 관뒀다. 자신은 이미 과거의 자신이 아니다.

"해보면 뭐 어쩔 건데요?"

"미츠하시!"

미츠하시는 온 힘으로 부점장을 들이받았다. 부점장이 뒤로 쓰러지면서 손수레에 부딪치는 바람에 여기저기 컵라면이 흩어졌다.

"괜찮으세요?"

치나츠의 친구가 반쯤 울면서 부점장을 부축했다. 부점장은 신음하며 몸을 일으키려고 했다. 어딘가를 다쳤을 수도 있다. 평소의 거만함은 조금도 없었다.

'꼴 좋다.'

미츠하시는 속으로 비웃었다.

치나츠의 친구가 부점장을 일으켜 세우며 미츠하시를 쳐다보았다. 두려운 표정이었다.

미츠하시가 말했다.

"뭘 봐, 너도 한번 강간해줄까?"

그녀는 바로 고개를 돌렸다. 소란을 듣고 정육점 주인과 생선 가게 주인이 달려왔다.

'그래, 더 소란 떨어라, 더 크게.'

미츠하시는 그들을 경멸하는 듯한 눈빛으로 쳐다보고 그 자리를 떴다. 기분이 좋았다. 십년 묵은 체증이 다 내려가는 기분이었다.

'지금까지의 나는 진짜 내가 아니었다. 나는 이제 새로운 사람이 되었다. 괜찮아. 난 할 수 있어. 나는 겁쟁이가 아니야. 난 진나이 류지를 죽일 수 있어.'

집으로 돌아왔다. 기숙사 앞 주차장에는 아무도 없었다. 대신 옆집 앞에 사람들이 몰려있었다. 구급차가 서 있었다. 고통으로 울부짖으며 머리에서 피를 흘리는 고시생이 들것에 실려 나가는 것이 보였다. 녀석의 금발은 군데군데 검붉게 물들어 있었다. 구경하던 사람들이 수군거리는 소리가 들렸다. 누군가 돌을 던져서 부상당했다, 깨진 유리 파편에 머리를 맞았다….

'꼴좋다. 이놈이고 저놈이고 이 몸을 바보 취급하니까 벌을 받은 거야. 괜찮아.'

미츠하시는 '스니빌라이제이션'을 펼쳤다. 그 페이지는 벌써 여러 차례 본 탓에 손때가 많이 탔다. 하르시온이 차임에게 말을 거는 페이지였다.

'당신은 추하지 않아. 약하지 않아.'

그렇게 하르시온은 차임의 귓가에 속삭였다.

'그렇다. 나는 약하지 않아.'

오늘 자신이 행한 세 가지 행동으로 그것을 증명했다. 옆집의 바보 고시생, 시끄러운 애송이들, 짜증나는 부점장. 모두에게 복수해주었다. 자신이 겁쟁이가 아니라는 것을 증명했다.

'괜찮아.'

약하지도 않고 겁쟁이도 아니다.

'나는 진나이 류지를 죽일 수 있다.'

그렇게 확신하고 생각했다.

'강한 사람은 아름다우니까.'

하르시온의 그 말이 계속 마음속에 울려 퍼졌다.

◆

어느덧 시간은 밤 11시를 지나고 있었다.

돌아갈 기력도 없어져 결국 칸자키의 집에서 자고 가기로 했다. 결국 칸자키가 원하는 대로 되었다. 적어도 그녀가 나쁜 사람은 아닐 것이다. 자신의 열성팬이 해를 가하지는 않을 테니까.

칸자키가 만들어준 저녁을 먹었다. 그 소박한 가정의 맛은 최근 외식만 하고 살아온 진나이에게 꽤 신선하게 느껴졌다. 식사 도중 이상하게 칸자키는 밝은 이야기만 했다. 화제는 주로 만화에 대해서였다. 내일 일을 생각하게 하지 않으려고 일부러 밝게 행동하는 건지, 아니면 오랜만에 다른 사람과 식사를 해서 기분이 좋아진 것인지 알 수 없었다. 어쩌면 둘 다일 수도 있겠다고 생각했다.

칸자키는 의자에 앉아 꾸벅꾸벅 졸고 있었다. 진나이는 그녀에게 카디건을 걸쳐주었다.

내일까지 이제 1시간도 안 남았다.

진나이는 집 밖으로 나왔다.

밤공기가 시원했다.

1층에 내려와 밖으로 나왔다. 자판기에서 캔커피를 산 다음 아파트 옆 공원으로 향했다.

진나이는 그네에 앉아 캔커피를 홀짝거렸다.

밤하늘을 올려다보자, 하늘에는 달과 별 이외에는 아무것도 없었다.

어째서인지 조금 전 칸자키의 집에서 느꼈던 불안과 공포가 이제 전혀 느껴지지 않았다.

밤공기와 약간의 별.

차량 소리도, 전철 소리도 들리지 않았다.

마치 세상에 자기 혼자만 있는 기분이었다.

사토미를 생각했다.

우는 사토미, 화내는 사토미, 웃는 사토미, 사토미의 시체….

몇 번이나 같은 생각을 했다. 사토미와 지낸 날들, 그리고 그녀의 죽음…. 어째서 그녀는 죽어야만 했을까. 그 불합리함에 가슴이 찢어질 것 같았다.

하지만 칸자키가 자신의 죽음을 예언한 지금….

지금은 사토미의 죽음을 받아들일 수 있을 것 같았다.

그렇다.

사람은 모두 언젠가 죽는 것이다.

사토미도.

그리고 자신도.

"진나이 씨."

그 목소리에 뒤를 돌아보았다.

카디건을 걸친 칸자키가 서 있었다.

"무엇을 하고 있나요, 이런 곳에서?"

그녀가 심각한 표정을 지으며 말했다.

"밤공기를 마시면서 마음을 진정시키고 있습니다."

진나이가 조용히 말했다.

칸자키는 손목시계를 가리키며 말했다.

"이제 20분이면 6월 9일이 돼요. 그런데 이런 곳에서 느긋하게 있다가 누가 덮치면 어쩌시려고요!"

마치 실수한 아이를 혼내는 말투였다. 그런 자신의 행동에 문제가 있음을 눈치챘는지 칸자키는 얼굴을 붉히며 말했다.

"아, 죄송합니다. 진나이 씨에게 이런 말을 하다니…."

"괜찮아요."

진나이가 웃으며 말했다.

오히려 이렇게나 자신을 신경 써 주는 것이 고마웠다.

"어쨌든 빨리 돌아가시죠."

칸자키의 재촉에 진나이는 공원에서 나왔다.

"칸자키 씨."

"네?"

"제가 죽으면 울어주실 건가요?"

칸자키는 그 질문에 대답하지 않았다. 단지 슬픈 눈빛으로 쳐다보았다.

◆

6월 9일.

아침 해와 함께 미츠하시는 눈을 떴다.

바로 침대에서 내려왔다. 흥분을 가라앉히지 못한 채 방 안을 서성댔다. 일어나기 싫은 아침을 맞이하며 무거운 몸으로 이불 속에서 몸을 일으키던 나날이 거짓말 같았다.

'그렇다. 나는 다시 태어났다. 나는 더 이상 이전의 내가 아니다.'

미츠하시는 자신을 완전히 진나이 류지 살해 모드로 변경했다.

어째서 이렇게 아침부터 멀쩡한 걸까. 그것은 해야 할 일을 발견했기 때문이었다. 이제까지는 인생의 목표도 없이 하루하루를 의미 없이 보냈었다. 그래서 동료들이나 부점장에게 바보 취급을 당했었다.

'내가 해야 할 일, 그것은 바로 진나이 류지를 죽이는 것이다.'

이제는 자신이 그 목적을 위해 태어난 것이라고 확신할 수 있다.

'죽여라, 죽여라, 죽여라.'

머릿속에서 그렇게 울려 퍼졌다.

'죽여줘.'

하르시온도 우울함을 머금은 목소리로 자신에게 애원했다.

'그래, 알았어. 너를 죽인 진나이 류지에게 복수해주겠어.'

회색이었던 세상이 밝게 빛났다. 거울에 비친 자신의 얼굴도 평소보다 남자답게 보였다.

'강한 의지를 가져라. 철의 의지다. 그것이 자신을 움직이고 있다는 것을 명심하라. 나는 진나이를 죽일 수 있다. 아니, 죽여야 한다.'

결전의 날은 바로 오늘이다.

결전에 대비해 식사를 충분히 해야 한다. 미츠하시는 토스트에 마가린을 바르고 순식간에 세 장이나 먹어 치웠다. 우유도 단번에 마셨다. 식욕이 왕성했다. 아무 문제 없다.

진나이를 죽인다.

그것이 자신의 사명이다.

외출하기 전에 치나츠에게 연락했다.

"아, 미츠하시."

치나츠는 피곤한 목소리로 말했다.

"지금 어디야?"

"어디냐니, 집이지."

"오늘은 작업실에 안 가는 거야?"

"몰라. 호소노 씨의 연락을 기다리고 있어. 근데 미츠하시."

"뭔데?"

"나 진나이 선생님의 어시스턴트 그만둘까봐."

"왜?"

"진나이 선생님, 전부터 좀 이상해. 일도 대충이고 결국 만화
도 형편없고 인기도 떨어졌고. 인기가 떨어지는 건 어쩔 수 없
을지도 모르지만 진나이 선생님이 그걸로 초조해하거나 그런
모습을 전혀 보이지 않는다는 게 더 불안해. 뭐랄까…, 이제 만
화 따위는 아무래도 좋은 것 같아."

"흥."

미츠하시는 콧방귀를 뀌었다. 보나마나 만화가로서의 재능이
떨어진 것이다. 갑자기 '스니빌라이제이션'을 끝낼 용기가 없으
니까 하르시온을 죽인 것이다. 하르시온의 죽음 따위는 진나이
에게 있어 그 정도일 뿐이다. 하지만 그 선택이 엄청난 착각이
었음을 알게 되는 것은 머지않았다.

"그래서 오늘 진나이 선생님은 어디 있어?"

"작업실에도 안 계시고 집에 전화해도 아무도 안 받아. 호소노 씨가 핸드폰에 전화했을 때는 받으셨는데 어디에 계신지 말해주지 않는대. 오늘은 숨어있겠다고, 신이 변덕을 부리면 내일 작업실에 나오겠다며 그런 이상한 소리를 했대."

'거기다!'

미츠하시는 직감했다.

츠루미에 있던 아파트. 그 여성….

아마도 이름은 칸자키라고 했다.

"저기, 미츠하시…?"

치나츠가 조심스레 물었다.

"어제 말한 거 농담이지?"

"어제 말한 거라니?"

"오늘, 6월 9일, 하르시온의 기일에 진나이 선생님을 죽이겠다고 한 거…."

미츠하시는 소리를 낮춰 말했다.

"왜 농담이라고 생각하지?"

"뭐…?"

치나츠는 말을 잇지 못했다.

미츠하시가 이어서 말했다.

"왜 내가 방금 진나이가 있는 곳을 물었다고 생각해?"

치나츠의 침을 삼키는 소리가 수화기 너머로 들렸다.

"저기, 농담이잖아? 농담이라고 해줘."

미츠하시는 일부러 크게 웃으며 말했다.

"농담이건 뭐건 너도 위치를 모르는데 어떻게 내가 진나이를 죽이겠어."

'반드시 죽인다. 죽일 거다. 만약 츠루미의 그 아파트에 없다면 집이나 작업실에 잠복해서라도 찾아낼 것이다. 만약 오늘 못 죽이더라도 내일 죽이면 된다. 물론 오늘 6월 9일이 완벽한 날이지만. 1년을 더 기다리다가는 다시 겁쟁이가 될 가능성이 높다.'

"저기…, 미츠하시, 혹시 선생님이 계실 만한 곳으로 짐작 가는 데라도 있어?"

"왜 내가 그런 장소를 알고 있을 거라고 생각해?"

"넌 어제 호소노 씨와 같이 진나이 선생님 뒤를 쫓았잖아. 선생님은 츠루미에 있는 지인을 만나러 갔다고 호소노 씨가 말했어."

"호소노한테 들은 건 그게 다야?"

"응….."

"곧 어떻게든 선생님이 있는 곳을 알게 될 거야. 하루 이틀만 기다려."

치나츠는 불안한 목소리로 말했다.

"저기, 미츠하시-."

그렇게 부르는 치나츠의 목소리를 들으면서 통화종료 버튼을 누르고 전원을 껐다.

그러고는 책상 서랍을 열었다.

며칠 전 집에 도착한 '벤치메이드'사의 택티컬 나이프가 있었다.

조심스럽게 나이프를 손에 들었다. 중량감이 느껴졌다. 칼날을 손으로 만져보았다. 살짝 손끝을 움직여보니 그것만으로도 날카로운 고통이 느껴졌다. 붉은 피가 떨어졌다.

피가 나는 손가락을 입에 물었다. 입에 씁쓸한 맛이 퍼졌다.

다음 맛볼 것은.

넘칠 듯한 진나이의 피다.

◆

6월 9일.

아침 해가 뜨자 진나이는 눈을 번쩍 떴다. 순간 지금까지의 일이 전부 꿈이 아닐까 생각했다. 하지만 정신이 들자 틀림없는 현실이란 것을 깨달았다.

이불 속에서 빠져나오자, 기분과는 달리 상쾌한 아침이었다. 이전의 자신은 자나 깨나 만화 생각만 했다. 만화에 관한 꿈까지 꿀 정도였다. 그래서 항상 피곤했다.

하지만 지금은 만화는 전부 잊고 푹 잘 수 있었다.

'이런 상황에서 숙면을 취하다니…'

어이없기 그지없었다.

향기로운 냄새가 났다. 그 냄새에 이끌려 주방으로 향했다.

칸자키가 식사를 준비하고 있었다.

'통, 통, 통'하고 부엌칼과 도마가 리드미컬한 소리를 냈다. 칸자키는 리듬에 맞춰 무채를 썰었다.

"좋은 아침입니다."

칸자키가 웃으며 인사를 하자, 진나이도 아침 인사를 했다.

"도와드릴까요?"

"아니에요, 앉아 계세요. 손님에게 일을 시킬 수는 없죠."

마지막일 수도 있는 평온한 아침이었다.

만약 운명의 손아귀에서 벗어나 살아남을 수 있다면 그 후에도 자신은 이 예지 능력자와 기묘한 교류를 계속하게 될까….

문득 그런 의문이 들었다.

칸자키와 둘이서 조용히 식사를 마친 후에 진나이는 딱히 할 일이 없어서 그냥 방에 가만히 있었다. 칸자키도 점차 말수가 적어졌다.

그녀는 벽을 보며 무언가 작업을 하고 있었다. 뭘 하고 있나 싶어 들여다보니 벽시계를 조정하고 있었다.

"뭐 하시는 거예요?"

진나이가 묻자, 칸자키는 피곤한 듯 웃으며 말했다.

"시간을 정확하게 맞춰놓으려고요…."

"1분, 1초 단위까지 정확하게 부탁드립니다." 진나이가 웃으며 말했다.

"네, 알겠습니다."

TV 위에 있는 파란 화분이 진나이의 눈에 띄었다. 지금까지는 이 화분에 꽃이 꽂혀 있는 것을 본 적이 없다.

"꽃이라도 사 올까요?"

진나이가 그것을 쳐다보는 것을 느꼈는지 칸자키가 말했다.

"옛날에는 저 화분에 꽃꽂이하는 걸 즐겼는데 지금은…, 여자 혼자 오래 살다 보니 그러기가 쉽지 않네요."

진나이는 칸자키의 말에 냉소적으로 대답했다.

"제가 만약 내일까지 살아있다면 그 기념으로 꽃을 사도록 하죠."

자신이 아직 농담할 여유가 있다는 사실이 놀라웠다.

1시간, 2시간….

1초도 틀리지 않게 조정해둔 시곗바늘은 천천히, 하지만 정확히 흘러갔다.

정오가 되었다. 해는 아직 중천에 떠 있었다. 아무 일도 일어나지 않았다.

그때 초인종이 울렸다.

◆

츠루미.

칸자키의 아파트.

진나이는 집에도 작업실에도 없었다. 물론 치나츠의 말을 전부 믿는 것은 아니었다. 그녀가 자신에게 거짓말하지 않았으리란 보장은 없었다.

하지만 진나이라는 남자가 어시스턴트에게도 신뢰받지 못한다는 것만큼은 명백했다.

칸자키의 집.

초인종을 눌렀다.

잠시 기다렸다. 아무 반응이 없었다.

포기하려고 했을 때 문이 열리며 불안한 표정의 중년 여성이 나왔다. 도어체인이 걸려 있어 억지로 들어갈 수는 없어 보였다.

가까이서 보는 칸자키의 얼굴.

미츠하시의 어머니보다 훨씬 젊어 보이는 그녀는 미인이였었다. 하지만 아줌마인 것은 틀림없었다. 하지만 진나이 입장에서 애인으로 삼기에는 좀 더 어린 여자가 얼마든지 있을 것 같았다.

"진나이 류지 선생님 지인인데요, 혹시 여기 계신가요?" 미츠하시가 물었다.

칸자키는 아무렇지도 않게 고개를 저으며 "없어요."하고 대답했다. 다른 질문을 하기도 전에 문이 닫혀버렸다.

◆

초인종 소리에 칸자키는 자리에서 일어나 진나이를 보았다.

진나이도 일어난 다음 칸자키를 제지하고 현관으로 향했다.

도어 스코프로 밖을 내다보았다.

거기에는….

"칸자키 씨." 진나이가 작은 소리로 말했다. "저를 찾는 거면 없다고 해주세요."

진나이의 모습을 보고 칸자키가 알겠다며 고개를 끄덕였다.

현관에 나간 칸자키와 방문자의 대화가 들렸다. 진나이는 자신도 모르게 숨을 참았다.

"진나이 류지 선생님 지인인데요, 혹시 여기 계신가요?"

'미츠하시, 대체 어떻게 내가 여기에 있는 걸 안 거지? 어디서 들은 건가?'

칸자키는 진나이가 없다는 말을 미츠하시에게 건네고 곧바로 문을 닫았다.

진나이는 참고 있던 숨을 내쉬었다.

"진나이 씨, 혹시 방금…."

진나이는 고개를 끄덕였다.

◆

미츠하시는 칸자키가 진나이를 숨기고 있는 것은 아닐까 의심하며 현관 앞을 서성였다. 칸자키라는 여자의 태도. 그것은 무언가를 두려워하는 사람의 태도였다. 얼마 전까지 자신이 그런 겁쟁이였었기에 잘 알고 있었다.

만약 진나이를 숨기고 있다면 그 여자를 죽여서라도 집 안으로 들어가야겠지만 괜히 소란을 피워 계획을 실패하면 좋을 것이 없다. 소란이 발생하는 것은 진나이를 죽인 후가 좋다.

'어쩌지? 어디로 가지? 진나이가 나올 때까지 기다려야 하나? 아니면 다른 곳을 찾아야 하나?'

그때 휴대폰이 울렸다.

호소노였다. 어제 호소노와 헤어질 때 번호를 교환했었다.

'대체 무슨 일이지?'

"여보세요. 미츠하시, 지금 어디예요?"

미츠하시는 잠시 생각한 다음 대답했다.

"집입니다."

거짓말이었다.

"그래요? 다름 아니라 진나이 선생님 때문에 전화했는데…"

"진나이 선생님이요?"

자신도 모르게 호소노의 목소리에 집중했다.

"편집자 중에 타치바나 씨라는 사람이 있는데, 선생님은 그 타치바나 씨와 꽤 친해서 뭐든지 털어놨다고 하더라고요."

"그래서요?"

"어제 우리가 진나이 선생님 뒤를 쫓았잖아요? 선생님은 츠루미에 있는 아파트에 사는 칸자키라는 여성의 집에 들어갔었죠."

호소노는 설마 미츠하시가 지금도 그곳에 있다는 것은 상상조차 할 수 없을 것이다.

"어제 미츠하시 씨가 작업실에 왔을 때도 내가 이야기했잖아요. 진나이 선생님이 최근에 예지 능력자를 자칭하는 팬과 친밀해졌다고…."

"네…."

그런 이야기 따윈 잊고 있었다.

"그 팬이 바로 칸자키래요."

"네? 그래요?"

"약혼자 분의 사고사, 아파트 옥상에서 투신자살한 사건, 영화관 화재 사건 등을 전부 그 여자가 예언했대요."

"말도 안 돼요."

미츠하시가 중얼거렸다.

영화관 화재 사건은 자신도 잘 알고 있었다.

'그 사건을 칸자키라는 여자가 예언했다고?'

사기도 그런 사기가 따로 없는 것 같았다.

"그래요. 하지만 선생님은 그 여성의 말을 거의 다 믿는 것 같았대요. 그리고 이번에는 자신도 사토미 씨, 그러니까 사망한 약혼자의 뒤를 따를 것 같다고 타치바나 씨에게 이야기하셨다더군요."

미츠하시는 자신도 모르게 숨을 삼켰다.

"뒤를 따르다니…, 죽는다는 건가요?"

"그래요."

"어떻게 죽는대요?"

"그건 알려주지 않았는데, 미츠하시가 어제 그런 농담을 하니 선생님이 진짜로 겁먹어서 어디에 숨어계신 게 아닐까요? 밖에 안 나가면 죽지 않을 거라고…. 그렇게 생각하고 있을지도 몰라요."

'농담이라니, 나는 진심이다.'

어쩌면 칸자키라는 여자는 정말로 예지 능력자일지도 모른다. 진나이 약혼자의 죽음이나 작가의 죽음, 영화관의 화재 따윈 상관없다. 하지만 진나이가 죽는다는 예언만큼은 맞을 것이다. 왜냐면 진나이는 자신이 직접 죽일 것이기 때문이다.

진나이가 칸자키의 집에 있을 가능성은 더 높아졌다. 하지만 어떻게 침입할 수 있을까. 문에는 분명 도어 체인이 걸려있다.

"혹시 지금 칸자키 씨 집에 계신 걸까요?"

호소노가 말했다.

호소노.

그때 문득 한 가지 생각이 미츠하시의 머릿속을 스쳤다.

미츠하시가 말했다.

"호소노 씨, 부탁이 있습니다만…."

인터넷에서 산 성인용품은 아직 치나츠에게 시험하지 않았다. 그것이 이런 데서 도움이 될 줄은 몰랐다.

미츠하시는 일단 집에 돌아가 그것을 가지고 돌아오기로 했다. 소요시간을 대강 계산해보니, 호소노와 만나는 시간은 밤 중으로 하는 편이 현명할 것 같았다.

◆

하릴없이 시간만 흘렀다. 저녁을 어떻게 할지 칸자키가 물었지만 도저히 저녁을 먹을 기분이 아니었기에 고개를 저었다.

칸자키와는 거의 대화가 없었다.

그저 시간만이 자신의 의식과 일체화되어 지나갔다.

8시. 앞으로 4시간.

9시. 앞으로 3시간.

10시. 앞으로 2시간.

진나이는 시계만 보았다. 그리고 자신을 죽일 사람을 기다리고 있었다.

그리고 시간은 밤 11시를 가리켰다.

"이제 1시간 후면 6월 9일은 끝난다."

진나이가 중얼거렸다.

10분, 20분. 계속 시간이 흘렀다.

그때 초인종이 울렸다.

진나이가 자리에서 일어나려는 칸자키를 손으로 제지한 다음 자신이 직접 현관으로 향했다.

도어 스코프를 통해 문 밖을 내다보았다.

거기에는 호소노가 서 있었다.

'호소노도 그렇고, 미츠하시도 그렇고, 어떻게 다들 이 장소를 알고 있는 거지? 그리고 대체 뭘 하러 온 건가.'

이제 36분이 남았다.

진나이는 그냥 현관에서 뒤돌아 거실로 돌아오려고 했다. 그때 누군가가 문을 두들기는 소리가 들렸다.

"선생님, 안에 계시죠?"

진나이가 무의식적으로 도어 체인을 해제하고 손잡이를 잡았다. 호소노라면 믿을 수 있었다. 하지만….

그래도 문을 열지 말지 망설여졌다.

그때 뒤에서 나타난 칸자키가 진나이의 팔을 붙잡았다.

칸자키는 그를 쳐다보며 말없이 고개를 저었다. 그리고 안쪽으로 들어가라고 재촉했다.

진나이는 그녀가 시키는 대로 거실로 가서 자신의 모습이 현관에서 보이지 않도록 자리를 잡았다.

그리고 나서 문이 열리는 소리가 들렸다.

그때.

칸자키의 작은 비명 소리와 함께 무언가가 넘어지는 소리, 문이 닫히고 잠기는 소리, 이어서 누군가가 난폭하게 들어오는 발소리가 들렸다.

"역시 여기에 있었군."

등골이 서늘해졌다.

"신뢰하는 수석 어시스턴트를 데려오면 열어줄 것 같았어. 여기 숨어 있다니 참 겁쟁이군."

들어본 적이 있는 목소리였다. 진나이는 온몸이 경직된 채 천천히 뒤를 돌아보았다.

미츠하시가 서 있었다. 그리고 손에는 칼이 쥐어져 있었다. 과도나 커터칼 같은 것이 아니었다. 영화에서나 볼 법한 커다란 칼이었다.

"어째서?"

진나이가 중얼거렸다.

"나는 오늘 포장도로 위에서 죽기로 되어 있는데…? 왜 여기서 죽는 거지?"

미츠하시가 웃으며 말했다.

"알게 뭐야."

그때 "그만둬!"라고 말며 칸자키가 미츠하시에게 달려들었다. 그녀는 그의 손에 있는 칼을 떨어뜨리려고 했지만 무의미했다. 미츠하시는 칼 손잡이로 칸자키의 얼굴을 때렸다. 짧은 비명과 함께 그녀가 쓰러졌다.

하지만 그녀는 곧바로 일어나 거실 구석에 있는 전화기에 다가가려고 했다. 그 모습을 본 미츠하시는 뒤에서 그녀를 밀어 넘어뜨렸다. 칸자키는 테이블 모서리에 부딪친 후 그대로 의식을 잃었다.

미츠하시는 전화선을 칼로 끊고 전화기를 바닥에 내동댕이 쳤다.

진나이는 꼼짝도 할 수 없었다.

물론 진나이 주머니에 휴대폰이 있었지만 지금 상황에서는 그걸 꺼내 경찰에 신고할 여유가 없었다.

"호소노는…."

진나이는 겨우 그렇게 중얼거렸다.

"흥, 이 녀석 말이야? 여기에 있지."

진나이가 용기를 내어 미츠하시에게 다가갔다. 미츠하시도 뒤로 물러났다. 하지만 눈빛은 진나이를 계속 노려보며 칼을 들이대고 있었다.

호소노는 바닥에 있었다.

양손이 수갑에 묶이고 양발도 끈으로 묶여 있었다.

"선생님, 죄송합니다."

호소노가 바닥에 뒹굴며 중얼거렸다.

미츠하시는 기쁜 듯이 웃고 있었다.

"이 수갑이랑 줄은 당신의 어시스턴트 치나츠와 섹스하기 위해 산 거야. 그 녀석이 침대에서 도망치지 못하도록. 이런 게 설마 당신을 죽이는 데 사용될 줄이야. 이 녀석은 내가 칼을 들이미니까 바로 겁먹더군. 내가 시키는 대로 다 했어. 문 앞에 서서 진나이 선생님 계시냐고 소리치라고 하니까 주저하지도 않았지. 정말 불쌍한 건 이런 형편없는 겁쟁이 어시스턴트를

둔 당신이야."

"목적이 뭐야…?"

진나이는 쥐어짜듯 말했다.

"목적? 목적이 뭐냐고?"

미츠하시는 비웃듯이 말한 다음, "알고 싶어? 그럼 울어."라고 말하며 한 걸음씩 다가왔다.

"울부짖어!"

진나이는 뒤로 물러섰다.

"목숨을 구걸해봐!"

하지만 진나이는 일부러 강하게 나갔다.

"…아니. 네가 날 죽일 수 있다면 한번 죽여 봐."

목숨을 구걸하건 말건 어차피 죽게 된다면 마지막 순간은 의연하게 죽고 싶었다. 하지만 몸이 떨리는 것은 어쩔 수 없었다.

진나이는 미츠하시가 들고 있는 날카로운 칼에서 눈을 뗄 수 없었다.

"센 척하지 마!"

미츠하시가 소리치며 칸자키에게 했던 것처럼 칼 손잡이를 진나이의 얼굴을 향해 휘둘렀다.

피할 틈도 없이 얼굴에 맞았다.

암흑. 별이 빛났다.

쓰러졌다. 끈적하고 따뜻한 감촉. 이마에서 피가 천천히 흘러 내렸다.

떨림이 멈추지 않았다. 진나이는 그런 자신이 한심했다. 자신을 덮는 그림자. 올려다보니 미츠하시가 비웃으며 자신을 내려다보고 있었다. 커다란 존재처럼 느껴졌다, 지금의 미츠하시는. 어제 작업실에 찾아왔을 때와는 전혀 달랐다.

"어떻게 죽여줄까?"

미츠하시의 질문이 진나이의 머리 위에서 들려왔다.

"어디부터 잘라줄까? 귀? 코? 아니면 눈알부터 후벼파줄까?"

아무 대답도 할 수 없었다.

"쳇, 좋아. 나도 자비심은 있으니까 단번에 죽여주마."

미츠하시는 칼을 높이 들었다.

그 순간 진나이의 머릿속에는 여러 생각이 오갔다. 고작 이런 녀석에게 죽는 걸까. 아무리 칼을 가지고 있다고 해도 이렇게 허망하게 죽는 걸까.

'아냐, 난 아직 죽지 않아. 여기는 실내야. 칸자키가 예언한 도로가 아니야.'

진나이는 손을 번쩍 들어 미츠하시의 칼을 붙잡으려고 했다. 그런 진나이의 동작을 눈치챈 미츠하시가 칼을 가차 없이 내려쳤다.

진나이는 다가오는 칼날을 아슬아슬하게 피했다. 그리고 칼을 쥐고 있는 미츠하시의 손목을 잡았다.

그런데 무언가 이상했다.

미츠하시의 몸에서 전혀 힘이 느껴지지 않았다. 그는 자신의 손목을 잡은 진나이를 뿌리치려고 하지도 않았다.

진나이는 천천히 미츠하시의 얼굴을 쳐다보았다.

그의 눈은 자신을 보고 있었지만 눈동자는 초점을 잃고 있었다.

그때 미츠하시의 미간에서 한 줄기 붉은 피가 흘러내렸다. 눈동자는 그 피를 확인하려는 것처럼 위로 올라가 눈에는 흰자위만 보였다.

진나이는 미츠하시의 손에서 칼을 빼앗았다. 그의 손은 그렇게 허무하게 칼을 내려놓았다.

미츠하시는 그대로 옆으로 넘어가더니 바닥에 쓰러졌다.

진나이는 그의 등 뒤에 서 있는 인물을 쳐다보았다.

칸자키였다.

손에는 반쯤 깨진 화분이 들려 있었다.

그 TV 위에 있던 파란 화분이었다.

쓰러진 미츠하시 주변에는 화분 파편이 흩어져 있었다.

"이제 살았네요…"

칸자키는 공포에 질려 경직된 미소를 지으며 말했다.

진나이는 몸에 힘이 빠져 칸자키 쪽으로 비틀거리며 다가갔다. 칸자키가 그의 몸을 잡아주었다. 깨진 화분 조각이 그녀의 손에서도 흘러내려 바닥에 떨어졌다.

"난 아직 살아있어."

진나이가 중얼거렸다.

그때 칸자키가 말했다.

"아직 안심하긴 이릅니다. 오늘은 아직 30분 가까이 남아있어요."

진나이는 칸자키에게서 몸을 일으키며 고개를 끄덕였다. 그리고 바닥에 떨어져 있던 칼을 들어 거실 구석에 던져두었다.

칸자키는 쓰러진 미츠하시의 주머니를 뒤졌다.

진나이는 미츠하시에게 다가가 맥박을 확인했다. 아직 살아 있었다.

"아직 안 죽었어요. 정신을 잃었을 뿐이에요."

"그런가요? 그럼 또 날뛰지 못하게 묶어두어야겠네요. 아, 여기 있군요."

칸자키는 미츠하시의 주머니에서 무언가를 꺼내 진나이에게 보여주었다. 검은 끈에 매달린 금속은 작은 액세서리처럼 보였다.

"수갑 열쇠예요."

진나이는 고개를 끄덕이며 칸자키에게서 그것을 받았다.

쓰러져 있는 호소노에게 다가가 그를 풀어주었다.

"괜찮나?"

진나이의 물음에 호소노는 힘없이 끄덕였다. 공포 탓인지 몸이 부들부들 떨리고 있었다. 어쩌면 미츠하시에게 일방적으로 폭행을 당했을지도 모른다.

다시 미츠하시에게 돌아와 호소노에게 했던 것처럼 몸을 묶고 수갑을 채웠다.

일단락되자 진나이는 한숨을 쉬며 주저앉았다.

"진나이 씨, 안 다치셨나요?"

"저는 괜찮습니다. 그것보다 칸자키 씨는요?"

"저도 괜찮아요. 아까 머리를 맞았지만 큰 이상은 없어요."

"다행입니다."

"그것보다 빨리 신고해야죠."

"그래야죠. 설명하기 힘들겠군요. 왜 제가 오늘 칸자키 씨의 집에 있었는지에 대해…."

"그러네요. 하지만 잘 설명하면 이해해줄 겁니다."

그때.

뒤에서 목소리가 들렸다.

"둘 다 움직이지 마."

그 목소리에 진나이는 숨이 멎는 것 같았다.

천천히 뒤를 돌아보았다.

호소노가 서 있었다.

그는 조금 전까지 미츠하시가 들고 있던 칼을 들고 서 있었다. 칼끝은 진나이를 향해 있었다.

진나이는 침을 삼키며 입을 열었다.

"무슨 짓이야, 호소노?"

"보시면 알잖아요, 선생님."

호소노는 아무렇지도 않게 대답했다.

"오늘 여기서 당신들 둘을 죽여도 그 죄는 전부 여기 기절한 미츠하시에게 덮어씌울 수 있어."

호소노는 마치 혼잣말을 하듯 중얼거렸다.

"너, 지금 무슨 말을 하고 있는지 알기나 해?"

진나이는 떨리는 목소리로 물었다.

"죽일 생각은 없었어요. 미츠하시가 대신 죽여줄 줄 알았으니까. 근데 중요한 순간에 일을 망치다니…."

"호소노, 너 미츠하시와 한 패였냐?"

호소노는 무언가에 홀린 듯이 이야기를 시작했다.

"아니야. 미츠하시는 내가 선생님을 죽이고 싶어 하는 걸 몰랐지. 나는 그냥 미츠하시가 선생님을 죽이려 하는 것을 알고 잘됐다고 생각했어. 그래서 미츠하시가 선생님을 죽이려는 걸 알고도 못 본 척했지. 난 선생님이 이 집에 있다는 것을 알고 있었어. 어제 미츠하시와 함께 선생님을 미행했으니까. 타치바나 씨가 선생님이 어디에 있는지 모르냐고 물었지만 난 모른다고 했어. 선생님, 이상하지 않았나요? 제가 미츠하시에게 결박당하는 동안 왜 저항하지 않았는지에 대해서…. 아무리 칼을 들고 있다고 해도 상대는 한 명이에요. 수갑을 채우는 동안 얼마든지 반격할 수 있었죠. 정답은 간단해요. 겁먹은 척하며 미츠하시를 내버려둔 거예요."

시계를 보았다.

이제 17분 남았다.

"호소노? 날 죽이는 사람이 미츠하시가 아니라 너였냐?"

하지만 호소노는 진나이의 질문에 대답하지 않았다.

"미츠하시는 기절했고, 난 지금까지 수갑을 차고 있었어. 그러니까 쓸데없는 곳을 만지지 않았어. 지문 걱정은 없어. 당신들을 죽이고 이 칼을 미츠하시에게 쥐어주면 아무 문제없는 거야."

호소노는 계속 혼잣말 하듯 중얼거렸다.

"난 당신을 죽이기로 결심했어. 하지만 난 미츠하시처럼 바보가 아니야. 난 아직 젊어. 앞날이 창창해. 당신을 죽이고 인생 망치고 싶지 않아."

"어째서 날 죽이려는 거야?"

15분 남았다.

"당신이 말했잖아? 당신이 죽으면 '스니빌라이제이션'을 나에게 넘기겠다고."

진나이는 떠올렸다.

'만약 내가 죽으면 '스니빌라이제이션'은 너에게 맡기마.'

무심결에 나온 그 한마디가 이런 상황을 만들었을 줄이야.

"하지만 그것만이 이유는 아니야. 다들 당신과 싸우고 어시스턴트를 그만두었지. 나 혼자 남았어. 나도 만화가가 되고 싶다는 꿈이 있었으니까. 당신의 어시스턴트를 계속하면 언젠가 정식으로 데뷔할 수 있을 거라고 생각했어. 그래서 남았던 거야. 하지만 바로 후회했어. 하르시온이 죽은 건 슬펐지만 그 정도는 견딜 수 있었어. 내가 참을 수 없었던 건 당신이 하르시온을 죽이는 것에 내가 협력했다는 거야. 내가 이 손으로 하르시온을 죽였어. 내가 하르시온이 죽는 장면을 그렸단 말이야…!"

호소노는 마치 얼이 빠진 것처럼 중얼거렸다.

"그러니까 나한테 그런 잔혹한 짓을 시킨 당신을 죽이고 싶었지."

"어시스턴트 따위를 그만두었으면 좋았을 것을…" 진나이가 타이르듯 말했다.

"그걸로는 충분하지 않아. 그렇게 어설프게 어시스턴트를 그만두면 하르시온의 죽음이 헛되게 돼."

진나이는 더 이상 말이 통하지 않는다는 것을 느꼈다. 호소노도 미츠하시와 마찬가지로 열성 팬이었던 것이다.

"당신이 죽으면 내가 스니빌라이제이션의 작가가 되어 하르시온을 되살릴 수 있다고. 나처럼 완벽하게 당신의 그림을 모방할 수 있는 사람은 어디에도 없어. 아예 처음부터 내가 그렸던 거라고 해도 돼. 난 이제껏 진나이 류지라는 녀석에게 협박당해서 작품을 빼앗기고 어시스턴트로 살았다고!"

"호소노, 너만은 믿었는데…"

배신당한 마음이 더 아팠다. 절망감이 머리부터 발끝까지 온몸을 조여 왔다.

"내가 좋아했던 건 '스니빌라이제이션'이지 당신이 아니야. 난 당신의 어시스턴트가 되어서 당신의 테크닉을 전부 훔쳤어. 당신과 획 하나 다르지 않게 그릴 수 있다고 해도 과언이 아니야. 내가 익명으로 '스니빌라이제이션'의 동인지를 만들어 팔아도 진짜 진나이 류지가 그린 것이 아닐까 하는 소문까지 돌 정도야."

그 말을 듣고 진나이는 과거를 떠올렸다.

최근에 보았던 동인지.

마치 자신이 그린 것 같은 작품이었다.

너무나 정확하게 자신의 만화 터치를 모방했다.

동인지 저자명은 '타카하시 류이치'.

'본명일지도 모르지만 가능성은 낮았다. 설마 이런 만화에 자신의 실명을 올릴 정도로 용감한 녀석이 있을 리 없었다.'

"그 타카하시 류이치가 너였단 말이냐?"

호소노는 웃었다.

"그래. 이제야 알았어?"

호소노는 동인지를 좋아했다. 동인지를 그리는 친구도 많았다. 치나츠를 알게 된 것도 그녀가 동인지를 즐겨 보았기 때문이었다. 그리고 호소노는 치나츠가 '인터널' 편집부에 투고했던 것도 알고 있었다. 그가 그렇게 동인지 업계에 정통했던 것도 동인지 작가로서 활동했기 때문이었다.

호소노는 칼을 들고 서서히 그에게 다가왔다. 진나이는 몸이 덜덜 떨렸고, 이가 부딪히는 소리가 들렸다. 자신의 입에서 나는 소리인 줄 알았는데, 알고 보니 옆에 있던 칸자키의 소리였다.

칸자키는 진나이를 꽉 붙잡고 있었다.

"괜찮아요."

진나이는 호소노에게도 들릴 정도로 크게 말했다.

"칸자키 씨가 예지한 건 제 죽음이잖아요. 당신은 죽지 않아요. 칸자키 씨는 자신의 죽음을 예지한 것이 아니잖아요."

진나이의 말에 칸자키는 가느다란 목소리로 중얼거렸다.

"이 능력에 대해 아직 모르는 게 하나 있어요. 제 자신의 죽음을 예지할 수 있을지 어떨지…."

그때 호소노가 외쳤다.

"내가 그럼 예언해주지! 당신들은 모두 죽는 거야. 이렇게 될 운명이라고. 현재는 과거의 선택에 의해 결정되어 있고, 미래는 현재의 선택에 의해 결정되지. 당신들의 운명은 태어날 때부터 정해진 거라고!"

이제 10분 남았다.

진나이가 말했다.

"칸자키 씨, 도망치세요."

다음 순간 진나이는 호소노에게 달려들어 칼을 빼앗으려고 했다. 하지만 호소노는 물러서지 않고 칼을 휘둘렀다.

진나이는 아슬아슬하게 그것을 피했다.

호소노가 다시 칼을 휘둘렀다. 날카로운 칼날이 진나이의 얼굴을 향해 다가왔다. 진나이는 손으로 얼굴을 가리고 뒷걸음질 치며 칼을 피했다. 손에 날카로운 고통이 느껴지며 피가 흘렀다.

그렇게 몸싸움을 하는 사이 칸자키는 그곳을 벗어나려고 했다.

호소노는 손을 뻗어 그녀의 머리카락을 움켜쥔 채 자신 쪽으로 끌어당겼다.

"놔줘요!"

칸자키가 소리쳤다.

호소노는 그녀의 등 뒤에서 목을 조르려고 했다.

"이 사람부터 죽일 수도 있어요."

호소노가 진나이를 향해 말했다.

"그만둬."

진나이가 겨우 목소리를 쥐어짜내 말했다.

"진나이 씨, 도망쳐요, 지금이라도 빨리."

호소노는 웃고 있었다. 마치 자신이 절대적인 힘을 가지고 있다는 사실에 취해 있는 듯했다.

그런데 그때 갑자기 그의 미소가 고통으로 일그러졌다. 칸자키가 호소노의 손을 힘껏 깨문 것이다. 그래도 호소노는 칸자키를 놓지 않았다.

호소노가 칼을 들어올렸다.

호소노의 시선이 자신에게서 벗어난 바로 그 순간, 진나이가 호소노에게 달려들었다. 하지만 호소노가 칼을 내려치는 것이 더 빨랐다. 칸자키는 비명을 지르며 오른손으로 얼굴을 가렸다. 칼날은 가차 없이 칸자키의 오른팔을 그었다. 비명소리와 함께 떨어지는 핏방울.

진나이는 호소노에게 달려들었다. 호소노는 뒤로 젖혀졌지만 쓰러지기 전에 자세를 바로잡았다. 그리고 거침없이 칼을 앞으로 휘둘렀다. 진나이는 뒤로 점프하여 가까스로 공격을 피했다. 상하좌우로 칼날이 쉴 새 없이 진나이를 찔렀다. 진나이는 점점 창가로 몰렸다.

이제 남은 시간은 5분.

진나이는 뒤에 있는 발코니 샷시를 연 다음 그대로 베란다 쪽으로 나갔다. 호소노도 곧바로 그 뒤를 쫓아 베란다 쪽으로 오려고 했다.

진나이는 재빨리 샷시를 세게 닫았다.

칼을 잡은 호소노의 손목이 샷시에 걸린 그 순간 호소노는 고통스런 신음소리를 냈다. 진나이는 가차 없이 샷시를 두세 번 열었다 닫으면서 호소노의 손목을 내리쳤다. 하지만 호소노는 손에 쥔 칼을 놓지 않았다.

남은 시간은 4분.

호소노는 샷시 틈새로 오른쪽 발목을 집어넣었다. 그리고 온몸의 힘으로 샷시를 다시 열려고 했다.

진나이는 이제 더 이상 버틸 수 없었다.

'베란다 아래로 뛰어내리자.' 진나이는 생각했다. '여기는 2층이야.'

못 뛰어내릴 높이는 아니었다. 진나이는 샷시에서 손을 떼고 베란다 끝으로 달렸다. 베란다에서 고개를 내밀고 아래를 내려다보았다.

가로등이 빛나는 아스팔트, 심야의 도로였다.

그 순간 진나이는 떠올렸다. 칸자키의 예언을.

'당신은 포장도로에서 죽을 거예요.'

'안 돼. 여기로 도망칠 수는 없어.'

뒤를 돌아보았다.

호소노가 돌진해오고 있었다.

그 몇 초 사이.

마치 슬로우 모션처럼.

진나이는 오른손을 재킷 속에 넣었다.

안주머니에 든 수첩과 수성볼펜이 느껴졌다.

다가오는 호소노, 그리고 칼날.

안주머니에서 수첩과 볼펜을 꺼냈다.

수첩을 호소노의 얼굴을 향해 던졌다. 호소노가 그것을 손으로 막으려는 바로 그 순간.

온 힘을 다해 볼펜을 호소노의 눈을 향해 찔러 넣었다.

눈알이 찌그러지는 소리와 절규.

호소노는 오른쪽 눈에 볼펜이 박힌 채 칼을 이리저리 휘둘렀다. 하지만 피하기는 쉬웠다.

전세는 완전히 역전되었다. 진나이가 호소노를 힘껏 밀치자, 베란다 난간에 호소노의 몸이 부딪쳤다.

호소노가 신음했다. 진나이는 바로 주저앉아 호소노의 발목을 잡았다. 호소노가 발버둥치며 저항했지만 진나이는 그의 발목을 자신의 어깨높이까지 들어 올렸다. 그리고 그대로 호소노를 베란다 밖으로 내던졌다.

그의 마지막 비명소리가 들렸다.

그리고 땅에 격돌하는 소리가 이어서 들렸다.

진나이는 조심스레 베란다 밖으로 고개를 내밀고 도로를 내려다보았다.

호소노는 그대로 쓰러져 있었다. 미동도 하지 않았다. 여기서도 그의 몸에서 쏟아져 나온 흥건한 피가 보였다. 2층이지만 머리부터 떨어지는 바람에 머리를 보호할 틈도 없었을 것이다.

호소노가 아스팔트 지면에 떨어졌을 때 큰 소리가 났는지 여기저기서 사람들이 창문을 열고 고개를 내민 다음 웅성대고 있었다.

"누가 떨어졌나 봐.", "빨리 구급차 불러, 구급차."

진나이는 자신의 몸을 확인했다. 손 외에는 다친 곳이 없었다.

진나이는 실내로 돌아와 웅크리고 있는 칸자키에게 다가갔다. 그녀의 오른팔은 피로 붉게 물들어있었다.

"칸자키 씨."

"괜찮아요. 그냥 찰과상이에요."

"그래요, 괜찮아요. 이제 다 끝났어요." 진나이가 말했다.

"정말로 끝났나요?"

진나이는 칸자키에게서 물러나 일어서며 벽시계를 보았다.

남은 시간은 4초.

침을 삼켰다.

2초, 1초.

자정이 되었다.

6월 9일는 이제 어제가 되었다.

진나이는 외쳤다.

"해냈어요, 칸자키 씨. 우리가 이긴 거예요…!"

온몸으로 안도했다. 충만감과 행복감이 몰려왔다. 미래는 정해져 있지 않았던 것이다. 죽을힘을 다해 노력하면 분명 운명을 바꿀 수 있다는 사실을 확인했다.

사토미의 원수를 갚았다고도 생각했다.

물론 자신이 살아남았다고 해서 사토미가 돌아오는 것은 아니다. 하지만 사토미를 죽게 만든 '운명'이라는 원수에게 승리한 것이다. 그 사실만으로도 살아갈 힘을 얻었다.

그렇게 생각했다.

그 순간 진나이의 등에 충격이 가해졌다. 마치 빨갛게 달궈진 철심이 등에 꽂힌 것 같았다.

어째서….

호소노는 이미 베란다에서 떨어졌다. 미즈하시는 여전히 수갑에 묶인 채 기절해 있다.

천천히, 정말로 천천히 뒤를 돌아보았다.

칸자키가 서 있었다.

피가 한 방울, 두 방울 칸자키의 발밑으로 떨어졌다.

그 피가 자신의 몸에서 떨어진 것이라는 사실을 알아차릴 때까지 시간이 걸렸다.

진나이의 등에는 부엌칼이 꽂혀 있었다.

칸자키가 오늘 아침에 사용했던 부엌칼이다.

지금 그 손잡이를 그녀가 양손으로 잡고 있었다.

칸자키의 표정은 완전히 다른 사람이었다.

아무런 감정이 없는 차갑고 무표정한 얼굴이었다.

지금까지 봤던 그녀의 미소가 마치 거짓말 같았다.

"알겠어요?"

얼음과 같은 표정으로 칸자키가 말했다.

"행복의 정점에서 슬픔의 구렁텅이로 떨어진 기분을 이제야 알겠어요?"

그 말과 함께 칸자키는 등에 꽂혀 있는 부엌칼을 힘껏 위로 들어올렸다. 절망적인 고통이 온몸을 휘감았다. 고통과 후회가

섞여 눈물이 멈추지 않았다.

진나이는 바닥에 쓰러졌다. 그 모습을 칸자키가 노려보듯 내려다보았다.

"어째서, 어째서 당신이…."

미츠하시도 호소노도 아닌, 칸자키가 어째서…?

"그리고, 오늘은, 이미, 6월 9일이, 아니잖아…."

눈물과 고통 때문에 진나이는 쉽게 목소리를 낼 수 없었다.

"딱히 6월 9일이건 10일이건, 도로건 실내건 당신이 죽는 날짜와 장소는 아무래도 좋았어."

"당신은 예지 능력이 있는 것이 아니었어? 미래를 볼 수 있는 것이…."

칸자키는 진나이에게 얼굴을 들이밀며 말했다.

"나에게 예지 능력이 있건 없건 그런 것은 아무래도 좋아."

진나이는 칸자키의 시선에서 눈을 뗄 수 없었다.

"문제는 당신이 그걸 믿느냐 안 믿느냐였으니까."

"날 속인 거야? 전부 연기였던 거야?"

영화관 화재를 예지했을 때 흘렸던 눈물.

함께 운명에 맞서자고 말하며 보여주었던 미소.

그것이 전부….

칸자키는 웃고 있었다. 진나이를 경멸하고 모욕하는 듯한 미소였다.

"말했지? 난 고등학교 때 연극부였다고. 힘들었어. 당신 앞에서 계속 연기했으니까. 당신 팬이 되기 위해 '스니빌라이제이션'의 상품이나 '인터널' 잡지를 모으는 데 돈이 많이 들었지."

이해할 수 없었다, 이 모든 것을.

칸자키가 무슨 말을 하는 것인지, 왜 그녀가 자신을 배신했는지.

"당신, 대체, 뭐야…?"

진나이는 쥐어짜듯 겨우 말했다.

"모르겠어?"

칸자키가 덤덤한 표정으로 물었다.

"내가 누군지 정말 모르겠어?"

전혀 모르겠다.

진나이의 표정을 본 칸자키는 거리낌 없이 이야기를 읊조리기 시작했다. 감정이 없는 마치 가면 같은 표정이었다.

"제가 처음 여자친구를 사귄 건 대학에 막 입학했던 20살 때였습니다. 그 여자아이가 첫 상대였죠. 키스도 섹스도. 친구들은 대체로 중학생 때 첫 키스를 하고 고등학생 때 동정을 뗐었습니다. 그래서 친구들에 비하면 늦은 편이죠. 상대는 같은 대학 같은 과의 여자아이였습니다. 몸이 가늘고 마음이 약하고 말수도 적고 바람이 불면 날아갈 것 같은 그런 여자아이였습니다."

그 말에 진나이는 눈을 크게 떴다. 그리고 경악을 금치 못하며 칸자키를 쳐다보았다.

그렇다.

처음 이 집에 와 칸자키를 보았을 때, 옛날에 어디선가 만났던 것 같은 기분이 들었다.

어쩌면….

그녀의 장례식에 있던 유족 중에 칸자키가 있었을지도 모른다.

"당신, 그 녀석의 어머니였나?"

칸자키는 진나이의 말을 듣고 만족스럽게 웃었다.

"그래. 이혼해서 옛날 성으로 돌아왔지.(일본은 여성이 결혼하면 남편 성을 따른다. - 옮긴이 주)"

칸자키는 얼굴을 들이밀었다. 진나이의 시야가 그녀의 얼굴로 가득 찼다.

"행복의 정점에서 슬픔의 구렁텅이로 떨어진 기분을 이제야 알겠어?"

그녀는 아까 전과 같은 대사를 다시 말했다.

진나이는 회상했다.

마지막 추억으로 삼으려고….

긴자에 있는 프렌치 레스토랑을 예약했다….

언제 말해야 할지 계속 고민했다….

집 앞에 도착해도 그녀는 바로 차에서 내리려고 하지 않았다….

고민하는 자신의 표정이 이상하게 느껴졌는지….

그녀는 진나이를 쳐다보았다….

불안하지만 무언가를 기대하는 듯한 표정이었다….

"그날 밤 그 애는 당신에게서 프러포즈를 받을 줄 알았는데, 당신은 도리어 헤어지자고 한 거야."

특별한 데이트를 했던 것은 그 날을 마지막으로 헤어지려고 했기 때문이다.

"그래서…, 그녀의…, 자살의 원인이…, 나에게 있다고…?"

"그래. 당신이 그 아이를 죽인거야."

"그건, 내, 잘못이 아니야…. 그녀가, 멋대로, 기대한 것이…, 잘못이, 잖아…."

과거의 풍경과 고통이 뒤섞여 진나이는 의식을 잃을 것 같았다.

"당신은 애초부터 그 아이에게 심한 짓을 하고 있었던 거야. 하지만 그 아이는 그걸 견뎌냈지. 당신을 좋아했으니까. 언젠가 자신과 결혼해줄 거라고 믿었으니까. 그런데 당신은 그 아이를 배신한 거야. 당신이 그 아이를 죽인 거라고."

"심한 짓이라니 대체 무슨 소리야…?"

사실은 알고 있다. 그런 것쯤은 듣지 않아도 알 수 있다. 그런 것은, 잊을 수 없을 정도로.

알고 있다….

"당신은 정말 나쁜 사람이야."

칸자키는 다시 읊조리듯 이야기를 시작했다.

"저는 그때부터 만화를 그렸습니다. '스니빌라이제이션'의 모태라고 할 수 있는 작품이었죠. 그녀가 첫 독자였습니다. 그녀는 말수가 적었기에 재미있다, 라고밖에 말하지 않았지만요. 그것이 진심인지 아니면 절 배려해서 한 말인지 알 수 없어서 당시 저는 당황했습니다."

"그만둬!"

"하지만 그녀는 한 가지 조언을 해주었습니다. 히로인이 없다는 것이었습니다. 매력적인 히로인이 있으면 제 만화가 더 재미있어질 거라고 했습니다. 그녀가 조언한 대로 저는 매력적인 여자 주인공 하르시온을 만들어냈습니다. 지금의 하르시온과는 좀 달랐습니다."

"그만두라고!"

"그때의 하르시온은 검은 단발머리에 키도 크지 않았습니다. 데뷔할 때 편집자의 의견을 참고해서 남성 독자들의 취향에 맞는 스타일로 바꿨습니다."

"부탁이야, 제발 그만."

'용서해 줘…'

진나이의 눈에서 눈물이 멈추지 않았다. 고통 때문인지 아니면 다른 이유 때문인지 알 수 없었다.

"잘도 그런 거짓말을 했군요."

칸자키는 진나이를 내려다보았다. 복수에 불타는 눈빛이었다. 칸자키의 얼굴은 여전히 50세를 앞두고 있다고 믿을 수 없을 정도로 젊어 보였다.

'제가 젊어 보이는 건 무언가에 빠져 있기 때문이에요.'

칸자키의 말이 진나이의 머릿속에서 되살아났다.

빠져있다는 것.

그것은 사랑도 '스니빌라이제이션'도 아니었다.

자식에 대한 복수였던 것이다.

"만화를 그렸던 건 그 아이! 히로인이 없다고 조언한 건 당신! 그렇잖아? 사실대로 말한 거라곤 데뷔할 때 편집자의 의견을 참고했다는 것 정도지. 당신은 그 아이의 작품을 훔쳤어. '스니빌라이제이션'은 원래 그 아이가 그리던 만화였어."

지금까지 애써 무시하려고 했던 그 진실.

"천장에 매달려 있던 그 아이의 시체를 발견한 게 나였어. 유서를 발견한 것도. 거기에 전부 있었어. 자기 작품을 훔치고 헤어지자고 했고, 게다가 하르시온의 설정도 멋대로 바꾸었다고. 나는 그 유서를 혼자서 간직했어. 나쁜 사람이야, 당신은. 계속 그 아이를 가지고 놀았지…."

'가지고 놀지 않았어. 악의는 없었어. 어쩔 수 없었다고. 설마 그 만화가 베스트셀러가 될 줄은 상상도 하지 못했어. 그녀에 대한 사랑이 점차 사라져가리라는 것조차….'

칸자키가 이어서 말했다.

"당신의 부모님은 참 행복하겠어."

'솔직히 그런 건 부담만 되었습니다. 책이 나올 때마다 어머니는 여러 권을 사서 친척이나 이웃에게 나눠주셨어요. 친가에 갈 때마다 사인해 달라고 성화시고….''부모란 그런 것이지요. 저도 진나이 씨의 어머님이 부럽습니다.'

'이런 멋진 아들을 두고 계시다니….'

"원래대로면 내가 '스니빌라이제이션' 작가의 어머니가 되었을 텐데…. 그 아이가 자살하고 그 일로 남편과도 이혼했지. 그 날 밤 그 아이가 느낀 절망을 당신에게도 느끼게 해주고 싶었어."

그 때 차 안에서의 그녀 표정이 되살아났다.

"기대를 배신당한 기분을 당신에게도 느끼게 해주고 싶었어. 행복의 정점에서 절망의 끝까지 한 번에 떨어지는 기분을."

어느 순간 진나이는 칸자키의 예지가 백발백중이라고 생각했다. 처음에는 반신반의했지만 미츠하시가 이 집에 나타났을 때 자신은 죽을 거라고 믿어 의심치 않았다. 그래서 미츠하시나 호소노에게도 살해당하지 않고 6월 9일을 넘겼을 때 행복에 도취했다.

그 순간 칼에 찔린 것이다. 믿었던 칸자키에게….

행복에서 절망으로 한 번에 떨어졌다. 그 형언할 수 없는 고통. '설마 이 순간을 위해…?'

"그래서 내 예지 능력을 당신이 믿게 만들었어야 했어."

'자신이 칸자키의 '능력'을 믿게 만들도록 조작했다는 건가?'

"하지만, 어떻게, 호소노나 미츠하시가, 날 습격할, 거라는 것을, 알았지…?"

칸자키는 웃었다. 마치 이겼다는 듯한 미소였다.

"그런 걸 알 리가 없잖아. 그건 그냥 우연이야. 죄를 많이 짓고 산 당신에게 일어난 그냥 우연."

"하지만, 6월 9일에, 내가 살해당할 거라고, 당신이, 말했잖아. 실제로, 미츠하시는 그날, 나를, 죽이러 왔었…."

"진나이 씨, 난 당신을 6월 9일에 죽일 생각이 애초부터 전혀 없었어. 그저 미츠하시가 6월 9일에 당신을 죽일 거라고 했기 때문에 나는 당신이 6월 9일에 죽을 거라고 말했을 뿐이야. 그렇게 한 다음 6월 9일에 당신이 죽지 않도록 당신을 도운 거지. 왜냐면 그렇게 해야 6월 9일이 지난 다음에 당신이 날 더욱 믿게 되고 행복의 극점에 다다를 테니까. 그때 비로소 내가 당신을 죽일 계획이었거든. 하지만 그 호소노라는 녀석이 당신을 죽이려고 한 건 예상 밖이었어. 그래서 나도 호소노를 막기 위해 필사적이었지. 그 녀석한테 당신이 죽는다면 내 계획은 물거품이 되니까. 다행히 당신이 그 사람을 죽였지. 고마워, 진나이 씨. 내 계획을 도와줘서."

진나이의 마음에는 절망, 배신, 그런 단어로는 형언할 수 없는 감정이 들었다. 머릿속에는 망연한 회색 사막이 펼쳐졌다.

칸자키의 딸도 자살하기 직전에 이런 마음이었을까.

"그, 스크랩북은, 뭐였지…? 당신은, 정말로, 그런 인터뷰를 한 거야…?"

칸자키와 처음 만났을 때 보았던 스크랩북.

칸자키가 예지했다는 여러 사건사고의 신문기사와 그녀가 받았다는 오컬트 잡지 인터뷰기사.

"딸이 자살하고 얼마 후에 그 아이의 방을 정리하다가 발견했어. 그 오컬트 잡지를. 그 아이가 그런 잡지를 보는 줄은 전혀 몰랐어. 아무 생각 없이 페이지를 넘겨보는데 한 군데 페이지가 접혀 있었지. 그 아이가 접어놓았던 거야. 그 페이지에 그 인터뷰기사가 있었어."

"설마…."

그녀, 진나이의 첫 연인, 칸자키의 딸이야말로 진짜 예지 능력자였단 말인가.

그런 진나이의 생각을 알았는지 칸자키가 말했다.

"아니. 그 아이의 친구가 익사했다는 소리는 들은 적 없어. 그리고 그 사고를 딸이 예지해서 우리가 이사한 적도 없고."

"그럼 대체…."

어째서 그녀는 그런 잡지를.

"몰라. 아마 만화 그리는 데 참고하려고 자료를 수집한 거겠지."'그럴지도 몰라, 하지만…'

"그 잡지를 읽으면서 이번 계획을 꾸밀 영감을 얻었어. 스크랩북에 잡지에서 오려낸 예지 능력자의 인터뷰 기사를 붙였지. 그리고 매일 신문을 꼼꼼히 보며 예지 능력 기사에 해당하는 사건 사고 뉴스를 찾았어. 이 나라에는 매일같이 여기저기서 사건 사고가 일어나니까 일 년 정도 지나니 적당한 기사 세 개를 모을 수 있었지. 주택가에 강도가 들어 가족 3명이 사망한 사건…, 바다에서의 익사 사건…, 트럭에 치인 대학생 사망 사건…. 물론 신문을 오려낼 때 몇 년인지 알 수 있는 부분은 전부 제거했어. 직사광선을 쪼여 일부러 오래된 종이처럼 보이게 했지. 화학적 검사를 하는 것도 아니고 당신에게만 보일 거니까 그 정도면 충분했어. 그리고 그 네 사건만으로는 의심할 수 있으니, 적당히 고른 많은 사건 사고 기사를 붙여서 페이지를 채웠지. 물론 당신의 약혼자 교통사고 사건도 포함해서 말이야."

진나이는 그동안 얼마나 어리석었던가. 칸자키의 계획대로 흘러가는데도 그녀를 전혀 의심하지 않았다.

"스크랩북은, 그럴지도 몰라. 하지만, 당신은, 그 사건을, 어떻게, 예지했지…?"

칸자키는 진나이를 내려다보며 있었다.

"사토미와, 사이온지의 죽음을, 알리는 편지는, 이제 알겠어. 봉투의 소인을, 사건 이전 날짜로 한 건, 전에 타치바나가, 설명했지. 그 방법이 맞을 거야. 하지만, 영화관 화재는…, 어떻게, 안 거야? 대체 어떤, 트릭을…?"

칸자키는 이제 바닥에 앉았다. 그리고 진나이의 등에 꽂힌 부엌칼을 뽑았다. 진나이는 절규했다. 피가 솟구쳤다. 칸자키는 가차 없이 진나이의 몸을 마구 찔렀다. 절규와 새빨간 피가 진나이의 몸에서 뿜어져 나왔다.

칸자키는 다시 일어나더니 차가운 눈빛으로 진나이를 내려다보며 말했다.

"트릭은 없어."

칸자키는 진나이에게서 등을 돌렸다. 그리고 그대로 거실을 나갔다.

진나이는 기어서 칸자키를 쫓았다.

밖으로 나가 도움을 청해야 한다고 생각했다.

처음 이 집을 방문했을 때 칸자키가 안내해준 다다미방이 옆에 보였다. 문은 열려 있었다. 안쪽에 있던 미닫이문도 보였다. 진나이의 만화 컬렉션이 있는 방이었다.

그녀는 '스니빌라이제이션'의 열성 팬이라고 했다. 하지만 그건 거짓말이었다. 많은 캐릭터 상품을 모았던 이유는 진나이가 자신이 열성 팬이라고 믿게 만들기 위한 공작이었다.

온힘을 다해 일어났다. 그리고 복도를 지나 고통으로 몽롱해지는 정신을 붙잡고 그 방 안에 들어갔다.

'스니빌라이제이션'의 포스터. 하르시온 베개. 그런 상품을 모으기 위해 사용했던 컴퓨터. 그리고….

벽 한쪽을 전부 채우고 있는 금속제 책장. 1단은 '스니빌라이제이션' 전권이 들어 있었다. 그 외의 단에는 '스니빌라이제이션' 관련 서적이 있었다. 나머지는 전부 '스니빌라이제이션'이 게재된 '인터널'이었다.

그녀의 아이디어를 훔쳐 그려낸 만화, 자신을 고소득자로 만들어준 만화, 그리고 이런 일에 말려들게 만든 만화.

진나이는 주먹을 휘둘러 책장에 있는 만화책들을 바닥에 떨어뜨렸다. 바닥과 만화 페이지에 피가 튀었다.

고통과 절망에 흐느끼며 바닥에 쓰러졌다.

철제 책장은 책을 두 권 정도씩 안으로 넣을 수 있을 정도로 깊이가 있었다. 방금 전까지 만화책으로 채워져 있어 뒤에 뭐가 있는지 알 수 없었다.

하지만 지금은….

진나이는 책장의 안쪽을 들여다보았다.

흐릿하게 책 제목이 보였다.

자동차의 메커니즘

살인술

테러리즘의 수단

그 호텔 화재는 왜 일어났나

여객기 추락

그 옆에는 얇은 책자가 늘어서 있었다. 시판되는 책은 아니었다. 마치 동인지 같았다.

떨리는 손으로 책장에서 꺼내보았다. 표지에 쓰여 있는 제목을 쳐다보았다.

소형 폭탄 제조법
누구나 만들 수 있는 폭탄
연합 러시아군 실록
공안 내부문서
게릴라 병사를 위한 전술
파괴 병기 완전 매뉴얼
유독 화학무기 제조술

비슷한 책이나 책자는 이것 외에도 엄청 많았다. 등골이 서늘해졌다. 불안감이 머리부터 발끝까지 퍼졌다. 물론 지금 느끼는 육체적인 고통 따위는 이 불안감에 비하면 별 것 아니다.
'트릭은 없어.'
"그래."
뒤에 칸자키가 서 있었다.
하지만 진나이는 뒤를 돌아볼 마음의 여유가 없었다.
"사인회에서 처음 당신의 약혼자를 보았어. 나는 그녀를 미행했지. 그녀의 집이 어디에 있는지 알아냈어. 어떤 차를 타는지도. 그래서 그 차에 조작을 좀 가했지. 확실한 방법은 아니었어. 그래서 그 편지에 '교통사고를 당할 것입니다'라고밖에 쓰지 못했지. 만약 죽지 않았다면 내가 가진 능력의 조건을 조금 수정할 생각이었어. 예를 들면 예지할 수 있는 것은 사고뿐이며 어떻게 될지는 모른다고 말이야. 하지만 운 좋게 그녀가 죽어주었으니 그럴 필요가 없었지."

사토미는 이제껏 사고를 낸 적이 한 번도….

"그 사이온지 씨도 그래. 그 사람, 날 좋아하는 것 같더군. 그래서 옥상으로 불러냈어. 좀 취해 있더군. 겁쟁이라 알코올의 힘을 빌리지 않으면 이성과 제대로 대화도 못할 사람이었지. 술에 취했고 거기다 다리까지 불편했으니 옥상에서 떨어뜨리는 것은 여자 힘으로도 별거 아니었어."

오른다리를 끄는 사이온지와 계단에서 스쳐 지나쳤다….

"내가 그 영화관에 자주 다닌다고 이야기했지? 그래서 그 건물이 상당히 사고에 취약한 건물이라는 걸 바로 알아챌 수 있었어. 그날은 당신의 담당편집자인 타치바나가 그런 이상한 소리를 하는 바람에 당신이 그걸 믿을 것 같아서 급하게 예언을 지어낼 수밖에 없었지. 그날 우연히도 영화관에 사람이 많았어. 그래서 난 영화관에서 많은 피해자가 발생할 거라고 예언했지. 여러 사람이 다치는 그런 테러 같은 짓을 일으킨 건 처음이었지만 자신 있었어. 사람이 많을수록 패닉에 빠지기 쉬우니까. 화재가 날 계기만 있으면 충분했어."

진나이는 절규했다.

흐려지는 의식 속에서 생각했다.

주택가에 강도가 들어 가족 3명이 사망한 사건….

바다에서의 익사 사건….

트럭에 치인 대학생 사망 사건….

그 스크랩북에 있던 기사들.

칸자키는 그 예지 능력자의 인터뷰에 대응하는 뉴스가 등장할 때까지 기다렸다고 했다. 하지만 과연 그녀가 그렇게 느긋했을까? 어쩌면 그 세 사건도 칸자키가 일으켜 뉴스를 만들어 낸 것은 아닐까…?

목에 차가운 금속 감촉이 느껴졌다. 하지만 그것에 신경 쓸 여유가 없었다. 진나이는 이미 정신을 잃었기 때문이다.

칸자키가 부엌칼을 수평으로 그었다. 눈앞이 붉어지고 절규는 끊어진 다음 몇 초 후, 진나이는 사망했다.

에필로그
사토미가 죽던 날

"사토미."

"사토미."

"사토미."

자신의 이름을 부르는 진나이의 목소리에 사토미는 정신을 차렸다.

새로 지은 두 사람의 집 현관 벽에 걸린 고갱의 복제화, 현관에 나란히 놓인 두 사람의 신발.

"사토미, 왜 그래?"

사토미가 정신을 차리자 진나이가 자신의 얼굴을 들여다보고 있었다. 걱정스러운 표정이면서도 천진난만함이 엿보였다. 마치 아무것도 모르는 어린아이처럼 풋풋한 표정이었다.

사토미는 그런 진나이의 얼굴을 쳐다보았다. 그 눈동자에 비취지는 자신의 모습도 잘 보였다.

진나이.

그는 아직 아무것도 모른다. 자신의 애인에게 어떤 능력이 있는지, 그리고 앞으로 자신이 어떤 운명에 도달하는지.

"진나이 씨."

사토미가 중얼거렸다.

사실은 며칠 전에도 한 번 느꼈다. 앞으로 진나이 류지가 느낄 고통과 괴로움이 사토미의 마음속으로 흘러들어왔다. 하지만 진나이는 결코 사토미의 내면을 들여다 볼 수 없다. 사토미가 느낀 것을 그에게 체험시키는 것은 불가능하다.

"사토미."

진나이는 멍한 표정으로 서 있는 그녀를 보고 불안해졌는지 조심스레 손을 내밀었다. 그는 무언가 빛나는 물체를 들고 있었다.

"이걸 빠뜨렸네."

차 키였다.

사토미는 가능한 한 빨리 출근할 수 있도록 다른 준비를 다 마친 다음 아침을 만들었다. 그리고 가방에서 차 키를 찾는 수고로움을 덜기 위해 키를 미리 테이블 위에 올려두었다. 그 바람에 키를 빠뜨리고 나올 뻔한 것이다.

사토미는 진나이에게서 자동차 키를 받았다.

그리고 조용히 고개를 저었다. 더 이상 아무 말도 나오지 않았다. 그저 진나이로부터 도망치듯 그 자리를 벗어났다.

현관 밖 세상은 그녀가 예지했던 광경 그대로였다. 날씨는 지금 그녀의 기분과는 정반대로 아주 맑았다. 내려쬐는 햇살과 산들바람은 잔혹할 정도로 화사했다. 곧 자신은 죽고 진나이도 죽어 둘은 이 세상에서 없어질 것이다.

그때 현관문이 다시 열리는 소리가 들렸다. 진나이의 기척을 느꼈다.

"사토미."

뒤에서 그의 목소리가 들렸다.

사토미는 천천히 뒤를 돌아보았다.

사토미를 쫓아 밖으로 따라나온 진나이가 서 있었다. 아무것도 모르는 표정으로 사토미를 물끄러미 보고 있다.

"진나이 씨."

"응?"

"이제 괜찮아요." 사토미는 자신에게 말하듯 말했다. "잘 다녀올게요."

"그래…."

진나이가 말했다.

사토미도 고개를 끄덕였다.

"응, 그럼 안녕."

진나이는 천천히 손을 들어 부드럽게 웃으며 말했다.

그는 지금 이 순간을 일시적인 이별이라고 생각하는 것이다. 내일이 되면 다시 만날 수 있을 거라고.

사토미도 미소로 화답했다.

"안녕."

물론 이것은 일시적인 이별이다.

진나이는 미소를 지으며 현관문을 닫았다. 진나이의 모습이 시야에서 사라졌다. 그의 미소를 다시 보고 싶었다. 한 번 더

문을 열고 그를 만나러 갈까.

사토미가 예지한 미래 속에서 진나이는 예언된 자신의 죽음
에 맞서 싸우려고 했다. 싸워서 이기려고 했다. 결과적으로 실
패했지만.

사토미의 마음속에는 미래를 바꿀 수 없다는 체념이 자리잡
고 있다. 이제껏 자신의 예지한 대로 미래가 펼쳐져왔기에.

물론 언제나 운명과 맞서 싸우고 싶었다. 행복을 지키고 싶
었고, 자유롭게 미래를 만들어 나가고 싶었다. 아직 존재하지
않는 미래 따위는 유리 세공품처럼 깨지기 쉬운 것이니 얼마
든지 맞서 싸울 수 있는 것이라고 믿고 싶었다.

특히 이번만큼은 자신이 예지한 미래가 틀리길 간절히 바라
고 있다. 아니, 자신이 나서서 그것을 적극적으로 바꾸고 싶다.

하지만….

몇 시간 뒤 그 결과는 어떻게 될까. 이번만큼은 다를까.

옮긴이 최재호

일본 출판물 기획 및 번역가. 중앙대학교 일어일문학과를 졸업하고, 동대학
원에서 일본문화를 전공하였다. 센다이 도호쿠 대학에서 유학하였다. 번역
작으로《형사의 눈빛》,《루팡의 딸》,《익명의 전화》,《그 칼로는 죽일 수 없
어》,《그 거울은 거짓말을 한다》등이 있다.

깨지기
쉬운
미래

초판 2020년 12월 14일 1쇄
저자 우라가 카즈히로
옮긴이 최재호
ISBN 979-11-90157-26-1 03830

출판사 도서출판 북플라자
주소 경기도 파주시 파주출판단지 문발동 638-5
홈페이지 www.bookplaza.co.kr

영화 판권, 오탈자 제보 등 기타 문의사항은 book.plaza@hanmail.net으로 보내주세요.
잘못된 책은 구입하신 서점에서 교환해 드립니다.